願你所走道路平穩。
願你總是一路順風。
願在惡魔收到死訊之前，
你的魂魄就已升到天堂。
——愛爾蘭祝禱詞

惡魔預知死亡

Lawrence Block

勞倫斯・卜洛克 著
顧效齡 譯

The Devil Knows You're Dead

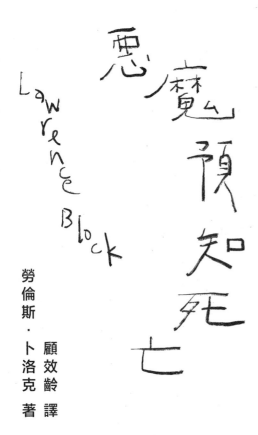

馬修・史卡德系列 11

惡魔預知死亡 The Devil Knows You're Dead

作者——勞倫斯・卜洛克 Lawrence Block
譯者——顧效齡
美術設計—— ONE.10 Society
編輯協力——黃麗玟、劉人鳳
業務——李振東、林佩瑜
行銷企畫——陳彩玉、林詩玟
發行人——涂玉雲

出版——臉譜出版
104台北市中山區民生東路二段141號5樓
電話：(02)2500-7696　傳真：(02)2500-1952
臉譜部落格 facesfaces.pixnet.net/blog

發行——英屬蓋曼群島商家庭傳媒股份有限公司城邦分公司
104台北市中山區民生東路二段141號11樓
客服服務專線：(02)2500-7718；2500-7719
24小時傳真專線：(02)2500-1990；2500-1991
服務時間：週一至週五上午9:30~12:00；下午13:30~17:00
劃撥帳號：19863813
戶名：書虫股份有限公司
讀者服務信箱：service@readingclub.com.tw

香港發行所——城邦(香港)出版集團有限公司
香港九龍九龍城土瓜灣道86號順聯工業大廈6樓A室
電話：(852)2877-8606　傳真：(852)2578-9337　E-mail: hkcite@biznetvigator.com

馬新發行所——城邦(馬新)出版集團 Cite(M)Sdn Bhd (458372U)
41, Jalan Radin Anum, Bandar Baru Sri Petaling, 57000 Kuala Lumpur, Malaysia.
電話：(603)9056-3833　傳真：(603)9057-6622　E-mail: services@cite.my

初 版 一 刷　1998年7月
三 版 一 刷　2024年1月
ISBN 978-626-315-416-2

定價 460 元(本書如有缺頁、破損、倒裝，請寄回本社更換)

國家圖書館出版品預行編目資料

惡魔預知死亡 / 勞倫斯・卜洛克(Lawrence Block)著；顧效齡譯. -- 三版. -- 台北市：臉譜出版：家庭傳媒城邦分公司發行, 2024.01
面；公分.--(馬修・史卡德系列；11)
譯自：The Devil Knows You're Dead
ISBN 978-626-315-416-2(平裝)
874.57　　112018952

〈新版推薦序〉

關於我的朋友馬修・史卡德

臥斧

有很長一段時間，遇上還沒讀過「馬修・史卡德」系列的友人詢問「該從哪一本開始讀？」或「你最喜歡、最推薦哪一本？」之類問題，我都會回答，「先讀《八百萬種死法》，我最喜歡《酒店關門之後》。」

如此答覆有其原因。

「馬修・史卡德」系列幾乎每一本都可以獨立閱讀——作者勞倫斯・卜洛克認為，即使是系列作品，每部作品都仍該是個完整故事，所以倘若故事裡出現已在系列中其他作品登場過的角色，卜洛克就會簡述來歷，沒讀過其他作品或許不會理解角色之間的詳細關係，不過不會對理解手頭這本的情節造成妨礙。事實上，這系列在二十世紀末首度被引介進入國內書市時，出版社選擇出版的第一本書，就不是系列首作《父之罪》，而是第五部作品《八百萬種死法》。

出版順序自然有編輯和行銷的考量，讀者不見得要照章行事，我的答案與當年的出版順序並無關聯，《八百萬種死法》也不是我第一本讀的本系列作品。建議先讀《八百萬種死法》，是因為我認為這本小說最適合用來當成某種測試，確認讀者是否已經到達「人生中適合認識史卡德」的時期；

倘若喜歡這本，約莫也會喜歡這系列的其他故事，倘若不喜歡這本，那大概就是時候未到——生命中的哪個階段會被哪樣的作品觸動，每個讀者狀況都不相同。

這樣的答覆方式使用多年，一直沒聽過負面回饋，直到某回聽到一名友人坦承，自己初讀《八百萬種死法》時，覺得這故事「很難看」。有意思的是，這名友人後來仍然成為卜洛克的書迷，讀完了整個系列。

概略討論之後，我發現友人覺得難看的主因在於情節——這個故事並未完全依循推理小說作者與讀者之間不言自明的默契，結局之前的轉折雖然合理，但拐彎的角度大得讓人有點猝不及防，有部分讀者會覺得自己沒能被說服接受。可是友人同時指出，史卡德這個主角相當吸引人——這系列故事主線均由史卡德的第一人稱主述敘事，所以這也表示整個故事讀來會相當吸引人。能夠吸引讀者、呼應讀者自身的生命經驗、讓讀者打從心底關切的角色，總會讓讀者想要知道：這角色還會面對哪些事件，又會如何看待他所處的世界？

這是讓友人持續讀完整個系列的動力，也是我認為這本小說適合用來測試的原因——《八百萬種死法》是全系列中結局轉折最大的故事，也是完整奠定史卡德特色的故事。從這個故事開始認識史卡德，就像交了個朋友；而交了史卡德這個朋友，會讓人願意聽他訴說生命裡發生的種種故事。

約莫在友人同我說起這事的前後，我按著卜洛克原初的出版順序，重新閱讀「馬修·史卡德」系列，然後發現：倘若當初我建議朋友從首作《父之罪》開始讀，友人應該還是會成為全系列的忠實讀者，只是對情節和主角的感覺可能不大一樣。

史卡德登場

二十世紀的七〇年代，卜洛克讀了李歐納·薛克特的《論收賄》，這是薛克特與一名收賄的紐約警察一起完成的作品，內容講的就是那個警察的經歷。那是一名盡責任、有效率的警察，偵破不少案子，但同時也貪污收賄、經營某些不法生意。

卜洛克十五、六歲起就想當作家，他讀了很多偉大的經典作品，不過一開始並不確定自己該寫什麼；剛入行時他用筆名寫的是女同志和軟調情色長篇，市場反應不錯，六〇年代開始寫「睡不著覺的密探」系列，銷售成績也不差。七〇年代他與出版社商議要寫犯罪小說時，認為《論收賄》裡的警察或許能夠成為一個有趣的角色，只是他覺得自己比較習慣使用局外人的觀點敘事，沒什麼把握能寫好一個在警務體制裡工作的貪污警員。

於是卜洛克開始想像這麼一個角色：這個人是名經驗老到的刑警，和老婆小孩一起住在市郊，有辦案的實績，也沒放過收賄的機會；某天下班，這人為了阻止一樁酒吧搶案而掏槍射擊，但跳彈意外殺死了一個街邊的女孩。誤殺事件讓這人對自己原來的生活模式產生巨大懷疑，加劇了喝酒的習慣、與妻子分居、獨自住在旅館，偶爾依靠自己過往的技能接點委託維持生計，但沒有申請正式的偵探執照，而且習慣損出固定比例的收入給教堂……

真實人物的遭遇加上小說家的虛構技法，馬修．史卡德這個角色如此成形。

一九七六年，《父之罪》出版。

一名女性在紐約市住處遭人殺害，嫌犯渾身浴血、衣衫不整地衝到街上嚷嚷之後被捕，兩天後在獄中上吊身亡。女孩的父親從紐約州北部的故鄉到紐約市辦理後續事宜，聽了事件經過後找上史卡德——就警方的角度來看這起案件已經偵結，這名父親也不大確定自己還想做什麼，他與女兒幾年來鮮少聯絡，甫知女兒死訊，才想搞清楚女兒這幾年如何生活、為什麼會遇上這種事。警方不會處理這類問題，於是把他轉介給曾經當過警察、現已離職獨居的史卡德。

以情節來看，《父之罪》比較像刻板印象中的推理小說：偵探接受委託，找出凶案的真正因由。這個故事同時確立了系列案件的基調——會找上史卡德的案子可能是警方認為不需要處理的，或者是當事人因故無法、或不願交給警方處理的；而史卡德做的不僅是找出真凶，還會在偵辦過程裡挖掘出隱在角色內裡的某些物事，包括被害者、凶手，甚至其他相關人物。

緊接著出版的《在死亡之中》和《謀殺與創造之時》都仍維持類似的推理氛圍，不同的是卜洛克對史卡德的描寫越來越多。史卡德的背景設定在首作就已經完整說明，卜洛克增加的是史卡德處理事件過程的生活細節——他對罪案的執拗、他與酒精的糾纏、他和其他角色的互動，以及他在紐約憑藉公車、地鐵、偶爾駕車或搭車但大多依靠雙腿四處行走查訪當中的所見所聞，這些細節累疊在原先的背景設定上，逐漸讓史卡德越來越立體，越來越真實。

史卡德曾是手腳不算乾淨的警員，他知道這麼做有違規範，但也認為這麼做沒什麼不對——有缺陷的是制度，他只是和所有人一樣，設法在制度底下找到生存的姿態。這使得史卡德成為一個特殊的冷硬派偵探——這類角色常以譏誚批判的眼光注視社會，史卡德也會，但更多時候這類譏誚會轉為自嘲，因為他明白自己並不比其他人更好，這類角色常面不改色地飲用烈酒，史卡德也會，但酒精因而成為一種將他拽開常軌的誘惑，摧折身體與精神的健康；這類角色心中都會具備一套自己的道德判準，史卡德也會，而且雖然嘴上不說，但他堅持的力道絕不遜於任何一個硬漢。

我私心將一九七六年到一九八一年的四部作品劃歸為系列的「第一階段」。這四部作品的情節不只呈現了偵查經過，也替史卡德建立了鮮明的形象——作家替角色設定的個性與特質會決定角色面對衝突時的反應，而讀者會從這些反應推展出現的情節理解角色的個性與特質。史卡德並非完人，沒有超凡的天才，反倒有不少常人的性格缺陷，對善惡的標準似乎難以解釋，但他面對罪惡的態度會讓讀者清楚地感知那個難以解釋的核心價值。

讀者越來越了解史卡德——他不是擁有某些特殊技能、客觀精準的神探，他就是個試著盡力解決問題的凡人。或許卜洛克也越寫越喜歡透過史卡德去觀察世界——因為他寫了《八百萬種死法》。

反正每個人都會死，所以呢？

《八百萬種死法》一九八二年出版。

打算脫離皮肉生涯的妓女透過關係找上史卡德，請史卡德代她向皮條客說明。皮條客的行為模式與眾不同，尋找時花了點工夫，找上後倒沒遇到什麼麻煩；皮條客很乾脆地答應，但幾天之後，史卡德發現那名妓女出了事。史卡德已經完成委託，後續的事理論上與他無關，可是他無法放手，認為這事八成是言而無信的皮條客幹的；他試著再找皮條客，雖然不確定找上後自己要做什麼，不料皮條客先聯絡他，除了聲明自己與此事毫無關聯，並且要雇用史卡德查明真相。

在妓女出現之前，史卡德做的事不大像一般的推理小說；接下皮條客的委託之後，史卡德的工作方式則與前幾部作品一樣，不是推敲手上的線索就看出應該追查的方向，而是透過皮條客手下的其他妓女以及史卡德過往在黑白兩道建立的人脈，扎扎實實地四處查訪。因此之故，《八百萬種死法》有不少篇幅耗在史卡德從紐約市的這裡到那裡，敲門按電鈴，問問這個問問那個；其他篇幅一部分用來講述史卡德的生活狀況——主要是他日益嚴重的酗酒問題，酒精已經明顯影響他的神智和健康，但他對戒酒無名會那種似乎大家聚在一起取暖的進行方式嗤之以鼻，另一部分則記述了史卡德從媒體或對話裡聽聞的死亡新聞。

《八百萬種死法》的書名源於當時紐約市有八百萬人口，每個人可能都有不同的死亡方式；這些死亡事件與史卡德接受的委託沒有關係，史卡德也沒必要細究每樁死亡背後是否藏有什麼祕密。如此安排容易讓讀者覺得莫名其妙——我要看史卡德怎麼查線索破案子，卜洛克你講這些無關緊要的東西做什麼？不過讀者也會慢慢發現：這些插播進來的死亡新聞，讀起來會勾出某些古怪的反應，有時是深沉的慨嘆，有時是苦澀的笑意。它們大多不是自然死亡，有的根本不該牽扯死亡——例如有人扛回被丟棄的電視機想修好了自己用，結果因電視機爆炸而亡，這幾乎有種荒謬的喜感——讀者認為它們「無關緊要」，是因它們與故事主線互不相涉，但對它們的當事人而言，那是生命的瞬間消逝，可一點都不「無關緊要」。

是故，這些死亡準確地提出一個意在言外的問題：反正每個人都會死，所以呢？每個人如何迎來生命終點都無法預料，甚至不可理喻，沒有善惡終報的定理，只有無以名狀的機運；在這樣的世界裡，執著地追究某個人的死亡，有沒有意義？或者，以史卡德的處境來說，遠離酒精，讓自己清醒地面對痛苦，有沒有意義？

推理故事大多與死亡有關。古典和本格派將死亡案件視為智力遊戲，是偵探與凶手、讀者與作者之間鬥智的謎題；冷硬和社會派利用死亡案件反映社會與人的關係，什麼樣的環境會讓人做出什麼樣的掙扎，什麼樣的時代會讓人犯下什麼樣的罪行。其實，推理故事一直是最適合用來揭示人性的故事，因為要查明一個或數個角色的死因，調查會以死者為圓心向外輻射，觸及與死者有關的其他角色，釐清他們與死者的關係、死亡對他們的影響、拼湊死者與他們的過往，這些調查會顯露角色們的個性，死因與行凶動機往往就埋在這些人性糾葛之中。

《八百萬種死法》不只是推理小說，還是一部討論「人該怎麼活著」的小說。

「馬修．史卡德」是個從建立角色開始的系列，而《八百萬種死法》確立了這個系列的特色，這些故事不僅要破解死亡謎團、查出凶手，也要從罪案去談人性。

我們終將孤獨

在《八百萬種死法》之後，卜洛克有幾年沒寫史卡德。

據聞《八百萬種死法》本來可能是系列的最後一個故事，從故事的結尾也讀得出這種味道——史卡德解決了事件，也終於直視自己的問題，讓系列在劇末那個悸動人心的橋段結束，是個合理的選擇，也是個漂亮的收場——不過從隔了四年、一九八六年出版的《酒店關門之後》來看，卜洛克還想繼續以史卡德的視角看世界，沒有馬上寫他的故事，可能是自己的好奇還沒尋得答案。

因為大家都知道，故事會有該停止的段落，角色做完了該做的事、有了該有的領悟；但在現實生活裡，時間不會停在「全書完」三個字出現的那一頁，就算人生因為某些事件而轉往新方向，等在眼前的也不會是一帆風順「從此幸福快樂」的日子。卜洛克的好奇或許是：在史卡德直視自身問題、做了重要決定之後，他還是原來設定的那個史卡德嗎？那個決定會讓史卡德的生活出現什麼變化？那些變化是否會影響史卡德面對世界的態度？

倘若沒把這些事情想清楚就動手寫續作，大約會出現兩種可能：一是動搖前五部作品建立的系列基調——既然卜洛克喜歡這個角色，那麼就會避免這種情況發生；二是保持了系列基調但破壞了《八百萬種死法》那個完美結局的力道——真是如此的話，不如乾脆結束系列，換另一個主角講故事。

《酒店關門之後》是卜洛克思考之後的第一個答案。

這個故事裡出現三樁不同案件，發生在《八百萬種死法》之前。案件之間乍看並不相干（不過後來發現其中兩起有點關聯），史卡德甚至不算真的在調查案件——第一樁案件是酒吧常客妻子被殺，史卡德被委任去找出兩名落網嫌犯的過往記錄，讓他們看起來更有殺人嫌疑；第二樁事件是另一家起酒吧帳本失竊，史卡德負責的是與竊賊交涉、贖回帳本，而非查出竊賊身分。至於第三樁事件，史卡德完全沒被指派工作，那是一樁搶案，史卡德只是倒楣地身處事發當時的酒吧裡頭，而且也沒被搶。

三樁案件各自包裹了不同題目，這些題目可以用「愛情」、「友誼」之類名詞簡單描述，但真要說明白它們內裡的複雜層次，卻常讓人找不著最合適的語彙。卜洛克擅長用對話表現角色個性和推進情節，因此故事讀來一向流暢直白；流暢直白不表示作家缺乏所謂的文學技法，因為《酒店關門之後》完全展現出這類文字的力量——倘若作家運用得宜，這類看似毫不花巧的文字其實能夠帶領讀者無限貼近這些題目的核心，將難以描述的不同面向透過情節精準展演。

同時，卜洛克也在《酒店關門之後》為自己和讀者重新回顧了史卡德的完整形象，他的私人生活，他的道德判準，以及酒精。《酒店關門之後》的案件都與酒吧有關，故事裡也出現了非常多酒吧——高檔的酒吧、簡陋的酒吧、給觀光客拍照留念的酒吧、熟人才知道的酒吧、正派經營的酒吧、非法營業的酒吧、具有異國風情的酒吧、屬於邊緣族群的酒吧。每個人都找得到自己應該歸屬、宛如個人聖殿的酒吧，每個人也都將在這樣的所在，發現自己的孤獨。

史卡德並非沒有朋友，但每個人都只能依靠自己孤獨地面對人生，不是沒有伴侶或好友的孤獨，而是有了伴侶和好友之後才會發現的孤獨，在酒店關門之後、喧囂靜寂之後，隔著酒精製造出來的朦朧迷霧，看見它切切實實地存在。事實上，喝酒與否，那個孤獨都在那裡，只是少了酒精，有時就會缺乏直視的勇氣；可是理解孤獨，便是理解自己面對人生的樣貌，有沒有酒精，這都是必要的人生課題。

同時，《酒店關門之後》確立了這系列的另一個特色。假若從首作讀起，讀者會知道系列故事按著時序發生，不過與現實時空的連結並不明顯——那是二十世紀七、八〇年代發生的事，至於確切是哪一年則不大要緊。不過《酒店關門之後》開場不久，史卡德便提及事件發生在很久之前、一九七五年，是過去的回憶，而結尾則說到時間已經過了十年，也就是故事裡「現在」的時空應當是一九八五年，約莫就是《酒店關門之後》寫作的時間。史卡德不像某些系列作品的主角那樣，似乎固定停留在某段時空當中，他和作者、讀者一起活在同一個現實裡頭。

再過三年，《刀鋒之先》在一九八九年出版，緊接著是一九九〇年的《到墳場的車票》。卜洛克準備答案所花的數年時間沒有白費，結束了在《酒店關門之後》的回顧，史卡德的時間繼續前進，他用一種與過去不大一樣的方式面對人生，但也維持了原先那些吸引人的個性特質。

在人間與黑暗共舞

從《八百萬種死法》至《到墳場的車票》是我私心分類的「第二階段」，卜洛克在這個階段重新整理了對角色的想法，讓史卡德成為一個更有血有肉、會隨著現實一起慢慢老去、彷若與讀者一同生活在現實的真實人物。而系列當中的重要配角在前兩階段作品中也已全數登場，史卡德的人生即將邁入新的篇章。

我認定的「馬修．史卡德」系列「第三階段」從一九九一年的《屠宰場之舞》開始，到一九九八年的《每個人都死了》為止，卜洛克在八年裡出版了六本系列作品，寫作速度很快，而且每個故事都很精采，人性描寫深刻厚實，情節絞揉著溫柔與殘虐。

雖說先前談到前兩階段共八部作品時一直強調角色塑造，但不表示卜洛克沒有好好安排情節。卜洛克的確認為角色很重要——他在講述小說創作的《小說的八百萬種寫法》中明確寫道：「幾乎所有讀者持續翻閱任何小說的主要原因，就是想知道接下來發生的事，讀者之所以在乎接下來發生的事，則是因為作者描寫人物性格的技巧。小說中的人物若有充分描繪，具有引起讀者共鳴與認同的力量，讀者就會想知道他們下場如何，並深深擔心他們的未來會不會好轉，」「馬修．史卡德」系列可以視為這番言論的實際作業成績。不過，同一本書裡，他也提及寫作之前應該重新閱讀，不是以讀者的眼光閱讀，而是以作者的洞察力閱讀。卜洛克認為這樣的閱讀不是可以學到某種公式，而是能夠培養出一些類似「直覺」的東西，知道創作某類小說時可以用什麼方式。

說得具體一點，「以作者的洞察力閱讀」指的不單是享受故事，而是進一步拆解故事，找出該故事的作者用什麼方法鋪排情節，如何埋設伏筆、讓氣氛懸疑，如何製造轉折、讓發展爆出意外。

開始寫「馬修．史卡德」系列時，卜洛克已經是很有經驗的寫作者；要寫犯罪小說之前，他已經拆解了不少相關類型的作品。史卡德接受的是檢調體制不想處理、或當事人不願交給體制處理的案件，這些案件不大可能牽涉某種國際機密或驚世陰謀，但往往蘊含隱在社會暗角、體制照料不到之處的幽微人性——而史卡德的角色設定，正適合挖掘這樣的內裡。

從《父之罪》開始，「馬修．史卡德」系列就是角色與情節的適恰結合，而在寫完前兩個階段、史卡德的形象穩固完熟之後，卜洛克從《屠宰場之舞》開始加重了情節的黑暗層面。《屠宰場之舞》出現性虐待受害者之後將其殺害、並且錄影自娛的殺人者，《行過死蔭之地》出現綁架、性侵，並以切割被害者肢體為樂的凶手，《一長串的死者》裡一個祕密俱樂部驚覺成員有超過正常狀況的死亡機率，《向邪惡追索》中的預告殺人魔似乎永遠都有辦法狙殺目標。

這些故事都有緊張、刺激、驚悚、駭人的橋段，而在經營更重口味情節的同時，卜洛克持續讓史卡德面對自己的人生課題——前女友罹癌、要求史卡德協助她結束生命；原來已經穩固的感情關係，忽然出現了意想不到變化；調查案子的時候，自己也被捲入事件當中，更糟的是，自己的朋友也被捲入事件當中、甚至因此送命——諸如此類從系列首作就存在的麻煩，在第三階段一個都沒少。

史卡德在一九七六年的《父之罪》裡已經是離職警察，可以合理推測年紀可能在三十到四十之間，因此到一九九八年的《每個人都死了》為止，史卡德處於從三十多歲到接近六十歲的中壯年時期。在人生的這段時期當中，大多數人已經成熟、自立，有能力處理生活當中的大小物事，但也必須承受最多生活壓力——年長者的需求、年幼者的照料、日常經濟來源的提供、人際關係的維繫——而總也在這類時刻，一個人會發現自己並沒有因為年紀到了就變得足夠成熟或擁有足夠能力，毋需面對罪案，人生本身就會讓人不斷思索生存的目的，以及生活的意義。

「馬修・史卡德」系列的每一個故事，都在人間與黑暗共舞，用罪案反映人性，都用角色思考生命。

新世紀之後

進入二十一世紀，卜洛克放緩了書寫史卡德的速度。

原因之一不難明白：史卡德年紀大了，卜洛克也是。

卜洛克出生於一九三八年，推算起來史卡德可能比他年輕一點，或者同樣年紀。在歷經種種人生關卡、頻繁與黑暗對峙的九〇年代之後，史卡德的生活狀態終於進入相對穩定的時期，體力與行動力也逐漸不比以往。

原因之二也很明顯：九〇年代中期之後，網際網路日漸普及，犯罪事件利用網路及相關科技的比例也慢慢提高。卜洛克有自己的部落格、發行電子報，會用電腦製作獨立出版的電子書，也有臉書帳號，這表示他是個與時俱進的科技使用者，但不表示他熟悉網路犯罪的背後運作。要讓史卡德接觸這類罪案並無不可——早在一九九二年的《行過死蔭之地》裡，史卡德就結識了兩名年輕駭客，真要寫這類罪案，卜洛克想來也不會吝惜預做研究的功夫；但倘若不讓史卡德四處走動、觀察人間，那就少了這個系列原有的氛圍。

另一個原因則相對沒那麼醒目：卜洛克長年居住在紐約，世貿雙塔就是史卡德獨居的旅店房間窗景，二〇〇一年九月十一日發生在紐約的恐怖攻擊事件，對卜洛克和史卡德這兩個紐約客而言都是巨大的衝擊。卜洛克在二〇〇三年寫了獨立作品《小城》，描述不同紐約人對九一一的反應與後續生活；史卡德沒在系列故事裡特別強調這事，但更深切地思考了死亡——史卡德這角色是因為死亡才成形的，那樁跳彈誤殺街邊女孩的意外，把史卡德從體制內的警職拉扯出來，變成一個體制外孤獨抵抗人性黑暗的存在。過了二十多年，人生似乎步入安穩境地之際，世界的陡然巨變與個人的生理狀態，則提醒每個人：死亡非但從未遠去，還越來越近。而這也符合史卡德與許多系列配角的狀況，他們和史卡德一樣，都隨著時間無可違逆地老去。

「馬修．史卡德」系列的「第四階段」每部作品間隔都較「第三階段」長了許多。第一本是二〇〇一年《死亡的渴望》，這書與二〇〇五年的《繁花將盡》是本系列僅有「應該按順序閱讀」的作品。下一部作品是二〇一一年出版的《烈酒一滴》，不過談的不是二十一世紀的史卡德，而是《八百萬種死法》之後、《刀鋒之先》之前的史卡德——這兩本作品之間的《酒店關門之後》談的是一九七五年發生的往事，以時序來看，讀者並不知道史卡德在那段時間裡的狀況，那是卜洛克正在思索這個角色、史卡德正在經歷人生轉變的時點，《烈酒一滴》補上了這塊空白。

餘下的兩本都不是長篇作品。《蝙蝠俠的幫手》是短篇合集，可以讀到不同時期史卡德遭遇的事件，讀者會發現即使沒有夠長的篇幅，卜洛克一樣能夠巧妙地運用豐富立體的角色說出有趣的故事。二〇一九年的《聚散有時》則是中篇，也是「馬修・史卡德」系列迄今為止的最後一個故事，事件本身相對單純，但對系列讀者、或者卜洛克自己而言，這故事的重點是交代了史卡德以及系列當中重要配角的生活，他們有的長大了，有的離開了，有的年老了，但仍然在死亡尚未到訪之前，在生命裡碰撞出新的火花，發現新的意義。

最美好的閱讀體驗

「馬修・史卡德」系列的起始是犯罪故事，屬於廣義的推理小說類型，每個故事裡也都能讀出推理小說的趣味，縱使主角史卡德並非智力過人的神探，但他踏實地行走尋訪，反倒看到了更多人間光景、接觸了更多人性內裡。同時因為史卡德並不是個完美的人，所以他的頹唐、自毀、困惑，以及堅持良善時迸出的小小光亮，才會顯得格外真實溫暖。

是故，「馬修・史卡德」系列不只是好看的推理小說，還是好看的小說，不只是好看的小說，還是好的小說——不僅有引發好奇、讓人想探究真相的案件，不僅有流暢又充滿轉折的情節，還有深刻描繪的人性。

讀這個系列會讓讀者感覺真的認識了史卡德，甚至和他變成朋友，一起相互扶持著走過人生低谷、看透人心樣貌。這個朋友會讓人用不同視角理解世界、理解人，或者反過來理解自己。

我依然會建議初識這個系列的讀者，從《八百萬種死法》開始試試自己和史卡德合不合拍，不過或許除了《聚散有時》之外，任何一本都會是很好的選擇——不同時期的史卡德作品會有些不同的質地，但都保持了動人的核心。

這些年來我反覆閱讀其中幾本，尤其是《酒店關門之後》，電子書出版之後，我又從《父之罪》開始依序閱讀，每次閱讀，都會獲得一些新的體悟。史卡德觀看世界的視角未曾過時，卜洛克對人性的描寫深入透澈，身為讀者，這是最美好的閱讀體驗。

〈導讀〉

不自由・毋寧逃

唐諾

紐約的文化結構也像它的城市結構一樣處處都有些空洞，如果你想在這面鏡子後面發現那些引人入勝、近於幻境的平地，那你只要選擇其中的一個空洞，然後滑進去就能如願以償了，就像愛麗絲那樣。

——李維史陀

名導演荷索拍《吸血鬼》（*Nosferatu: The Vampyre*）是在荷蘭一個名為戴爾夫特的小城，我去過那裡，和紐約不同，是一個典型的荷蘭式乾淨美好小城——據荷蘭人告訴我，他們收拾家務的標準是：屋外的人可從屋前落地窗視野無礙的直接穿透過屋後的落地窗——然而，你坐在戴爾夫特暖暖的遮陽篷底下喝咖啡，看著日光底下無新事的明亮街景和活動的人們，你仍會想到電影中受傷的卓久勒伯爵幻化成蝙蝠，跌跌撞撞飛入永恆黑夜之中的悲涼畫面。

你很清楚他還是不會死，因為這樣才更悲傷。

卓久勒伯爵（我不喜歡近年來台灣把Dracula改譯成德古拉，怎麼看都像個嗜吃巧克力糖的貴族胖子），據說他是背叛了神，遂遭到永遠不死的詛咒——永生原來是詛咒嗎？

非常可能是。尤其如果我們年紀稍大些，且因此經歷過較多次的死亡的話，我們極可能發現，死亡的威嚇主要來自於恐懼，某種走入黑暗甬道的未知恐懼，而倒不是代表痛苦本身；相反的，在某種特別的情境之下，痛苦往往不是因為死亡，而是「不能死」——傅柯在他《規訓與懲罰》一書中談酷刑，指出酷刑其實是一種「延遲死亡」的精密技術，劊子手以豐富的經驗和精確的計算，巧妙避開死亡以求犯人痛苦極大化的藝術。

當然，優雅有氣度的卓久勒一般而言只存在影片、書本和幻想之中，而酷刑，正如傅柯指出的，已退縮到歷史的陰暗角落裡。但如果我們不拘泥於狹窄的字面意義，換個角度來問：是不是有什麼我們真心喜歡，或甚至於，我們真心愛戀的事物，注定會不等我們先一步離去？如果我們預先曉得了這個必然性，我們還願意、還敢、還能去喜歡去愛嗎？

如此，我們便把這麻煩拉回到舉目所及的日常經驗之中了，發現我們雖然活於二十世紀末除魅殆盡的時代，身為生也有涯的人類，但往往仍不能免於類似卓久勒伯爵的悲傷處境。舉個稍為不倫不類的例子好了：就我個人所知，很多人之所以不願養狗養貓養寵物，便基於如此的理由，相對於人類，它們的自然壽命短多了，我們得扮演那個一一送走他們的卓久勒伯爵。

這一次卜洛克的《惡魔預知死亡》，其實是馬修．史卡德先生（對我們讀者來說，他也等於是個不死之人）的愛情故事，從艾略特的名詩〈荒原〉開始，此詩的第一節題為「死人的殯葬」：

四月是最殘酷的月份，迸生著
紫丁香，從死沉沉的土地，雜混著
記憶和欲望，鼓動著
呆鈍的根鬚，以春天的雨。

駐市偵探

美國革命後的冷硬私探派強調寫實，因此，在探案中往往呈現著一時一地的特殊風情，而他們筆下的窮偵探，偶爾或因案情需要，也會浪費金錢跑其他城市，但大體上，他們生於斯，長於斯，追索犯罪貼補家用於斯，不能像古典派神探那樣有全國性、國際性乃至於地球公民的身分，比方說，艾勒里．昆恩筆下的艾勒里．昆恩，雖家居紐約，但辦案遍及全美各地；阿嘉莎．克莉絲蒂筆下的大鬍子白羅，甚至管到埃及、瑞士和美索不達米亞平原等別人的國家去。

冷硬派的安土重遷，久而久之，便形成偵探小說地圖上的群雄割據。許多幸運（或不幸，因為代表犯罪較多）的城市，遂有了代表性的「駐市偵探」，比方說，L.A.有錢德勒的菲力普．馬羅鐵拳鎮撫，即使後來者優秀如蘇．格蕾芙頓的肯西．梅爾紅（國內小知堂出版社翻譯成金絲．梅芳，我個人極不喜歡這譯名，總覺得不像書中這位堅定獨立卻溫暖的單身女私探，倒像流落高雄跳豔舞的年華老去金絲貓洋妞，這不能不說是我對小知堂尊敬之餘的小小遺憾）亦只能居於次席；同理，舊金山當然仍是達許·漢密特的冷酷山姆·史貝德；東岸的豆子城波士頓則是羅勃·派克筆下的馬羅繼承人硬漢史賓賽；芝加哥這個會打籃球但治安狀態一直不佳的大城，則有莎拉·派瑞斯基的女權代表偵探維艾·華沙斯基；而遙遙南方亞歷桑那接壤猶他邊界的印第安保留區，也有兩代印第安追蹤專家喬·利風副隊長和警員吉米·契，在東尼·席勒曼筆下捍衛他們家園的寧靜，努力不讓白人世界的謀殺案污染他們族人的最後生存之地。

至於最宜於謀殺的大紐約市，當然是我們這位愛走路的罪惡行吟詩人馬修·史卡德先生。

這些偵探即便沒真為當地公民和市警局逮過任何一名真實罪犯，但他們的信用和威望還是能穿透白紙黑字，泛溢到現實人生來，比方說，你到倫敦貝格街站下了地鐵，舉目所及，每片牆上磁磚全印著福爾摩斯頭戴獵帽，嘴咬菸斗，高聳鷹勾鼻為註記的著名側臉剪影；國內推理傳教士詹宏志說他有一回去波士頓，瞥見一家名為「史賓賽」的書店，當下他就毫不猶豫的放心走進去。在波士頓，會叫史賓賽的書店，不是推理小說專賣店還會是什麼？難道還會有人以為是那個錯讀達爾文進化論、如今除非罵他否則再沒人會想起他的社會達爾文主義者史賓賽？

紐約·一九四一

著名的人類學家李維史陀曾寫過一篇短文記敘他一九四一年對紐約的看法，文章的末段如此寫著：

當然，我們感到這一切遺跡正受到群體文化（mass culture）的攻擊，而且幾乎要被這種文化所粉碎並掩埋——這種群體文化在美國已經達到高度發展，用不了幾十年，它也會到達歐洲。紐約在我們眼前列出了一張處方表，多虧這張表格，在一個日益咄咄逼人、日益喪失人性的社會裡，那些發現這種社會完全不能忍受的人們，可以學會由一種幻覺提供的不計其數的臨時手段，這種幻覺使人們覺得自己有能力逃避這種現實。這大概就是紐約的萬千生活側面使我們入迷的原因。

為自由而逃

這裡，我們不得不服氣李維史陀的聰明和洞見，整整半世紀之後，這段話仍像剛剛印刷出來、猶帶著油墨和紙張的新香一般。如果我不算誤解得太嚴重的話，李維史陀在這裡把一個我們習慣帶貶意的詞「逃避現實」和另一個我們習慣不假思辯就奉為最高價值之一的詞「自由」，給漂漂亮亮聯繫起來了。

不自由，毋寧死，這是少數受到召喚的仁人志士，對這種不堪忍受的處境所採取積極有力的回應；而選擇逃走，老實說，則是歷史上更多平凡人更習見的情非得已方法。每當政治、經濟、法律、自然環境乃至於社會的階級身分的壓力「咄咄逼人」，到達「完全不能忍受」之時，死亡和逃走便分別展開，那些為數較少慷慨死去的人們為我們留下典範和格言，而千千萬萬逃走的人們則逐步裝滿南北美洲、裝滿澳洲紐西蘭、裝滿這個地球每一個還擠得進人的角落——不誇張的說，我們眼前的世界之所以長成現在這樣子，有很大一部分是逃避現實的結果。

還有不少人夢想逃到月球或火星或某個只有字母和編號的不知名行星去。

然而，二十世紀的資本主義社會卻給了我們另一種新的不自由，李維史陀以「群體文化」的壓力來代表，當然，這只是某個面向的指稱，馬克斯．韋伯的用詞側重其層層架疊如理性迷宮的結構，稱之為「鐵籠」；米蘭．昆德拉直接訴諸感受，稱之為「生命中無可脫逃的沉重」；卡爾維諾則用希臘神話中的蛇髮女妖梅杜莎來進一步引申，當你瞪視她時會化為石頭，「我有時候會覺得整個世界都在硬化成石頭：這是一種緩慢的石化過程，儘管因人因地而有程度差別，但無一生靈得以倖免，就好像沒有人可以躲過蛇髮女妖梅杜莎的冷酷凝視一般。」

總而言之，這是一種立基於合理性，遍在的、隱晦的、匿名的、非人的一種窒息性沉沉重量，你很難辯論，也不易找到對象來革命打倒（六〇年代的馬庫色、阿多諾和一干青春爛漫的年輕人試過，但沒成功），更無法喚起被壓迫的單一階級形成革命大軍（馬克思對無產階級的厚望至此了結）。對抗一個有形的不合理暴君，你可以是個志士，也多少找得到同舟一命的同志；但對抗一個無形的合理化結構，你往往只能是個瘋子、失敗者或流浪漢，而且原子般單操一個。

說起來，李維史陀的「預言」算客氣了，他說用不了幾十年，歐洲也會被籠罩在內。事實上，幾十年後的今天看起來，就連亞洲也囊括於其中。當地球村被如此建構起來，逃走就被逼上了形而上的層次，我們通常只能選擇在精神上流放自己。

這是李維史陀所說，紐約這個詭異的城市給我們啟示的一條生路；也恰恰是，李維史陀可能沒讀到的（否則他後來應該會提筆告訴我們），紐約的流浪漢偵探馬修．史卡德先生。

武器／珊瑚

說到這裡，我忍不住要多引述一些卡爾維諾的發言。聰明的卡爾維諾沒用「逃避」「流放」這樣以沉重對抗沉重、容易生出誤解的用詞，他選擇的是「輕盈」，這個詞煥發著一層喜悅的光采，把逃走的狼狽姿態轉換成舞蹈——卡爾維諾喜形於色但小心翼翼繼續發展他的梅杜莎譬喻：希臘神話中，「唯一能夠砍下梅杜莎腦袋的英雄是柏修斯——他憑著長翅膀的涼鞋而得以飛行。柏修斯從不直接注視蛇髮女妖的臉，只看她映現在青銅盾牌的形象。」

卡爾維諾說他忍不住將這個神話視為寓言。這個寓言喻示了詩人和世界之間的關係：「他靠風，他靠雲，只盯住憑間接視覺呈現的東西，也就是鏡面所捕捉的映像。」

接下來，卡爾維諾談柏修斯成功砍下梅杜莎腦袋後的處置：他並未丟棄這只可怖的頭顱，而是妥善收入自己的袋子裡隨身攜帶，這反倒成為他日後克敵制勝的最佳利器，「柏修斯的力量在於拒絕直接觀視——不過，他並不是拒絕去觀看他自己命定生活其中的『現實』；他隨身攜帶著這個『現實』，接受它，把它當做自己的獨特負荷。」

這還不夠，卡爾維諾又追到歐維德的《變形記》，找到另一樁柏修斯和梅杜莎腦袋的故事：話說柏修斯成功宰殺了海怪，救出安卓美達之後，想好好洗個手，為了妥善安置這顆可怖的腦袋，他先鋪了樹葉，再擺上水生植物的細枝，小心讓梅杜莎臉孔朝下放好，然而，奇蹟這時候發生了，「那些細小的水生植物一被梅杜莎觸及，立刻石化成為珊瑚，水中的仙子為了拿珊瑚做為裝飾，遂爭相攜來嫩枝和海草，擺到這顆可怖的頭顱之前。」

到此為止，卡爾維諾為了不損傷神話的豐饒意涵，不願再進一步加以詮釋註解。

但由此，我們也聽懂了一部分：原來，這麼多狀似輕盈、拒絕直接觀看現實的了不起作家，他們仍然把梅杜莎的可怖頭顱隨身帶在身上。逃離布拉格、卻滿心不甘安然進入西歐的米蘭．昆德拉，他的小說克敵武器的成分多而裝飾珊瑚的成分少；魔幻想像但「每一行都有寫實基礎」的哥倫比亞賈西亞．馬奎茲，在武器和珊瑚之間頗均衡；至於玩興較濃的卡爾維諾則在光譜另一端，他傾向於放下武器，製成一樹又一樹美好的珊瑚遺留給世人。

穿過愛情的鏡子

在這些了不起的名字之後，我能冒昧的再續上卜洛克、以及他筆下也拒絕觀看沉沉現實的馬修．史卡德嗎？——至少，我真誠的建議，這提供我們更準確理解史卡德的好線索。

我也喜歡李維史陀所用《愛麗絲夢遊仙境》書中穿透鏡子的意象：逃離現實，這是走向未知不確定的冒險之旅，等在前面的，有華麗的自由，但同樣有粉身碎骨的危險，你唯一可確信的是，你不會緩緩化成石像。

這次，《惡魔預知死亡》中，馬修．史卡德先生穿過的正是一枚標示著「愛情」的鏡子——我想起在一本名為《*After Hours*》的訪談書，說到有一回羅勃．派克和勞倫斯．卜洛克這兩位當代冷硬私探大師上電視接受採訪。主持人先問派克，他筆下的硬漢史賓賽和他那位有心理學博士學位的美麗女友會不會結婚？派克的回答是斷然否定，「他們相愛，但他們永遠不可能『逮住』對方。」同樣的問題問到史卡德和伊蓮．馬岱，卜洛克的回答則非常模糊，他說他不知道，也許，哪天這兩個人覺得時候到了，可能還真會結婚也說不定，只是，卜洛克加了一句，就算真結了婚，「也不意味著他們會就此過著幸福快樂的生活。」

說得真好不是嗎？我還是忍不住用卡爾維諾的話來結束：「我們所選擇並珍視的生命中的每一樣輕盈事物，不久就會顯現出它真實的重量，令人無法承受。或許，只有智慧的活潑靈動，才得以躲避這種判決。」

九月的最後一個星期四，麗莎・郝士蒙上第九街購物。下午三四點左右，她回到自家公寓，煮起咖啡。咖啡一邊滴，她一邊換下燒掉的燈泡，收拾好剛買的家常用品，讀起高亞牌豆子盒後所印的食譜。就在她坐窗邊喝咖啡時，電話響了。

是她丈夫格藍打來的，說他要到六點半左右才會回家。他常常晚下班，不過他在這方面很體貼，總會告訴她什麼時候回家。從她流產後這幾個月以來，他比過去更殷勤。

將近七點他到家，七點半他們才坐下來吃晚飯。她燉了一鍋扁豆，拿豆盒上的食譜做底，但加油添醋，另放了大蒜、新鮮的芫荽，以及好一大匙約卡太卡辣醬，風味大增。她把燉扁豆澆飯上，配了沙拉。他們一邊吃，一邊望著太陽西沉，天色漸漸暗了下來。

他們的公寓坐落在第十大道與五十七街東南角交口上，是一棟新蓋大樓。過街斜對面就是吉米的阿姆斯壯酒吧。他們住二十八樓，臨窗面向南面及西面。一眼望過去，景色棒極了，整個西緣大道從喬治・華盛頓橋到拜特瑞，再從那裡越過哈德遜河，一直延伸到紐澤西。

他們是很體面的一對。他個子高瘦，深棕色頭髮往後梳，露出明顯的美人尖，只有太陽穴邊略見灰白。深色的皮膚，明顯的線條，只有略顯軟弱的下巴，使他的臉稍微柔和了點。一口好牙，一副信心十足的微笑。

他仍是一身平時上班的穿著。一套手工精細的西裝，打了條紋領帶。在他坐下來吃晚飯前，他可先脫下西裝上衣？或把上衣掛椅背上？門把上？還是拿個衣架掛起來？他對他的東西一向很小心，我可以想像，他穿著襯衫坐窗邊……一件藍細紋織布的牛津襯衫，鈕釦從上到下一路扣緊……領帶則甩一邊肩後，免得沾到油漬。我看過他這副模樣，那次是在一家名喚晨星的咖啡屋裡。

她的個子嬌小纖細，大約五呎二吋高。一頭深色頭髮，短而時興。膚色如瓷，眼睛藍得眩目。她年約三十二，但看起來年輕多了，不像她丈夫，比他實際年齡三十八歲要顯老。

我不知道她穿什麼樣的衣服。大概下面一條牛仔褲，褲腳捲起，膝蓋臀部磨得有點舊了。上面一件黃色無領棉線衫，袖子直推到肘彎，露一截手臂，腳上則是棕色皮拖鞋。

不過這都只是我的猜測，一種想像的遊戲，我哪知道她到底穿什麼？

大約八點半到九點之間，他說他要出去。如果他曾在稍早前脫了上衣，現在他又再度穿上，另外還加了一件薄大衣。他告訴她，他一小時內就回來，沒什麼要緊事，只是需要料理一下。

我想她洗了盤子，倒了杯咖啡，然後在電視機前坐下。

十點都過了，她開始擔心。她告訴自己，不要這樣傻裡傻氣，她坐到窗邊，一逕瞪著窗外的林林總總。

十點半左右，看門警衛掛來一通電話，說有警察正上樓來，警察一出電梯，她已經等在走廊。

這是一個高個子、清清爽爽的愛爾蘭小夥子，身穿藍制服。她記得她一看到他，就覺得警察該是這般模樣。

「拜託，」她說，「拜託，請你告訴我，怎麼回事？出了什麼事？」

一直等他們進門後，他才肯開口說話。不過她已經明白了。他臉上的表情早已道出一切。

她丈夫去第八大道與西十五街交口，顯然在那裡丟銅板打公共電話。可能有人想要搶劫他吧，近距離內向他射了四顆子彈，他立刻倒地身亡。

還有其他細節，不過她只能消受到此。格藍死了，她不需要再知道別的。

2

我第一次遇見格藍·郝士蒙是四月某個星期二的晚上。四月，據說是最殘酷的一個月份，艾略特〈荒原〉如是說。那他總該明白他自己說這話的含意吧？我可不懂。對我來說，每個月份都挺難熬。

我們是在山朵凱斯汀的畫廊碰的面。那個畫廊在五十七街上第五、六大道之間的一棟五層樓。那棟樓有不下一打的畫廊。當天，一個現代攝影團體的春展開幕。三樓的一間大廳，正在展出七位攝影師的作品。來捧場的除了他們的親朋好友之外，還有像麗莎·郝士蒙以及伊蓮·馬岱這一行人。他們每星期四晚上在杭特學院修一門「攝影做為抽象藝術」的課。

桌上已經擺好了裝著紅酒、白酒的塑膠酒杯，釘著五顏六色牙籤的起司，還有汽水。我為自己倒了一點，去找伊蓮。她把我介紹給郝士蒙。

我只看他一眼，立刻判定我不喜歡他這個人。

我告訴自己，這太荒謬了。我跟他握了手，回了他的笑容。一個小時之後，我們四人在第八大道吃泰國菜。我們叫了點麵，郝士蒙要了一瓶啤酒配肉吃，其他人則喝泰式冰咖啡。

我們之間的談話一直沒進入情況。一開始我們談剛看過的展覽，又隨意聊了一會兒一般性的話題，諸如本地的政治、球賽、氣象等等。我已經知道他是律師，在魏戴爾暨楊特出版社工作。這是一家專門用大字體重印已出版作品的出版社。

「滿無聊的，」他說，「大部分是合約。每隔一陣子，我得給人寫封措詞嚴厲的信。哈，這可是一套我等不及要傳後的本領。一等我們兒子夠大了，我就教他怎麼寫這種信。」

「或者女兒。」麗莎接口道。

不論是女兒，或是兒子都還沒出生，產期在秋天。這是麗莎沒喝啤酒改喝咖啡的原因。伊蓮本來就不怎麼喝，最近更滴酒不沾。而我，一天戒一次，也不喝。

「或是女兒。」格藍附和，「不論男孩女孩，這小孩可以跟著老爸重走這條無聊路。馬修，你的工作一定刺激多了。是我電視看太多，所以有這種想法？」

「有時滿刺激的，」我說，「但大部分時候不過是例行工作，跟其他職業沒什麼差別。」

「在你自己出來做之前，你當過警察是吧？」

「不錯。」

「現在，你跟偵探社做？」

「他們來找我時，」我回答，「我替偵探社工作，按件計酬，其他時間我自己接案。」

「我猜，你一定處理過很多工業間諜的案子，一肚子怨氣的雇員出售公司機密。」

「偶爾。」

「但不多？」

「我沒有執照，」我說，「所以通常拿不到大公司的案子，至少靠我自己很難。偵探社是有接這種案子，不過他們最近找我辦的多半與仿冒商標有關。」

「仿冒商標？」

「從仿冒勞力士錶，到運動衫或棒球帽盜用未經授權的商標。」

「聽起來滿有意思。」

「不見得，」我回答，「以我們這行來說，就跟你寫信逼人差不多。」

「那你頂好有個小孩，」他說，「這正是你會想傳後的看家本領。」

晚飯後，我們來到他們家，非常盡責的讚歎從他們家看出去的景致。伊蓮的公寓可以看到東河的一部分，從我的旅館房間，則可以瞄到世界貿易中心，但可不能跟他們家相提並論。公寓本身倒不大，第二間臥室只有十呎見方，而且像很多新蓋的房子，天花板低，粗製濫造，不過這等視野，彌補不少不足之處。

麗莎煮了一壺無咖啡因咖啡，開始說起個人徵友廣告，以及她知道有哪些正經八百的人都在用它。「不然，現在要怎麼樣才交得到朋友？」她質問，「格藍和我運氣好，我帶著我的書去見魏戴爾暨楊特公司的藝術指導，居然就在走廊間碰到了。」

「我在房間另一頭，一看到她，」格藍說，「我當下就採取行動，確定我們兩人一定能迸出愛的火花。」

「但這樣的巧事多久才發生一回？」麗莎繼續說，「你們兩個怎麼認識的？不介意我這麼問吧？」

「徵友廣告。」伊蓮說。

「真的嗎？」

「不，事實上，我們多年前要好過，吹了，也斷了聯絡，然後我們又遇上……」

「而且過去的魔力還在？這可是個動人的故事。」

說不定，不過這個故事可禁不起深究。我們是在多年前認識的沒錯，在間開到深夜的酒吧。那時伊蓮是個年輕甜美的應召女郎，而我是第六分局的警探，在長島還有一個疏遠的老婆及兩個兒子。多年後，一個神經病殺手從我們共有的過去突然冒出來，不殺我們兩人誓不善罷甘休，這又把我們弄在一起。不錯，過去的魔力還在，我們找到了對方，廝守至今。

我也覺得這是個挺美麗的故事，但有這麼些不好明說的情節，這個話題只能點到為止。麗莎又說起一個朋友的朋友，離了婚，應《紐約雜誌》上的廣告，到說好的地點準時赴約，結果遇到的不是別人，正是她的前夫。他們不禁感到冥冥中自有定數，宣告再度結合。格藍說他可不信，無稽至極，他聽過半打類似的故事，但他一個也不信。

「都市神話，」他說，「這類的故事滿天飛，但總是發生在一個朋友的朋友身上，從不是你真正認得的人。事實上，這種事從沒發生過。有些蛋頭學者專門收集這類故事寫成長篇大論，甚至還集結成冊，就像那個旅行箱裡裝著德國牧羊犬的故事一樣。」

我們看起來八成一臉疑惑。「噢，少來，」他說，「你們一定聽過的。某人的狗死了，他心碎之餘，不知道該怎麼辦，就把狗裝進一只大旅行箱，然後，他不是找獸醫去呢，就是要去寵物公墓，反正就當他把箱子放下喘口氣的時候，有人一把搶了箱子就跑。哈，你想想看，那個倒楣鬼打開偷來的箱子，裡面沒別的，就死狗一條，他臉上會是什麼德性。我敢打賭，你們一定聽過類似的故事。」

「我聽過一個，那隻狗是隻杜賓犬。」

「杜賓犬，牧羊犬，反正大型狗就對了。」

「我聽過的故事，」伊蓮說，「是發生在一個女人身上。」

「當然，當然，而且一個熱心的年輕男人自告奮勇要替她提箱子。」

「但箱子裡面，」她繼續，「是她的前夫。」

都市神話就此告一段落。但麗莎仍興致高昂。她的話題一轉，轉到色情電話。她覺得這是九〇年代最好的暗喻。從健康危機產生，用信用卡及九〇〇收費電話交易，因著愈來愈多人好幻想、意圖逃避現實而盛行。

「而且那些女孩賺錢多容易，」她說，「她們只需要張張嘴巴就行了。」

「女孩？有一半恐怕是老祖母了。」

「那又怎樣？老女人做這行可有這點好處。你不需要年輕貌美，只要有豐富的想像力就行了。」

「你的意思是得有一顆色迷迷的心，是不是？你還得要有性感的聲音。」

「我的聲音夠性感了吧？」

「當然，」他回答。「不過，這是我的偏見，可不能作準。你問這個幹嘛？別告訴我你想從事這行。」

「嗯，」她說，「我是在考慮。」

「你開玩笑吧？」

「哦，這可說不定，以後小孩睡覺，我又無處可去的時候……」

「你真會拿起電話跟陌生人穢言穢語？」

「……」

「你可記得在我們結婚之前，你接到的那些猥褻電話？」

「那可不一樣。」

「你嚇個半死。」

「那是因為那人性變態。」

「是嗎？你以為你的顧客會是怎麼樣的人？童子軍？」

「如果能賺錢，那就又不同了。」她說，「那就不是被騷擾，至少我不覺得。你呢？伊蓮。」

「我想我不會喜歡幹這行。」

「那當然，」格藍說，「你沒那種骯髒心思。」

8

回到伊蓮的公寓之後，我說：「身為一個成熟的女人，你豈不占盡優勢。只可惜你的心思不夠骯髒，沒法從事色情電話交易。」

「哈，這是不是很可笑？我差點想多說點什麼。」

「我是以為你會多說了什麼。」

「我幾乎出口了，但我煞了下來。」

「嗯，」我說。「有時候是煞得住。」

我第一次遇見伊蓮時，她是應召女郎。我們再度聚首，她仍是應召女郎。我們之間的關係雖然逐漸加深，但她並未改行。我假裝毫不在乎，她也不露聲色。我們只好避而不談，讓它成為一個碰也不能碰的話題，像是一隻站在客廳裡的大象，我們輕手輕腳繞著牠走，彷彿從來沒有發現牠存在。

一天早上，我們突然停下來，面對我們真實的感覺。我承認其實我在乎。而她告訴我，早在幾個月之前她就已經不幹了。這整個經過帶著一種古怪的作戲之感。自此之後，我們不斷調整，在一片茫然中尋找一條新路。

有一個她非得解決的問題是，她要何去何從？伊蓮並不需要工作。她從來沒有把錢交給拉皮條的，或拋給賣毒品的。她做了明智的投資，把大部分錢拿去買了皇后區的公寓房子。一家房地產公司全權代她處理，每月寄給她一張支票，再加上一些儲蓄，很夠她維持相當的生活水準。伊蓮喜歡上健身房運動，聽音樂會，到大學修課，而且她又有身居市區的方便，永遠不愁找不到事做。

但她一輩子都在工作，要適應退休並不容易。偶爾她會讀徵人廣告，邊讀邊皺眉。有一次她花了整個禮拜時間，試著湊出一份履歷表。最後她歎了一口氣，撕了筆記，大聲宣布，「沒救，完全沒救，我甚至沒法編出一套巧妙的謊言。我花了二十年的時間跟人上床，我可以聲稱我是家庭主婦，但這又怎麼樣？我還是找不到事。」

一天，她說：「我問你一個問題，你對色情電話感覺怎樣？」

「嗯，聊勝於無。」我說，「當我們不能在一起時，說不定可以試試看。不過，我想，我會滿難堪的，很難進入情況。」

「傻瓜，」她親熱的說，「我不是在說我們。我的意思是靠這個賺錢。我認得的一個人說，這很賺。你跟十幾個女孩在一個大房間裡，但每人隔出一間，所以有隱私。你就坐桌邊講電話，一點也不必為顧客付不付錢煩惱，你也不必擔心會得愛滋或疱疹。不用說沒有任何人身危險，你壓根不必碰到任何人。你看不到他，他看不到你，他甚至不知道你名字。」

「那他們怎麼叫你？」

「編個花名啊，只不過不是真的花名，因為你並不真在花街上。一個電話花名。我敢打賭，法國人一定有個專有名詞。」她找了一本字典，翻來翻去。「『電話之名』，我想我還是比較喜歡英文。」

「那你想叫什麼？崔西？凡妮莎？」

「說不定就叫奧黛麗。」

「你根本早就想好了吧？」

「幾個小時前我跟寶玲正談到這事兒。想個名字要花多少時間？」她吸了口氣，「她說她可以介紹我去她做的地方。但你覺得怎麼樣呢？」

「我不知道，」我說，「真的很難說，你先去試試，再看我們感覺如何。你真想做，是不是？」

「我想是吧。」

「以前有人是怎麼說自瀆來著？不幹到戴老花眼鏡，絕不善罷甘休。」

「或戴助聽器。」她說。

緊接著的星期一，她開始上班，但只做了四小時就退下陣來。「沒辦法，」她說，「我沒輒，我寧可跟陌生人睡覺，也不能忍受跟他們淫言淫語。你能不能幫我找個解釋。」

「到底怎麼回事？」

「我就是沒法子幹。有個蠢蛋想要聽他的那話兒有多大。『大極了，』我說，『從沒見過比你更大的，老天，這麼大，怎麼能放進去？你確定這是你那話兒嗎？我敢打賭那是你的手臂。』他一聽非常惱怒。『不是這麼個幹法，』他說。以前可沒有人說我不會幹。『這樣亂誇張，被你搞得好無聊。』哼，居然是我不對。我說，『無聊？你坐在那兒，一手拿電話，一手捏著那玩意，付錢給陌生人來說你有多了不起，還說我無聊？』我告訴他，他是個混蛋，然後就掛了電話。當然，我是不該摔電話的。這種九〇〇的電話按時計價，只要他們還在線上，我們就賺錢。所以只要他們不掛……我們就不掛……不過我可不在乎。

「另一個神經病要我給他說故事。『告訴我，你跟一個男的，一個女的，三個人一塊幹。』哼，我不是沒有實戰經驗，但我幹嘛要告訴他這等無聊鬼？管他去死，我就順口編。當然啦，三個人都幹得火熱，美得冒泡，配合得天衣無縫，同時登上七重天。簡直是活見鬼。你真去試試看。有人一嘴口臭，有人一身暗瘡。女的在那兒叫半天，男的連舉也不舉。」她搖搖頭，一臉憎厭。

「算了吧，」她說，「幸好我存夠了錢，看來我沒法找事了，我甚至不能做色情電話交易。」

∞

「怎麼樣？」她問，「你覺得怎麼樣？」

「你在說格藍和麗莎？他們很好啊，我願他們一切如意。」

「但如果我們再也不見面，你也不在乎是不是？」

「你說得過火了些，不過我得承認，我對沒事跟他們廝混可不感興趣。像今天晚上，我們之間就沒什麼可談的。」

「我不知道這為什麼？是不是彼此年齡有差距？我們並沒有比他們大太多啊。」

「她是滿年輕的。」我說，「不過我想這不是理由，最主要的是彼此沒有多少共通之處。你跟她一起上課，我住他們隔條街，除此之外……」

「我知道，」她接口，「是沒有多少共通之處，這我早該想到。不過我看她挺惹人喜歡的，因此不妨一試。」

「嗯，不錯，」我說，「我可以看得出為什麼你喜歡她，我也覺得她不賴。」

「但不包括他？」

「是，不包括他。」

「什麼緣故呢？」

我想了一會兒。「呃，」我說，「我也說不上來，我可以指出一些他讓我很不舒服的地方。但說實在的，一開始我就對他沒好感。我只看他一眼，就知道他不是那種我會喜歡的人。」

「他長得不難看啊。」

「不錯，」我說，「他是不難看。嗯，我懂了，說不定我察覺出你對他有興趣，所以我就看他不順眼。」

「哼，我可不覺得他有什麼特別吸引人之處。」

「你不覺得？」

「我覺得他好看，」她說，「就像男模特兒那種好看一樣，但不像現在流行的那副厭生厭氣的模樣。不過我對漂亮的小男生沒興趣，我只愛一肚子火爆的老狗熊。」

「謝天謝地。」

「說不定你不喜歡他，是因為你對她有興趣。」

「我還沒看到她之前，就討厭他。」
「哦？」
「而且我為什麼會對她有意思？」
「她很漂亮。」
「像個一摔就碎的瓷娃娃，一個脆弱而且懷孕的瓷娃娃。」
「我還以為男人最容易對孕婦著迷。」
「哼，你最好再仔細想想看。」
「安妮塔懷孕的時候，你在做什麼？」
「忙著加班，」我回答，「把一大批壞蛋逮進牢裡。」
「就跟她沒懷孕時一樣？」
「嗯，差不多。」
「說不定你警察的直覺，」她說，「才是你不喜歡他的真正原因。」
「你知道嗎？」我說，「我想你說對了，但這實在沒道理。」
「為什麼？」
「他是個前途無量的年輕律師，有個懷孕的老婆，一層高級公寓，滿臉微笑，與人握手一手是勁，我幹嘛會覺得他有問題？」
「你自己說呢？」

「我說不出來，我只知道有什麼不對勁，但我說不出來到底是什麼。不過我感覺得到，他聽我說話時全神貫注，好像想聽出一些我不願告訴他的隱私。今晚的談話是很沒勁，但如果我講一些案子，那會大大不同。」

「那你怎麼不說呢？」

「說不定正因為他太想聽了。」

「像是色情電話？」她說，「他一手拿電話，一手捏著他那話兒。」

「是有點像。」

「怪不得你說。老天，你可記得上回的慘劇，足足一個禮拜，我上了床簡直不能開口。」

「我記得，你連哼也不哼一聲。」

「噢，我不發聲。」她說，「但有時候實在沒辦法。」

我裝出一副納粹的腔調，「我就是有辦法讓你高潮。」

「你說真的？」

「我想，這位女士顯然要求實證。」

「那就證明給我看。」

隔了好一會兒，她說：「好吧，我得承認今晚並不特別愉快，不過至少結尾很不錯。嗯？我想你大概沒錯，他這個人是有點不對勁，但管他的，我們再也不必看到他們了。」

8

當然，我又再度見到他們了。

在我們第一次見面之後一個多禮拜，有天晚上，我走出我住的旅館，在第九大道上，忽然聽到有人叫我名字。我環顧四周，不是別人，正是格藍．郝士蒙。他身著西裝拎一只公事包。

「今天他們留我辦事辦晚了，」他說，「我告訴麗莎先吃，不要等我。你吃過晚飯沒？要不要去哪兒吃一點？」我已經吃過了，我告訴他。「那麼，你要不要來杯咖啡，陪我聊聊？我不愛去那種時髦地方，不是火焰，就是晨星，你有空嗎？」

「老實說，」我回答，「正巧沒空。」我指向第九大道，「我正要去見一個人。」我說。

「好吧，那我跟你走一程，我會乖乖的到火焰那兒要個希臘沙拉。」他拍拍腰圍。「免得發胖。」他說。其實我看他已經夠瘦了。我們走到五十八街，過了第九大道。在進火焰之前，他說：「我進去了，希望你的會面順利，可是一個很有意思的案子？」

「就目前階段，」我回答，「實在很難說。」

當然，這根本不是什麼案子。這是一個在聖保羅教堂地下室舉行的戒酒無名會。一個半小時裡，我坐在金屬折疊椅上，就一只保麗龍杯喝咖啡。十點一到，我們含糊唸過主禱文，堆好椅子，然後一夥人一塊到火焰去補點小食，聽眾家閒話。我以為可能還會撞上郝士蒙在那兒細細咀嚼他的希臘沙拉，不過他已經走了，回到他高空上的小屋。我叫了咖啡，一個英式鬆餅，就此忘了他。

之後一兩個禮拜，我曾看到他在第九大道上等巴士，不過他並沒有看到我。還有一次，伊蓮與我很晚在阿姆斯壯吃東西，我們離開時，郝士蒙正巧在對面他們家的大樓前下了計程車。另外有天下午，我站在窗前，一個很像郝士蒙的人從對街照相館出來，往西走去。我站在高樓上，看到的人也有可能不是他，只是那人走路的樣子及舉動讓我想起了郝士蒙。

直到六月中旬，我們才再度說話。那是一個週日，而且已經很晚，至少超過半夜了。我去了戒酒聚會，之後又去喝咖啡。回房間後，我拿起一本書，就是看不下，開了電視也同樣看不下。有時候我就是這樣。我盡力耐住性子，不願這樣坐立不安。掙扎到半夜，我詛咒了一聲，一把拿起夾克走了出去。我從南往西走，走到葛洛根酒吧時，進去坐了下來。

葛洛根位於第五街與第十大道之間，是家老式的愛爾蘭酒吧。過去這種酒吧在這一帶很多，但現在逐漸式微。不過葛洛根倒也沒有因此贏得一塊路標保存委員會的銅牌，或是躋身於瀕臨絕種名單上。進門後，左邊有一長排酒吧，右側則是餐桌及雅座。後面牆上掛著一張鏢盤，磁磚地上散布著鋸屑，頭上的老天花板該修理了。

葛洛根很少有人擠人的時候，這個晚上也不例外。柏克在酒吧後看有線電視放的老電影。我叫了可樂，他給我送過來。我問米基來了沒。他搖搖頭說：「待會兒。」

對他來說，這句話算得上是長篇大論了。葛洛根的酒保一個個金口不開。這是在葛洛根幹酒保的必備條件之一。

我一邊啜著可樂，一邊環顧四處。是有幾張熟面孔，但都沒有熟到我可以去打聲招呼的。我看起電影。我不是不可以在家看同樣的片子，但我不只看不下任何東西，連坐也坐不住。但在這裡，被菸味及溢出來的啤酒味所包圍，我奇怪的平靜了下來。

螢幕上，貝蒂．戴維斯歎口氣，一甩頭，看起來比春天還年輕。

我試著專心看電影，正逐漸陷入沉思漫想之中，突然聽到有人叫我名字。我轉過頭，是格藍．郝士蒙。他穿黃褐色風衣，裡面一件格子襯衫，我第一次看到他不是一身正式的西裝。

「睡不著，」他說，「我到阿姆斯壯，但太擠了，所以就來這兒。你喝什麼？健力士？嘿，你的杯子裡有冰塊，這裡是這樣調酒的嗎？」

「這是可樂，」我答，「不過他們有健力士生啤。如果你想要在酒裡加冰塊，我想他們一定照辦不誤。」

「我可沒興趣。」他說，「有加沒加都一樣，嗯，我想要什麼呢？」柏克就站在我們前面，仍舊一言不發。「你有哪些種啤酒？算了，我不想喝啤酒，還是來杯紅標約翰走路吧，要冰塊，加點水。」

柏克拿酒過來，旁邊放著一小樽水。郝士蒙在他的杯裡加了水，迎著光拿起杯子，啜了一小口。過去喝酒的回憶立刻漫上我心頭。現在我最不想幹的，就是來一杯，但在剎那間，我好像又嚐到了酒的滋味。

「我喜歡這個地方，」他說，「不過我很少來，你呢？」

「我也覺得這地方不錯。」
「常來？」
「不常。不過我認得這家店的老闆。」
「是嗎？是不是那個被叫做『屠夫』的傢伙。」
「我不知道是不是真有人這樣叫他。」我說，「我想是新聞記者給他這麼個名號，大概也是同一個人開始管地方無賴叫『西方漢』。」
「難道他們不是這樣自稱的？」
「現在他們才這樣叫。」我說，「過去可不。就米基．巴魯來說，我可以告訴你這一點，沒有人敢在他的地盤叫他屠夫。」
「如果我太莽撞的話……」
「別擔心，無所謂的。」
「我來過這裡幾次，大概四五次吧，從沒碰上他。不過我大概能從照片上認出他來，個子很大，是不是？」
「不錯。」
「如果你不介意我問的話，你是怎麼認得他的？」
「嗯，我認識他很多年了，」我說，「很久以前，我們就這麼碰上了。」
他喝了口威士忌，「我敢打賭，你有一肚子故事可說。」

「說故事我可不拿手。」

「是嗎？」他從皮夾裡掏出一張名片，遞了過來。「有空跟我吃個午飯嗎？馬修，有時間給我個電話如何？」

「如果我有空的話。」

「我希望你會打來。」他說，「我真想坐下來跟你好好談談。天曉得，說不定我們會談出點苗頭來。」

「噢？」

「比如說，出本書。想想看，你的經驗，你認得的人。如果說有本書正等著你來寫，一點也不為過。」

「我怕我不能寫。」

「只要我們有材料，找個作家跟你合作一點也不困難。我可以感覺到材料已經在那裡了。我們一塊吃午飯時可以多談談。」

過了一會兒他走了，我決定等電影一完就離開。但電影沒完米基倒出現了。結果我們混了一整晚上。我告訴郝士蒙，我並不擅長說故事。但那個晚上我說了我的份，米基也說了他的份。米基喝蘇格蘭威士忌，我則喝咖啡，直到柏克把椅子倒放在桌上關起店門，我們都沒停嘴。

等我們終於出門的時候，天都已經亮了。「現在我們去吃點東西，」米基說，「然後就該去聖本納德教堂參加『屠夫彌撒』。」

「我可不成，」我說，「我好累，我想回去。」

「啊，你這人真沒意思。」他說，然後送我回家。「談得真高興，」當我們到了我的旅館時，他停下來說，「只可惜結束得太早了。」

∞

「天底下我最不想做的事，」我告訴伊蓮，「就是寫本書窮講我這等不得了的精采經驗。就算我願意考慮，也不會跟他合作。他一開口，我就不由自主想逃開。」

「我想不通這是為什麼？」

「我不曉得為什麼他會想起來找我出書？他的公司專門出版大字體書，何況他又不是編輯，他只是一個律師。」

「說不定他認識出版社的人，」她指出，「再說，難道他不能以安排出書當副業？」

「他正在進行某件事。」

「什麼意思？」

「他暗中有個計畫在進行，想弄點什麼的，但他沒說出來。我告訴你，我不信他真要找我寫書。如果他真要找我寫書，他應該還會做其他建議。」

「那你猜他到底想幹什麼？」

「我不知道。」

「這不難發現，」她說，「就跟他吃頓午飯不就結了。」

「我可以這樣做，」我說，「我也可以不必知道。」

八月的第一個禮拜我才又見到他。那是下午時分，我坐在晨星一個靠窗的位子上，吃派喝咖啡，讀鄰桌留下來的《新聞報》。報頁上落下一片陰影，我抬起頭，是郝士蒙，站在玻璃窗的另一面。他鬆了領帶，領口散開，西裝上衣掛手臂上。他微笑著，指指自己，又指指入口。我猜他的意思是要進來加入我。我猜對了。

他說：「很高興見到你，馬修。不介意我坐下來吧？還是你在等人？」

我指指對面的椅子，他就坐了下來。女侍拿了菜單過來，他揮手把她趕走，說他只要咖啡。他告訴我他一直在等我電話，等著跟我見面吃中飯。「我猜你一直很忙。」他說。

「是很忙。」

「我可以想像得到。」

「而且，」我說，「說真的，我並不想寫書。就算我有東西可寫，我也寧可不寫。」

「別再說了，」他說，「我尊敬你的想法。不過，誰說你非得寫書，我們才能一起吃飯？我們總可以找到別的話談。」

「嗯，等我不忙的時候……」

「當然。」咖啡已經到了，他皺眉瞧了一眼，拿起餐巾抹抹眉。「我不知道我幹嘛叫咖啡，」他說，「天這麼熱，喝冰紅茶還有點道理。不過，這裡也算夠涼了，是不是？謝天謝地，這兒有冷氣。」

「阿們。」

「你知道嗎？在一般公共場所，夏天溫度調得比冬天還冷。如果現在是一月，但溫度卻相同，我們早就向經理抱怨了。難怪一般人老覺得奇怪，為什麼我們會有能源危機。」他對我報以殷勤的微笑。「你看，我們有很多話題可以談的，氣象啦，能源危機啦。就當是美國民族性的特色吧，不怕吃午飯時會沒話可說。」

「就怕時間沒到，話題已經用完了。」

「噢，我可不擔心。伊蓮最近如何？麗莎從學校結束後就沒見到她。」

「她很好。」

「她暑假有沒有選課？麗莎本來想選的，後來她覺得懷孕可能對學業有影響。」

我說伊蓮在秋季可能還會去選課，不過她決定夏天空下來，所以我們可以共度長週末。

「麗莎說要找她，」他說，「不過我想她大概還沒行動。」他攪一攪咖啡。忽然他說：「她小孩掉了，我想你大概不知道。」

「老天，噢，我真替你們難過，格藍。」

「謝謝你。」

「什麼時候的事……」

「我不清楚，大概十天前吧。她都差不多有七個月了。還好，情形本來會更糟。他們說，小孩子是畸形，本來也活不了的。假如她懷胎足月真的生下來了呢？恐怕結果還要更令人傷心。」

「我懂你的意思。」

「是她想要小孩的。」他說，「沒有我也不在乎，我雖然無所謂，但對她很重要，所以我想就要吧。醫生說我們還可以再試。」

「然後呢？」

「我不知道我是不是還想要。但絕不是現在。說來好笑，我原來不打算告訴你這些的。你瞧你是多好的偵探，不必試，就有人自動對你傾訴。我還是讓你回去看報吧。」他站起來，向我推了兩塊錢過來。「咖啡錢。」他說。

「太多了。」

「那你就多留點小費，」他回答。「有時間給我打電話，我們一定得一起吃個午飯。」

∞

我把我們之間的談話轉告伊蓮，她立刻起身打電話給麗莎。她打了電話，傳來的是答錄機的聲音，她沒留話就掛斷了。

「我突然想到，」她解釋著，「不需要我的幫助，她也可以對付自己的傷心事。我們不過一起上過課，課兩個月前就結束了。我是替她難過，真的，但我何必干涉她的私事呢？」

「是不必要。」

「這是我的決定，說不定我從艾樂儂屋那兒學到些什麼。如果我不是每隔三四個禮拜才去一次，可能我得到的會更多。」

「太可惜了，你並不喜歡去。」

「那些人老是在搥胸頓足，自怨自歎，簡直令我作嘔。不然去那裡確實有幫助。你怎麼樣？格藍告訴你他的傷心事後，你是不是對他比較有好感了？」

「這是很自然的吧，」我說，「不過我仍不想跟他吃午飯。」

「噢，我看你別無選擇，」她說，「他會不斷黏著你，一直等到有一天，你從夢中驚醒，發現他是你最新的好友。你等著瞧吧。」

∞

不過這並沒有發生。之後的六七個禮拜一晃而過，我既沒有遇到格藍・郝士蒙，也沒有想到他。但一個攜著槍的人改變了這一切，從此，不同於他生前，格藍常常停駐在我的心頭。

3

在一個小時之內，我所知道的跟麗莎．郝士蒙所差無幾。

伊蓮與我先去看了場電影，吃過晚飯後，我們去她的住處。電視上的《洛城法網》才開始了五分鐘。「我真不想說這種話，」節目一完，她說，「我知道有人會說我的想法不對，不過我實在受不了裡頭這個班尼，他簡直蠢得嚇人。」

「你想要他聰明到哪裡去？」我說，「他本來就是個智障。」

「你不該這樣形容他，你應該說他有智能障礙。」

「好吧。」

「但我不在乎。」她說，「你在細菌培養皿裡也找得到比他智力更高的。我希望他變聰明點，或索性走遠點。不過話說回來，對大部分我遇見的人，我都有這樣的感覺。你現在想要做什麼？電視上有沒有球賽？」

「我們看新聞吧。」

我們散散的半看半聽了起來。當那個一臉自信的女主播開始報導中城的一樁槍擊案時，我本能的開始注意，因為我就像一隻老狗對救火鐘一樣，一聽到本地的犯罪新聞就自然有反應。當她提到槍擊地點時，伊蓮說：「就在你家附近。」接下來她報出被害人姓名。格藍．郝士蒙，三十八歲，家住曼哈頓區西五十七街。

新聞轉為廣告，我用遙控器關了電視。伊蓮說：「我想在西五十七街上，不至於有另一個格藍．郝士蒙吧？」

「不可能。」

「那個可憐的女孩。上次我看到她的時候，她有丈夫，肚子裡還有一個小孩，現在她還剩下什麼？我是不是該給她打個電話？不，最好不打。她流產的時候，我沒打去，現在我也不該打。或是我該打？有沒有什麼我們可以幫忙的地方？」

「我們和她又不熟。」

「嗯，而且現在她身邊可能圍滿了人。警察、記者、攝影師，你說是不是？」

「要不就那樣子，要不就是她根本還不知道。」

「怎麼可能？難道他們不需要先通知家屬嗎？他們一向不是都這樣說嗎？」

「照理他們是該這樣做，」我回答，「不過有時候會有人不照這樣來。這種事當然不該發生，但照理很多事也都不該發生的。」

「可不是。照理他不該被殺的。」

「你是什麼意思？」

「天曉得，」她說，「他年輕能幹有好工作好房子，又有個太太對他如癡如迷，然後有天他出去散散步……他們是不是說他正在打電話？」
「諸如此類的。」
「很可能是問她需不需要到轉角熟食店買點東西，我的天，你猜她有沒有聽到槍聲？」
「我怎麼知道？」
她皺起眉。「我覺得整個事件令人覺得怪怪的。」她說，「如果你認得那個人，你的感覺就完全不同了，是嗎？但不只如此，整個感覺就是不對。」
「謀殺永遠是錯誤的。」
「我不是指道德上的錯誤。而是出了某種差錯，像是老天走了眼。他不是那種命該中槍死在街頭的人。你知道這是什麼意思？這表示我們都可能會有麻煩。」
「你還真能想。」
「如果這種事會發生在他身上，」她說，「就會發生在其他人身上。」

∞

整個城市都有同樣的想法。

各家晨報滿載了這條新聞。花邊小報率先領軍，就連《紐約時報》也把它放在第一版。本地電視台更是全面報導。有幾家電視台在謀殺現場附近幾條街設了攝影棚，觀眾倒也罷了，這麼搞對電視工作人員的心理影響不言而喻。

雖然我並沒有緊追這條新聞，還是免不了在電視上看到各種相關的訪問。有訪問麗莎．郝士蒙的，有訪問他們街坊鄰居的，自然也出現各種警方人員，包括一個曼哈頓刑事組的警探，中城北區分局的分局長。所有的警察全說同一大套話……說這個案子多麼令人髮指，說他們絕對不會讓凶手逃脫法律的制裁，說他們此刻正全面運用警力，二十四小時加強擒凶，不逮到凶手歸案絕不罷休。

他們的行動的確也夠快了。根據官方的推測，死亡的時間在星期四晚上九點四十五分，不到二十四小時的光景，他們就宣告破案。「『地獄廚房』的疑凶已就擒歸案。」新聞快報興高采烈的報導，「現在是十一點整點新聞。」

我們就是十一點看的新聞。我們看到凶嫌雙手銬在背後，臉正對著攝影機，他的眼睛睜得大大的，瞪視著。

「天啊，你看看他，」伊蓮說，「這人可不像活生生的噩夢。蜜糖，怎麼回事？你不可能認識他吧。」

「我是不認識，」我說，「不過我在附近見過他。我想他叫喬治。」

「哦，他是誰？」

我無法回答這個問題，但是自有人知道。他叫喬治．沙塔基，現年四十四，失業，貧困無依，是越戰退伍軍人，常在西五十街出沒。他以二級謀殺罪起訴，罪名是槍殺格藍．郝士蒙。

4

星期六一早我租了車，我們出城沿著哈德遜河往上直開了一百哩。我們在哥倫比亞郡一間重新裝修、殖民式風格的小旅館住了三夜，睡在一張垂著帳幕的四柱床上。房間裡沒自來水，沒電視，倒是有一只瓷夜壺。我們留在那裡的時候，既沒看電視，甚至也沒看報紙。

等我們回到紐約時，已經是星期二下午了。我送伊蓮回家，還了車，回到我的旅館。在旅館的會客室，有兩個老傢伙正在討論郝士蒙的案子。「那個凶手我看著他有好些年了，」其中一個人說：「給人擦車窗啦，要小錢啦，我一向說這狗娘養的有問題。你在這城裡住久了，直覺自然就靈。」

十一大道屠殺案，某家花邊小報仍持續不斷的在報上使用這個頭銜。雖然這個案子已經暫告一段落了，但由於兩個因素的結合，使這個案子緊緊抓住一般人的想像力：被害人是年輕的都市專業人士，不像該遭這樣的橫禍，另一方面，凶手是一大群無家可歸遊民中的一員，本來就特別惹人嫌惡。

都市遊民跟著我們有點太久了，他們數目增加又太迅速，從事慈善募款的人聲稱的善心疲乏早已開始，打心裡深處讓我們想要憎恨這些遊民，而現在我們可有了更充分的理由。我們一向隱約覺得他們代表某種輕微程度的危險。他們聞起來有股臭味，他們有各種疾病，他們滿是頭蝨。他們的存在引發我們的罪惡感，提醒我們整個社會制度出了問題，他們之所以出現在我們之間，正因為我們的文明在他們的四周衰頹。

但誰會想到他們可能武裝起來，真是恐怖，出來放槍殺人？看老天份上，把他們抓起來，丟出街外，丟出我們的生活之外吧。

∞

整個禮拜這個故事一直是大新聞，直到一個有名的房地產大亨自殺的消息占領頭條之後，才逐漸黯淡了下來。（他找了他的律師及兩個朋友到他的屋頂公寓，跟他們喝了一回酒說：「我希望你們來這裡作證，這樣才不會有人在那繪聲繪影說我是被謀殺的。」不等他們消化他的這番話，他走到陽台，跨出欄杆，靜寂無聲的躍下六十二層樓。）

星期五晚上伊蓮和我回到她家。她做了義大利麵及沙拉，我們就坐電視機前吃。夜間新聞裡有一個女的正試著把不同的新聞故事湊一起，她比較那個照理說應有盡有，偏偏取了自己生命的房地產大亨及喬治．沙塔基，一個沒有理由值得活下去的人，卻奪去了另一個人的生命。我說我看不出來這兩個案子有什麼關聯，伊蓮說這是唯一能把這兩個人塞進一個句子的辦法。

之後他們放了一段先前訪問的錄音。受訪人自稱是巴瑞，一個骨瘦如柴的黑人，白鬍，戴著一副玳瑁框眼鏡，據說是凶手的朋友。

喬治，據他說，是個溫和的傢伙。喜歡坐長條椅上，喜歡散散步。從不打攪別人，也不喜歡別人打攪他。

「不得了的內幕大爆發。」伊蓮說。

喬治並不喜歡跟人要錢，巴瑞繼續說。不喜歡跟人要任何東西。當他需要錢買啤酒時，他撿收鋁罐去換退瓶費。他永遠把其他的垃圾整整齊齊放回去，所以不惹人討厭。

「一個環保健將。」她說。

而且他永遠是平平和和的，巴瑞說。喬治可曾提起過他有一把槍？巴瑞覺得他說不定曾經說過類似的話。不過，嘿，喬治說過的話可多了。喬治曾經去過越南，你知道，有些時候他把現在跟過去全搞混了。他可能說他正做什麼，聽起來好像才是昨天的事，其實遠遠發生在二十年之前，更別提他可能壓根就沒做過那檔事。舉個例子：拿火燄噴射器縱火焚燒茅屋，開槍殺人。當他提到茅屋或噴火器，你知道如果真有其事，非得發生在二十年之前，因為在西五十七街上，茅屋跟噴火器可是非常少見。但開槍殺人？那就完全是另一回事了。

「這是艾咪．維絲賓德在地獄廚房所做的報導，」那個記者說，「此地雖然沒有茅屋或噴火器，但開槍殺人可就是另一回事了。」

伊蓮按下靜音鈕。「我注意到他們又開始叫這個區域『地獄廚房』，」她說，「柯林頓區到哪兒去了？」

「如果一個報導是關於房地產增值，」我說，「那麼這個地區就叫柯林頓。他們會報導社區改善及種樹計畫。如果事關槍殺或嗑藥，那就叫地獄廚房了。所以格藍．郝士蒙住在柯林頓的豪華公寓裡，但死在幾條街外的地獄廚房。」

「我想就是這麼一回事。」

「我以前見過巴瑞，」我說，「是喬治的朋友。」

「在附近碰到的？」

「還有戒酒聚會。」

「他也參加了？」

「呃，他偶爾去一下，很顯然他並沒戒酒，你才在電視上看到他喝啤酒。他可能是那種人，邊戒邊喝，或是偶爾來個幾回，喝杯咖啡找個伴。」

「有很多人這樣做嗎？」

「當然，有些人最後到底還是戒成了酒。有些人則壓根不是酒鬼，他們只是想進來避避寒。好些戒酒無名會都有這個問題，特別是現在有這麼多人無家可歸。有時候他們停止供應咖啡和餅乾，因為這些點心吸引了太多不該來的人。這是個兩難，你不想拒絕任何人，但同時你想確保真想戒酒的人有位子可坐。」

「巴瑞可是個酒鬼？」

「有可能，」我說，「你聽他告訴所有的人他是如何抓著瓶啤酒在公園的長條椅上過日子。但從另一方面來說，酒鬼不酒鬼的關鍵在於：酒精會不會使你的生活失去控制，這就只有巴瑞自己曉得了。他可能說他活得好好的，也說不定他真沒事。我怎麼會知道？」

「那喬治呢？」

我聳聳肩。「我想我從沒在任何戒酒聚會看過他。你可以說他的生活失去控制，衣著儀容古怪點倒也罷了，但在大街上射殺陌生人則一定是出了問題。是不是啤酒惹的禍？我就不知道了。我想他不是沒可能撿夠了空罐子，喝他個昏天黑地，但也可能他一點也沒醉，只是把格藍．郝士蒙當做胡志明的小姐妹。那可憐的狗娘養的。」

「巴瑞說他挺溫和的。」

「說不定，」我說，「直到上個禮拜，直到他緊張過了度。」

8

我在那裡過了一夜，第二天下午才回旅館。我先在櫃檯拿了信件及留言，再上樓回房間。有個湯姆斯先生打來兩次電話，一次在昨晚，一次在今早十點半。他留的電話區域號碼是七一八，這不是布魯克林就是皇后區。我既認不出這個號碼，也認不出這個人。

另一通是昨晚十一點打來的，珍．肯恩留的號碼我一看就認得了。我花了很長的時間注視她的名字及號碼的七位數字，我已經很久沒有撥了，但就算她沒留電話，我也不用翻本子去查。

我不知道她想幹嘛。

任何事都有可能，我告訴自己。說不定跟戒酒無名會有關。說不定她在蘇活區或翠貝卡當聚會主席想找我演講。或是她遇見一個背景跟我類似的新人，想我說不定能夠幫助他。也說不定是她的私事，她要結婚了，想讓我知道。也說不定她才結束了一段感情，不知什麼緣故想要讓我知道。

要找出答案很簡單。我拿起電話撥了她的號碼。在第四聲鈴響時，她的答錄機出了聲，她錄下來的聲音請我留話。我才出聲，她本人的聲音切了進來。她關了答錄機，問我近況如何。

「活著，沒醉。」我回答。

「『活著，沒醉。』仍舊是你的標準答案？」

「只有對你。」

「嗯，我也是如此，我的老朋友。五月我要慶祝一個週年紀念日。」

「五月二十七日，是不是？」

「你怎麼記得住這些？」

「我什麼都記得。」

「你的在秋天，而我什麼也記不住。這個月還是下個月？」

「下個月。十一月十四日。」

「停戰紀念日。不，我錯了。那是十一日。」

在很久以前我們剛進入對方的生命時，我們兩人沒有一個不喝酒的。結識的過程來自於我所辦的一個案子，幾年前，布魯克林有個女的被冰錐刺死，表面看來，是個連續殺人犯幹的。等我離職後，他們終於抓到那名連續殺人凶手，但事實證明布魯克林這案子與他無關。被害人的父親遂雇我炒冷飯，找出誰是真凶。

謀殺案發生時，珍．肯恩跟她的丈夫柯溫與布魯克林那位死者是鄰居。後來她離婚搬到曼哈頓，而我的調查引導我到了她在利斯本納德街的新居，在那裡我們第一件做的事是開了瓶酒，一起醉倒，第二件事是上床做愛。

在我看來，這兩件事我們都配合無間，但我們還來不及多做練習，她就宣布她不能再見我。她以前試過戒酒無名會，她說，而現在她下定決心還要再試一次，根據一般常識，你想戒酒，最好不要跟一個酗酒的人混一起。我祝她好運，把她留在一個充滿了教堂地下室及高昂口號的世界。

在我還沒有覺醒之前，我自己也跟著一頭撞進那個世界，日子非常不好過。我去了幾次急診室及戒酒無名會。我總是清醒個幾天，然後再找一天喝酒慶祝。

一天晚上我在她門前出現，想不出其他辦法能讓我不喝醉了過夜。她給我咖啡，讓我睡她沙發上。幾天後我又去她家，但這次我並沒有落得又睡沙發的命運。

他們建議在戒酒早期最好不要太動情感，我想他們是對的。不過不知怎麼我們熬過來了，而且整整結伴了兩年。我們從沒有住在一起，但我們好到一種程度，我留在她處過夜比回家還多。她清出個抽屜給我，又在櫃子裡空出地方，而且愈來愈多人知道，如果他們在我的旅館找不到我，他們可以試珍的地方。

這樣繼續了一陣子。有好時光也有不怎麼好的時候，終於大限已至，又咳又喘好像沒油的汽車硬開上路。我們沒有大吵大鬧，沒有半點戲劇化的情節，更不是有什麼不可化解的歧見，我們只是沒了氣。

「我必須跟你談一談。」她現在說。

「沒問題。」

「我要請你幫忙，」她說，「但不想在電話上說。你能過來嗎？」

「當然，」我說，「但今天晚上不行，伊蓮和我有計畫。」

「我見過伊蓮，是不是？」

「沒錯，你見過她。」一個星期六下午我們逛遍了蘇活區的畫廊，在其中一個畫廊碰見珍。「一定是六個月以前的事。」

「比那還久。我在寶拉坎尼畫廊的如蒂・謝爾展看到你們，那是二月底。」

「老天，有這麼久嗎？我不知道時間怎麼過的。」

「嗯，」她說，「我也不知道。」

這些話就懸在空中。

「嗯，」我說，「今晚不行。珍，到底有多緊急？」

「有多緊急？」

「如果很重要，我可以立刻趕過來，不然就等明天——」

「明天就行了。」

「你還去佛西斯街星期天下午的聚會嗎？我可以在那裡跟你碰面。」

「老天，我不知道多久沒去那裡了。不過，反正我不想跟你在那裡碰面。如果你不介意的話，我寧可你來這裡。」

「沒問題，你選個時間。」

「你說吧，我整天在家。」

「兩點鐘？」

「好，兩點鐘。」

掛了電話後，我坐在床邊納悶。我不知道她到底想要我幫什麼忙，為什麼她不能在電話裡說。我告訴自己很快就會知道，而且顯然我也不太在乎，不然現在我立刻趕過去也行。在我去找伊蓮之前，並沒什麼重要的事得做。我打算看世界體育播出的中量級拳賽，不過沒人說這是了不得的世紀之戰，沒看我也不在乎。

我再拿起電話撥了七一八，一名男子接的電話，我說請找湯姆斯先生。他說：「呃，你說的是湯姆斯先生？還是你想要找湯姆？」

我查了留話條。「是湯姆斯先生。」我說，「不過我的留話條不一定作準，得看是誰接的電話。我叫馬修．史卡德。有人留了兩次話，要我打這個號碼找一位湯姆斯先生。」

「啊，我明白了，」他說，「我明白是怎麼回事了。是我打電話給你的，不過他們記名字時犯了一個小錯誤。我沒說『湯姆斯』，我說『湯姆．S』。」

「我猜我是在那些聚會裡認得你的。」

「老實說，」他說，「你根本不認得我，事實上我不確定我是不是真找對人。先請教一下，你有沒有參加過一個叫『就地現時』的聚會？」

「『就地現時』？」

「那是一個布魯克林團體，我們每星期二及星期五在蓋瑞森大道的路德教堂聚會。」

「我想起來了，那一次有三個人演講，一個叫昆西的傢伙有車，所以由他開車，但我們迷了路，差一點遲到。這是兩年前的事了吧。」

「大概三年。我記得相當清楚，因為當時我戒酒剛滿九十天。當時，我還在聚會宣布這件事，賺了不少掌聲。」

我差點要恭賀他。

「讓我先確定我找對了人，」他繼續。「你曾經是紐約市警察，辭了工作，改行做私家偵探。」

「你的記憶力很好。」

「嗯，現在我聽過一個人的資歷，十分鐘後馬上忘得一乾二淨，但先前幾個月聽過的卻印象深刻。那天你演講時，我記住了你講的每個字。我問你，你還在做同樣的事嗎？還幹私家偵探？」

「是。」

「太好了，這正是我所希望的。你看，馬修，很抱歉，可以叫你馬修嗎？」

「可以吧，」我說，「那我就叫你湯姆，我也只知道你叫湯姆。」

「你說的對。我還沒說我的姓。蠢得很，我講得顛三倒四的，是不是？或者最好從我的姓開始，那個S代表沙塔基。」

好一會兒我都反應不過來，然後才頓然醒悟，「噢。」我說。

「喬治．沙塔基是我哥哥。我不想留下我的姓，因為，呃，我就是不想這樣做。並不是我對有這樣的兄弟感到羞慚，千萬別搞錯了，我可不。對我來說，他是英雄。從某些方面來說，他現在仍然是。」

「我猜他的日子很難過。」

「好多年了。他們把他從越南送回來之後，他就一直不對勁。噢，其實沒去之前他就有點問題，你不能把所有事全怪在戰爭頭上。最先我們一直等他回復正常，等他處理好自己的生活。但二十多年都過去了，天可憐見。好久之前就可以看出來，他不可能有任何改變的。

「早些時候他試過很多工作，但從沒辦法做得長。他沒法跟人相處。倒不是跟人打架或什麼的，他就是不能跟人好好相處。

「之後他完全找不到事，因為他的樣子非常奇怪，特別是臉上那副表情，而且他開始不洗澡。我知道你的聚會在第九大道，你就住在那附近，說不定你認得喬治。」

「只是見過。」

「所以你清楚我說的。他不肯洗澡也不肯換衣服，也不整理鬍子和頭髮。你買衣服等於是在白花錢，因為就算他衣櫃裡還有六條褲子，他不把身上的那條穿到稀爛絕不脫下來。

「好像是他自有一套生活方式，你不可能改變他。他有地方可以住，你曉得？或許你不知道。他們在他身上貼塊遊民的標籤，人人就信以為真了，其實在五十六街的一個地下室，他有一間房間。他自己找的，而且是他自己付的房租。」

「靠回收鋁罐付的錢？」

「每個月他都收到幾張支票，退伍軍人的，以及社會安全福利，除了付房租之外，還有一點剩的。在他租下房間後，我和我姐姐跟房東說好了，如果喬治沒給房租，我們會負責。但這從來沒發生過。你看到這麼個傢伙，髒兮兮的流浪漢躺公園椅子上，你想他一定什麼事也幹不了。但他每個月都按時付房租。就拿這事來說，你得承認他並不是沒有這個能力。」

「他現在怎麼樣？」

「還好吧，我猜。昨天下午我去看了他一下。他們把他關在瑞克島，我大老遠開車跑去只發現他被移到貝勒浮醫院做心理檢查。他在九樓的犯人區，我只跟他在一起幾分鐘。我不想離開他，但我得告訴你，我真高興離開那個鬼地方。」

「他看起來如何？」

「噢，我不知道。我猜很多人會說他看起來不錯，因為他們多少把他清洗過了，不過我只注意到他眼睛裡的神色。喬治常常瞪眼，這是讓很多人不舒服的原因之一，但現在他那種迷亂的眼神真讓你傷心。」

「我猜他已經找了律師。」

「啊，當然，我原來打算給他找個律師，不過他們已經幫他指定一個，人看起來還不錯。他正在考慮幾個方案。他可以以精神失常或行為能力不夠為理由，讓我哥哥脫罪，他也可以替他安排，以較輕的罪名服刑，他可以不必受審直接判刑，關到療養院去。其實兩種辦法都差不多。他還是會被長期關起來，只是不在監獄，說不定他還能得到某種程度的照料和幫助。」

「喬治自己的想法呢？」

「他也同意了，他說他最好服刑，好像他覺得是他殺的。」

「那麼他已經承認他殺了郝士蒙。」

「這可不，他覺得是他殺的，覺得他一定做了。他雖然不記得，但了解證據對他不利，他可不笨，他曉得檢方證據相當充分。他的反應是，他不能發誓是他幹的，但他也不能發誓他沒幹，因為他們說不定是對的。」

「當時他是不是神智不太清楚？」

「不是，不過他的記憶力從來不是很可靠。他會記得一些事件，但把前後發生的次序全搞混，或是完全記錯，跟真正發生的事件或談話完全不同。」

「嗯。」

「你對我這樣有耐心，馬修，謝謝你。我知道我弄了大半天還沒講到重點。」

「無妨，湯姆。」

「現在的狀況是，」他說，「每個人都很滿意，你曉得？警察結了案，記者不再找麻煩。檢察官手上有個案子，不論出庭與否，他都只贏不輸。而無論他的律師做了什麼決定，喬治都會跟著走，他的律師呢？他只想少費周章結案大吉，同時他知道這樣處理對所有相關人士都最好不過。我姐姐說一旦喬治進入精神病院，她就不用老擔心睡不著，怕他不夠吃，怕他有危險，怕他凍死，或有人傷害他。我太太也這麼說，她還說他可能早該住在病院裡，這樣對他對社會都好。是我們走運，他沒有殺死一個無辜小孩，她說，真正的悲劇是，他沒有早去住院，不然格藍・郝士蒙今天還活著。

「所有人都告訴其他人，這樣最好不過了，而我坐在那裡，好像是油罐裡唯一的一隻蒼蠅。每個人看了我就頭痛。你以為我哥哥真是瘋子？我才真快瘋掉了。」

「什麼意思，湯姆？」

「因為我不相信是他殺的，」他說，「我知道這聽起來有多無稽。但沒辦法，我就是不相信他殺了那個人。」

5

「我真的很感激，」他說。他一邊說，舀了一匙糖放咖啡裡，攪動，加奶，再攪動。「你知道，」他說，「我幾乎要放棄了，只差一點我就不會打這通電話。我翻電話簿找私家偵探。我只知道你的名字，不知道你姓什麼。而我找不到任何只列馬修的人。我在想，說不定我該罷手了，謀事由人，成事在天，是不是？」

「的確有汽車貼紙是這麼寫的。」

「然後我又想，湯姆，就再試一次看有什麼結果，別鑽牛角尖，總不能另外找個偵探去找這個偵探，至少再撥一次電話，走一步算一步，就算游不過河，最少也得弄濕腳吧，而且誰曉得呢？說不定你只沾個邊，說不定你能嘩啦一個波浪就衝過去了。」

到目前為止，那道波浪領著他到了火焰餐廳，我們在吸菸區找了一個雅座。多年以前我通常跟客戶在酒吧見面，現在我改成了咖啡館。我這可不是也跟著生命之流而去，看它可以帶著我走多遠？

「所以我就打電話給團體交流中心，」他說，「我要求找一個『戒酒很簡單』團體的聯絡人，因為我知道那是你最初的團體。除非你換了，又搬了家，或索性搬出了城。也說不定重新又喝上了，誰曉得，不是嗎？」

「沒錯。」

「反正他們給了我一個號碼，我就打去扯了個謊。我說我在一個聚會遇見你，你給了我電話號碼，但被我弄丟了，我從來不知道你姓什麼。接電話的人也不知道你的姓，但他馬上知道我要找誰，所以我才知道你還在戒酒，而且還待在這個區。他給了我另外一個號碼，那個傢伙叫李奇，我也不知道他的姓，但他知道你的姓，而且在他的簿子裡就有你的電話。所以我就打來了，昨晚一通，今早又一通，你回了我電話，於是乎現在我人在這裡，」他吸了口氣，「如果你說我發神經，我可以立刻掉頭回家。」

「你是不是瘋了呢，湯姆？」

「我不知道，」他說，「你告訴我。」

他看起來夠正常了。他大概有五呎八、九吋高，跟我錯過沒看的中量級拳手差不多高，但稍微重一點。圓臉，前額的皺紋及嘴角的紋線使他原本男孩子氣的臉顯出年歲。淡棕色頭髮剪得短短的，上面一層已經稀薄了。他戴著金邊眼鏡，我猜他該換一副可變焦鏡片了，因為他叫咖啡之前，先取了下來看菜單。

他穿一件淡藍運動衫，塞進打褶的棉布長褲。腳穿棕色紋底便鞋。放旁邊椅子上的是他的外套，藍綠色鑲著深藍邊，胸前口袋一道L.L. Bean商標。他戴著一只簡單的結婚金戒指，和有不銹鋼錶帶的天美時電子錶，運動衫口袋裡插著一包駱駝牌香菸，菸灰缸裡還點著一根。他固然不像什麼時髦人物，但絕對稱得上社會中堅，一個布魯克林區的傢伙，一個顧家的男人，工作辛勤，賺錢養家。他看起來一點也不瘋狂。

我說：「你何不告訴我為什麼你覺得喬治是無辜的？」

「我甚至不知道我有理由這樣想。」他拿起香菸，彈了灰，又放下來。「他大我五歲，」他說，「我說過嗎？先是他，然後是我姐姐，再來才是我，我成長時，當然，十分崇拜他。他從軍我才十四歲，就在那時候，我已經發現喬治跟別人不一樣，他常直直瞪向遠方，有人問他問題，他常一點反應也沒有。我知道這些，但我仍然崇拜他。」他皺起眉。「我幹嘛說這些？說我了解他永遠不可能殺人？任何人都可能殺人，我自己也幾乎殺了人。」

「怎麼回事？」

「大概在我戒酒之前兩年吧，發生在某個酒吧，有人推我我推他，他撞過來，我撞過去，他揮拳我揮拳。他倒了下來，並不是因為我的身手好，而是他絆到了自己的腳。嘩啦一聲，撞到了頭，不知是酒吧欄杆，還是吧椅的底座，我不知道是什麼，他昏睡了整整三天，他們甚至不確定他是否能活命，如果他死了，我就犯了過失殺人罪。我有什麼話好說？說我不是故意的？過失殺人罪的意思正是這樣，你不是故意殺人的。」他沉浸在回憶裡搖搖頭。「長話短說，第三天他清醒過來，拒絕告我，不願再聽到這檔子事兒。後來我又在酒吧遇到他，我請他，他請我，我們變成了最好的朋友。」他拿起菸，看看，把剩下的菸蒂捻熄。「但一年之後他還是被殺死了。」

「又是酒吧打架？」

「搶劫。他在拉夫大道的一家錢莊幹助理。三個人一起挨槍，他，一名警衛，還有一名顧客。只有他死了，倒楣到極點，說不定他命該如此。但如果說他注定橫死，一年以前我就得關進監獄。我不是一個有任何暴力前科的人，之所以會發生，只是因為有人推我，而我推了回去而已。」

「你很幸運。」

「我一輩子都很幸運，」他說，「但我可憐的老哥可不。他是那種會躲避爭執的人，但某種情況下，他卻怎麼躲也躲不了。在他的生活之中，暴力永遠在不遠之處等待。」他坐直起來。「但上個禮拜發生的事，」他說，「完全說不過去，那不像喬治。」

「什麼意思？」

「你看，」他說，「警察拼出來的故事是說——郝士蒙在街角的公用電話亭打電話。喬治靠過去向他要錢。郝士蒙不睬，對他說不，甚至叫他滾開。喬治拿出槍，開槍殺死他。」

「有什麼不對之處？」

「你常在附近看到喬治，你曾看過他跟人要錢嗎？」

「我不記得有看過。」

「相信我，你從沒看過。喬治不跟人要錢。他不喜歡跟人要任何東西。如果他真沒錢，又需要用幾個錢，而賣瓶瓶罐罐又不夠，他可能會在紅燈時到車前給人擦車窗。就是如此，他也不會硬要錢。他絕對不會去打攪一個穿西裝打電話的人。喬治碰到這種人，一定會走開。」

「說不定喬治問他時間，但不喜歡他聽到的答案。」

「我告訴你，喬治根本不會跟他說話。」

「說不定他又陷入進去，以為他正在作戰。」

「被什麼引起？看到有人在打電話嗎？」

「我了解你的意思，」我說，「但這只是我們的猜測，是不是？如果你看證詞……」

「好，」他說著，身子往前傾。「老天，就讓我們來談證據，依我看，這正是整個案子不能成立的地方。」

「真的嗎？我以為他們的證詞很有說服力。」

「噢，乍看的確很有說服力，」他說，「我也承認這點。有證人指出他在現場，但這有什麼了不得的？他就住離街角不遠之處，每天他一定走過那座公用電話亭。據說還有其他證人聽他談起槍械殺人之類的話，但那些證人是怎麼樣的人？其他流浪漢不是？他們總是告訴警方任何警方想要聽的話。」

「其他具體證據呢？」

「我猜你是指彈殼。」

「有四個，」我說，「跟他們從死者身上取出的四顆九毫米子彈完全吻合。開槍時，這些彈殼會從凶器裡自動彈出，不過警察在現場沒找到，倒是他們逮捕你老哥時，從他的軍用外套口袋裡搜了出來。」

「這項證據不能說不強。」他承認。

「很多人會說罪證確鑿。」

「但對我來說，這不過證明我們已經知道的事罷了，也就是說在槍殺發生之時，他正好人在附近。說不定他只在幾步之遙，站在不遠的門邊。郝士蒙沒看到他，兇手也沒看到他。郝士蒙打電話，兇手出現了，可能是走過來的，也可能是從車上跳下來，誰曉得？砰砰砰砰，郝士蒙死了，兇手也不見了，不是飛奔而去，就是跳上車跑了，諸如此類的。然後喬治走過去。說不定他目擊所有發生的事，也說不定他原來在打瞌睡，但被槍聲吵醒。好了，現在有個人倒下了，街燈的光線照在人行道四片發亮的金屬上。」他停下來，垂下眼睛。「我可能講得太過分了，我最好閉嘴，不然你會覺得我比我哥哥還瘋。」

「說下去。」

「這樣嗎？好吧，然後他向前走幾步，好仔細看看被害者。這是他很可能會做的事。他看到了彈殼，他曾經當過兵，知道這是什麼。你記得他對警察說的話嗎？『你該巡巡這個區，』他告訴他們。『你該撿起自己的彈殼。』」

「這聽起來像是他該對這些彈殼的存在負責，這些彈殼是從他的槍裡彈出來的。」

「在我聽起來，這只表示他心智迷糊了。地上睡一個死人，同時一邊有彈殼，對他來說，這種情況只可能發生在越南。他立刻想起在軍隊時，他們告訴他巡邏時要撿起砲彈殼，他就照這樣做了。」

「如果我們假設他是隱瞞證據，不是更簡單明瞭？」

「但活見鬼了，他隱藏什麼？那些子彈就放在他夾克口袋，他帶著它們走來走去走了一整天，直到他們把他抓起來。如果他要隱瞞證據，他有充分機會把它們丟掉。他們說他走到河邊把槍丟掉，說他站在碼頭把槍擲進水裡。他丟掉槍但居然留下彈殼？他可以把它們隨便丟哪裡，垃圾桶，垃圾場，陰溝，但他沒這樣做，他把它們裝口袋裡整天帶著走。這怎麼說得通？」

「說不定他忘了。」

「四個銅彈殼？它們一定在口袋中撞來撞去。不，說不通的，馬修，說不通的。」

「我不認為任何人覺得你老哥的行為舉止有何理性可言。」

「就算如此，馬修，就算如此，你看，我們再來說那把槍。殺人凶器是一把九毫米手槍，對不對？從郝士蒙身上取出的子彈也是九毫米，喬治口袋裡的彈殼也是九毫米。」

「所以呢？」

「但喬治有一支點四五。」

「你怎麼知道？」

「我看過。」

「什麼時候？」

「大概一年以前。可能更近一點。我去找他，有東西要給他。我開車繞了半天才找到他。他去了他常去的幾個地點之一，靠近羅斯福醫院的入口。」他喝了兩口咖啡。「我們走回他房間，好把我帶給他的東西收起來，大多是衣服，還有幾袋餅乾。他一向喜歡吃那種奶油核果餅乾，裡頭有花生醬夾心。從我們小時候起，他就最喜歡那種餅乾。不論我什麼時候去看他，我都不忘帶幾包。」他閉起眼，半晌才張開，「我們到他房間，他說他有東西給我看。他的地方亂七八糟，到處堆滿了廢物，但他完全知道什麼在哪裡，他搬開一些東西，拿出了一把槍。他把槍包在一條發臭的毛巾裡，他掀開來給我看。」

「你認得出那是一支點四五？」

他遲疑了一下。「我對槍知道不多，」他說，「我在店裡放了一把左輪，點三八的，就放收銀機下面的架子上，放了好幾個月了，但我碰都沒碰。我們的店在海洋大道接金恩斯高速公路附近，賣家電的，從華瑞果菜機到洗衣機烘乾機無所不賣，但沒有多少現鈔交易，現在大家不是用支票就是用信用卡，不過他們不管多少都搶，他們吸點古柯鹼，腦子裡一團漿糊，如果收銀機裡一點錢也沒有，他們就地開槍以示憤怒。所以得放把槍在那裡，不過我祈禱上帝，希望我永遠不必用到它。

「那是支左輪，我不知道我剛才提到沒？喬治給我看的那支不是，它不像我的有一個輪軸。它是L形的，長長方方。」

他在桌面畫出形狀。我告訴他聽起來這是手槍沒錯，但他怎麼知道是點四五？

「喬治說的，他叫它四五口徑手槍。他用的詞兒是什麼？軍隊隨身配備，就是這句話，政府發的軍隊隨身配備。」

「他從哪裡搞到的？」

「我不知道。我問過他，他說什麼從越南帶過來的，不過我不相信他從越南帶回來。我想他在那裡可能有過一把。我的猜測是，他可能在街上找到或買到。我不知道槍裡有沒有子彈，或他到底有沒有子彈。警察找到附近的人說他經常帶著槍，而且到處拿給人看。說不定他真是這樣。看他過的生活，我可以想像他帶著一把槍以策安全，甚至用來自衛。但他有什麼必要對一個正在打電話的人自衛？不過無論如何，你不能從一支點四五口徑的槍裡射出九毫米的子彈，對不對？」

「那把槍哪裡去了？」

「你說我看到的那把？你考倒我了。他們逮捕他時，槍並不在他身上。他們搜查他房間時也沒找到。他們說喬治告訴他們什麼他在碼頭把槍丟進了哈德遜河，他們潛水下去但什麼也沒找到，誰知道他們去對了碼頭沒。你想聽我的想法嗎？」

「怎麼樣？」

「幾個月前喬治把他自己的槍丟進河裡。不知為何緣故，他覺得帶著不安全，他就把槍丟了。當他們逮捕他問槍的下落，他說他丟了，他沒辦法說清楚發生在什麼時候，因為他沒辦法記住這類的事。還有另一種可能——謀殺案發生後他著急了，在他撿起彈殼之後，他決定最好丟了槍，所以他回家，找到槍，丟了它。還有另一種可能——」

他接著想出各種腳本來配合證據，但在每個腳本裡，他老哥都是完全無辜的。最後他終於絞盡腦汁的望著我，問我的想法如何。

我說：「我怎麼想的？我想警察抓對了人。你老哥給你看一支九毫米的槍，但告訴你是點四五，因為它們看起來很像，而且又是那種他熟悉的半自動手槍。我想他可能在搜瓶瓶罐罐的時候，在垃圾桶裡找到這把槍。我想他找到槍時，槍膛裡一定還有幾顆子彈。我想以前有人用這把槍犯案，之後就把它給扔了，這是槍枝為什麼常會落到垃圾箱、垃圾場及河裡的原因。」

「天曉得。」他說。

「我想當格藍．郝士蒙打電話時，你兄弟在附近門邊打瞌睡，不知為何讓他從夢中或幻想裡驚醒。他看到什麼或聽到什麼，不論是在街上或是在夢裡，讓他相信郝士蒙是個威脅。我想他出於本能，在他還不知道他人在哪裡或正在做什麼之前，已經連開了三槍。我想他射了第四發，也就是最後一發到郝士蒙的後頸去，因為在東南亞是這樣處刑。

「我想他撿起彈殼是出於他的訓練，但同時也因為這些彈殼會把他跟槍殺連接起來。我想這也是他丟槍的原因。如果他不是忘了那些彈殼的存在，或忘了該把它們丟掉，他一定會丟掉的。我想他不記得射殺了郝士蒙，因為當時他只有部分警覺到他自己的行為。像在做夢，或是回憶。」

他往後靠，好像他的胃垮了下來。「啊，」他說，「我以為——別管我怎麼想。」

「你直說無妨，湯姆。」

「噢，你看，我原來以為得花幾千塊給喬治找律師，結果他們已經任命了一個，而且因為喬治沒有錢，所以由政府付錢。不但如此，那律師絕不比我可以雇到的差，再說他跟喬治已經建立了關係。」他聳聳肩。「所以我手邊有這一筆原來要花的錢，我就想，你知道，說不定可以找人做點調查，查查看說不定喬治是無辜的。一旦我想到偵探，我就想到你。但如果你百分之百確定他有罪——」

「這不是我的意思。」

「不是？聽起來像是那樣。」

我搖搖頭。「我是說我覺得他有罪。那若是他幹的，說有罪並不很合適，因為他可能以為自己是在西貢以北什麼地方處決一個狙擊手。但這只是我的想法，而且只根據現有的初步證據。不過以我們手邊有的資料，我很難想像有別的可能，但也許我們兩人還有不知道的地方，如果我發現了新的資料，我自然會改變現在的想法。所以，沒錯，我覺得是他幹的，但我也可能錯了。」

「假如不是他殺的，我們有辦法證明嗎？」

「你必須證明，」我說，「因為我不認為你可以藉由找出檢察官審查這件案子的漏洞來證明喬治無辜。就算你可以攻擊某些證人的證詞，那幾顆彈殼是強而有力的具體證據，只比還冒著煙的槍差一點。既然他們已經有足夠證據證明他有罪，你唯一可以做的事是提供他絕對無辜的證據。郝士蒙很顯然並沒有自殺，如果喬治沒殺他，兇手一定另有其人。」

「所以你得去找出真正的兇手。」

「不全然是，你並不需要指認他，或成立一個案子去告他。」

「不需要？」

「不完全需要。比如說，飛碟從天而降，一個火星人跳了出來朝郝士蒙打了四顆子彈，跳上飛碟飛回外太空。如果你可以證實，如果你可以證明它確實發生，你並不需要展示出飛碟，或是要那火星人出庭作證。」

「我明白了。」他拿出一根菸，點燃了，隔著一層煙霧說，「嗯，你覺得如何？你願意去找那個火星人嗎？」

「我不知道。」

「你不知道？」

「我可能並不合適，」我說，「因為我跟格藍・郝士蒙認識。」

「你認識他？」

「不太熟，」我說，「但比我跟你哥哥要熟一些。我到過他公寓一次，我見過他太太，我跟他在街上談過幾次話，我還跟他在隔壁街上喝過一回咖啡。」我皺起眉，「我不會說我們是朋友。事實上，我也不能說我有多喜歡他，但我不覺得替殺他的凶手脫罪會使我心安。」

「我也不會。」

「什麼意思？」

「如果是喬治殺的，」他說，「我也不想替他脫罪。如果是他扣的扳機，那麼他對他自己或別人都危險，理該被關起來。但如果他沒做，我希望能還他清白。如果他是清白的，你的衝突在哪裡？你只在喬治無辜的情形下幫助他。就像你剛才說的，如果他沒做，一定有其他人做。如果喬治因此被關了起來，那麼那個真正的凶手就逍遙法外了。」

「我了解你的意思。」

「至於你認得死者這一點，」他說，「對我來說，你最合適不過。你認得郝士蒙，你認得喬治，你熟悉這附近。在我看來，你已經有了開始。假如有人可能找出凶手，我敢說一定是你了。」

「我不確定真有這樣的助力，」我答。「我覺得不是你老哥做的機會很小，而且想證明這一點機會更小。我怕你只是把錢丟水裡。」

「這是我的錢，馬修。」

「你講的有道理，你愛怎麼花就怎麼花。問題是，這是我的時間，就算有人付錢，我也不想隨便浪費。」

「萬一他是無辜的——」

「那是另一回事，」我說，「你相信他是無辜的，絕大部分是因為你情願這樣想。呃，讓我們假設他無辜，如果你坐著不動，他就得為他從來沒犯過的罪關一輩子。」

「一這麼想就讓我抓狂。」

「嗯，但這是不是天底下最糟糕的事？湯姆。你自己也說過，他不會被關在一般的監獄，他會待在某個精神病院裡，在那裡他的日常所需不成問題，而且還會得到某些幫助，就算他是無辜的，就算他是被錯關的，這樣不好嗎？他們會給他吃，他們會要他洗澡，照顧自己，他會得到治療……」

「他會得到個屁治療，他們會給他穿上緊身衣，把他搞成他媽的白癡。」

「也說不定。」

他取下眼鏡，指著自己的鼻梁。「你不了解我老哥，」他說，「你看過他，但你不了解他。他不是無家可歸，他有一個房間，只是他很少待在那兒，所以就跟沒有一樣。他不能忍受被關起來。他有一張床，但他幾乎從來不睡。他不像一般人那樣睡覺，晚上睡到清晨起來。他睡覺像隻野獸，一次睡個半小時一小時，不分晝夜睡睡起起。他會在長椅上伸直了睡，在門邊蜷起來像貓一樣的睡。

「他喜歡生活在室外，就算冬天他也老是跑出去。只有最冷的晚上才能把他趕進室內。就算冷得不得了，他只是不斷加衣服，直到把他所有的衣服都穿上身，全塞進他的軍用夾克裡為止。然後他就不斷走路取暖。一走走幾個小時，一哩接一哩。

「日子過來過去，他只穿那件軍用夾克，我從來沒看過他穿別的。現在，他們從他身上脫下來一把火燒了。他們剝走了他所有的衣服，全丟進焚化爐燒光了。他們還會做出什麼事？我去見他時，他們替他洗澡，把他清理乾淨。他們沒有替他刮鬍子或剪頭髮，因為他們不准這樣做，除非他同意，但這是暫時的，如果他被關進一個永久性的精神病院，規則就不同了。

「你可以說我哥哥神經病，我猜也是，但他一輩子都是這樣，他們不可以就這樣改變他。我不是指關起來會害死他，頂多他只是離現實愈來愈遠，他爬進了他心靈的更深處，在那裡建立他自己的世界。」

他直直望著我，摘下眼鏡後的他看起來更無助，但似乎又更堅強。

他說：「我不想美化他的生活，把他說成某種高貴的野蠻人。這是一種可怕的生活。他過得像野獸一樣，他生活在恐懼及痛苦之中。如果他沒有落到被關起來綁上緊身衣，他會跌落在地鐵前，會在外面冷死凍死，走運點的話，說不定被有虐待狂的青少年放火燒了。耶穌基督，馬修，說什麼我也不願過他那種生活，但這是他的生活，你了解我的意思嗎？這是他他媽的生活，就讓他他媽的這樣活。」

6

「所以我就說我會查查看，」我告訴伊蓮。「他在桌上擺一千元，我就收下了。別問我為什麼。」

「同情心，」她說，「一種社會責任感，要看到正義伸張。」

「還有什麼可能？」

「說不定你需要錢。」

「我是早學會了有什麼抓什麼，」我承認，「但這樣的案子賺錢不容易。你加倍工作，想要你的顧客沒白花錢，但最後不免覺得自己是在騙錢，因為不可能有什麼像樣的結果，擺明的事實應該對我有相當的影響才對，但不知道為什麼這次並沒有生效。」

「你相信是喬治殺的？」

「我想是的，我相信我告訴湯姆的理由。」

「但還是懷疑。」

「並不多，」我說，「不怎麼懷疑。」

我們在格林威治村吃晚飯，又去了布里克街的幾家爵士樂俱樂部，之後叫部計程車回她家。清早她煮一壺濃咖啡，烤了兩個罌粟子貝果，切一個木瓜。陽光從客廳的窗子瀉進來，伊蓮邊看著我們帶回家的《紐約時報》邊告訴我，這樣的好天氣不會長久，中午時分雲層會濃密起來，傍晚及晚上極可能下雨。「明天會是晴天，」她說，「對我一點好處也沒有，明天是星期一，美術館全都關門。」

她在修另一門攝影課，這門課叫「從攝影鏡頭看都市景觀」。上城紐約市立美術館有一個展覽，她應該在下次上課前去看看。

「我猜下雨還是得去。」她說，「你計畫做什麼？」

「我想到我住的地方附近走走。」

「我想也是。地獄廚房還是柯林頓？」

「都可以。我得踏破鐵鞋跑跑，開始掙湯姆．沙塔基給我的一千塊。另外我約人有事，之後我會照常跟吉姆．法柏一塊兒吃星期天的晚飯。」

「嗯，我可能去健身房，」她說，「我也可能管他的直接上美術館。然後回家把我自個兒種在電視機前。為什麼節目是英國人製作的時候，死盯著電視不動就沒那麼糟呢？」

「和他們說話的方式有關吧。」

「一定是，如果艾歷斯特．庫克肯替他們做節目介紹，就連《美國鬥士》這樣的節目也會看起來有教育價值。如果你有空，今晚打個電話給我，不然我明天再跟你聯絡。幫我向吉姆問好。」

我說我會。不知怎的，我沒提起我跟前女友在兩點有個約會。

8

多年前，當打電話只花十分錢時，你在一間小小有玻璃有門的電話亭裡打電話，裡面沒有車聲，沒有風雨。說不定在某些地方仍有這樣的電話亭，但在紐約，這樣的電話亭逐漸消失，每改一次造型就少了一點遮蓋。現在只剩一個電話附在一根柱子上，總有一天連柱子都沒了。我感興趣的那支電話位於十一大道與西五十七街交口。我知道這是格藍．郝士蒙死的那天晚上用的那支，附近只此一支，所以不該有錯。我從伊蓮家走出來橫越半個城到達之後，已經十點半左右了。我一邊等號誌燈變色，一邊觀察那座電話，然後我過街拿起聽筒，聽了聽裡面傳來的嗡嗡聲，把聽筒放了回去。

雖然我在西北旅館住了好多年了，但我絕少在十一大道上行走。這個地段盡是賣車場、倉庫、建築材料供應中心及修車店。他們現在都關門了，就像槍擊案發生時一樣。

我在謀殺現場走了一圈，試著捕捉一點臨場感。那裡沒有留下任何痕跡，沒有粉筆畫出屍體臥在地上的印子，沒有圈出犯罪現場的黃色塑膠帶。

也看不出任何血跡。

我可以想像他站那裡，拿起聽筒，從口袋摸出一枚銅板，丟進擲幣孔裡。然後不知發生了什麼事讓他回轉身來——也許是聲音，也說不定是從眼角瞄到的動靜。他開始逃跑，但就算他已轉身，槍彈已經射出去了，他被擊中倒地。

子彈射中他肋骨的右下方，射穿了肝臟，射裂了連接肝臟的大血管。一個致命的傷口，可以這麼說，因為他在失血過多之前就斃命了。他在地上滾向開槍的人，那人在近距離之內又向他開了兩槍。一槍穿過肋骨鑿過肌肉，但算不上重傷。另一彈卻找著了心臟，造成了立即的死亡。

他躺地上，在人行道上伸展開來，腳就在電話柱子底端。第四槍，也是最後的一槍，致命的一擊直射入他頸後，這槍跟其他槍一樣響，但他聽不見了。

很難說他在那裡躺了多久，或他流了多少血。照理，從屍體裡不會流出太多血，他心臟的傷口應該很快致命，但我猜不出在心臟停止跳動之前，從肝臟奔流出來的血有多少。不論如何他躺在那裡，先是血流滿地，逐漸不流了，直到有人拿起搖晃的聽筒打電話報警。

湯姆·沙塔基給了我他哥哥租房子那間樓的地址。在大馬路旁彎進去的五十六街，一座享有租金管制的廉價紅磚公寓。右邊有另一座相似的公寓，左邊則是散布橡皮膠的空地。

一段樓梯往下引至地下室入口。樓梯底端的門有一個玻璃窗，設在眼睛平視可及之處，但我看不出任何苗頭。門是鎖上的。看起來要強行打開並不難，不過我並沒嘗試。就算門沒鎖上，我也不確定我是不是想進去。

我走回五十五街與十一大道交口，拿出筆記本簡略畫下現場。在郝士曼被殺的街口有一個本田汽車代理商，過街則是麥達斯汽車消音器專賣店。我記起湯姆·沙塔基的假設，試著想像如果是其他人幹的，喬治可能會藏在陰影的哪一頭？我沒有看到任何門口，但本田汽車展示中心的入口旁邊有個位置，一個人在那裡不論站或蹲都不會引人注意。那裡有一個垃圾桶站在街角，離公用電話不到十碼，對面沿著消音器專賣店的路邊還另有好幾個垃圾桶。

我離開伊蓮的公寓時仍是陽光滿地，等我到達謀殺現場卻已是一片陰雲，現在的天空更是一分鐘一分鐘暗了下來。溫度也隨之下降，讓我想到我身上的夾克可能不夠暖。我得回旅館更衣，順手拿把雨傘以備萬一。

但當我走上第九大道時，一部公車剛好到達，我追過去順利趕上。說不定不會下雨，我告訴自己。說不定太陽會再出來，大地又重回溫暖。

一定會的。

8

走進休士頓街的聚會地點差不多十二點半了。我在保麗龍杯裡倒了咖啡，從一只有缺口的瓷盤拿了幾片餅乾，找把椅子坐下。有人站起來唸戒酒無名會的開場白，接著介紹主講人。

這個團體大部分是同性戀者，話題的焦點多在愛滋病及後天免疫不全症候群（HIV）上。一點半時我們牽手靜默一會兒，接著唸平靜禱告詞。我右邊的一名年輕男子說：「你知道那些不知論者怎麼休會的嗎？他們先靜默一會兒，接下來再靜默一會兒。」

我穿過蘇活區，停下來買了一片西西里式披薩及一瓶可樂。利斯本納德街在堅尼路的下一條，不過兩個路口長短，珍的家在一棟六層建築的五樓，夾在兩棟更大更新的建築之間。我先進門廳按鈴，然後走回人行道等她開窗把鑰匙丟下來。

從我第一次遇見她那晚，之後有好幾次她都是這樣做的。有一陣子我有她的鑰匙。我最後用的那一次是一個下午，我來收我的東西。我在兩只購物袋裡塞了衣服，把鑰匙放在廚房的流理台上咖啡機旁邊。

我抬頭向上看。窗子開了，一把鑰匙飛了出來，擊中路面，彈起來，嘩啦嘩啦翻滾，終於靜止不動。我撿起來，把我自己引進門內。

7

「請進，」她說，「你能來真好。你氣色不錯，馬修。」

「你也是，」我說，「你瘦了。」

「哈，」她說，「好不容易。」她仰頭注視我眼睛。「你覺得怎麼樣？是不是有進步？」

「對我來說，你一向很好看，珍。」

她的臉色倏然黯淡，回轉過去背著我，說她才剛煮了一壺咖啡。我是不是還喝黑咖啡？我說是。不加糖，是不是？是，不加糖。

我走到前廳，從地板直上天花板的一扇窗看出去是利斯本納德街。她做的梅杜莎銅像，一頭盤繞的蛇，它的底座仍舊豎在那張矮沙發的右邊。這是她早期的作品。我們第一次遇見那晚，我就注意到了。別看她的眼睛，珍告訴我，她的眼神會把人化為石像。

她端出咖啡來時，她自己的眼神，從她不動的灰色大眼睛裡射出來，幾乎跟梅杜莎的一樣懾人。她是瘦了，我不能確定這算不算是進步。她看起來比我上次見到她時要老多了。

頭髮是原因之一，現在完全變灰了。我剛認得她時，她的頭髮雖然見灰，但從不變得更灰。現在卻看不到任何深色的頭髮，加上她失去的體重，更使她顯老。

她問我咖啡如何。

「很好，」我說，「你自己不喝一點嗎？」

「我最近不怎麼喝。」她說。緊接著她又說：「噢，管他的，何必呢？」她隱身進了廚房，給自己倒了一杯回來。「真好喝，」她說，「我幾乎忘了以前有多愛喝。」

「你幹嘛，想要改喝沒咖啡因的？」

「我差不多不喝了。」她說，「我們別再說這些什麼都不能沾的無聊話，又不是在戒酒聚會。那個救世軍老傢伙的故事是什麼，『不錯，各位兄弟姐妹們，我過去抽菸喝酒，我過去賭博，我過去跟野女人睡覺，但現在我能幹的，就是打這該死的鼓。』」她又喝了一口咖啡，放下杯子。「告訴我你近況如何，馬修。最近怎麼樣？」

「打我那該死的鼓呀。替一個大偵探社做點小事情。有顧客上門我就做，不然我就閒著。去聚會，到處混混，和伊蓮作伴。」

「聽起來你混得滿好的，是不是？我真替你高興，她似乎是個非常好的人。馬修，我說過我要請你幫忙。」

「是的。」

「我就直說了。我在想你是不是可以幫我弄支槍。」

「一支槍。」

「現在犯罪的情形這麼嚴重，」她平板的說，「每次看報，每一版都登滿恐怖的新聞。過去如果你住在好區，你就安全。現在可不。不論你在什麼地方，什麼時候，根本沒有一點保障。上禮拜那個出版社年輕人的凶殺案不就發生在你家附近嗎？」

「就在幾條街外。」

「可怕。」她說。

「為什麼你想要支槍，珍？」

「當然是為了安全。」

「當然。」

「我對槍一點也不懂，」她沉思道，「我想要一把手槍，但它們有不同的型號和尺寸，是不是？我不知道該從何選起。」

「在紐約市，你得有執照才能有槍。」我說。

「拿執照難不難？」

「很難。最好的辦法是參加一個槍枝俱樂部，選一門課，你得付相當一筆錢，但他們會幫你填申請表，引導你經過所有的程序。再說，參加訓練也不壞，只是整個過程需要一段時間，而且並不便宜。」

「哦。」

「如果經過那樣的程序，你大概會得到一種執照，允許你在住所持有槍枝，允許你在來回練靶場時，可以把槍鎖盒子裡帶在身邊。你想在家防盜的話，這很足夠了，但你不能把槍放在皮包裡，以防有人在街上搶你。得另外申請一種帶槍執照，現在要拿那種執照可更難了。假如你開店，常常得帶大筆錢上銀行，那可能合格。但你是做雕塑的，工作及住所又是同一個地方。我過去認得一個金匠，他常需要把貴重金屬帶身上，所以搞到了一個帶槍執照。所以你一定要有文件證明。」

「黏土跟銅都派不上用場，是不是？」

「不錯。」

「事實上，」她說，「我並不需要帶槍。而且我不在乎合法不合法。」

「噢？」

「我不想要經過這麼多手續只是搞一個執照。天曉得，是出於我的想像，還是半個城市的人都有槍？他們在學校裡設金屬偵測器，就是因為有這麼多的學生帶槍上學。甚至於那些無家可歸的遊民也都有槍。那個可憐鬼住垃圾桶裡，連他都可以搞到一支槍。」

「你也想要一支。」

「不錯。」

我拿起咖啡杯，發現已經一滴不剩。我不記得什麼時候喝完的。我把杯子放桌上說：「你到底想要殺誰，珍？」

「噢，馬修，」她說，「你正在看著她。」

8

「是從春天開始的，」她說，「我發現我一點也不費力就減輕了好幾磅。我想，嘿，太棒了，我終於可以控制我的體重了。

「但我的精神並不好。沒什麼精力，有點頭暈，我沒怎麼在意。十二月時我發現，過節前後情況就更糟。我覺得好沮喪好難過。其他人還不是一樣？我以為這是種應景傷情病，理也沒用，直到幾個月之後，同樣的情形又發生，我還是沒有太在意。

「然後我的胃開始出毛病。每隔一陣就痛起來，有一天我忽然警覺到我痛痛停停有好幾個禮拜了。我不想去看醫生。因為如果沒什麼要緊，我不想白花時間金錢，如果是潰瘍，我壓根不想知道。我想別去管它，說不定它自己會消失。我是沒管它，但它也沒消失。痛到一個程度，我得半坐著睡覺，因為坐著可以減少點痛苦。噢，要否認現實也有一個限度，我終於認為自己簡直是莫名其妙，就去看了醫生。好消息是結果我並沒有潰瘍。現在該你問我壞消息是什麼了。」

我沒有說話。

「胰臟癌，」她說，「你想進一步知道好消息和壞消息嗎？好消息是如發現得早就可治。他們只要把胰臟及十二指腸拿掉，再把胃跟小腸接起來就行了。你這輩子以後每天得給自己注射幾次胰島素及消化酶，而且飲食非常受限制，但這算是好的了。壞消息是他們幾乎從來沒辦法即時發現。」

「從來？」

「幾乎從來不。等明顯的徵狀出現時，癌細胞已經擴散到腹部其他器官了。你知道，起先我恨我自己忽視體重減輕以及其他的徵狀，但醫生叫我不要怪自己。他說在我開始感到有點不對，或體重減輕第一盎司之前，癌細胞已經開始擴散了。」

「醫生診斷的結果怎麼樣？」

「再壞也壞不到哪裡去。初次檢查結果出來後的一年內，有百分之九十的胰臟癌病人會死亡。其他的人在五年之內無一倖免。沒有人能逃得過。」

「有沒有什麼治療的辦法可以試試看？」

「有的，但不能保你活命。他們只能讓你舒服一點。上個月我動了一個手術，用一個分路代替阻塞的膽管。他們接起來——噢，搞不清楚他們做了什麼，反正我不再那麼痛，而且也不再有黃疸。當他們把你切開又再縫起來之後，你難免有一種特別的感覺，不過我覺得這是值得的。做完手術後我第一件發現的事情是，我的頭髮全變灰了，但反正遲早總會發生。如果我真受不了，我隨時可以把它染一染，是不是？」

「我想是的。」

「但它不會掉，因為我沒有做放射線或化學治療的必要。噢，老天，就這樣，我原來打算說不公平，但人生當然不公平，人人都知道。只是他媽的無理可循。你知道我的意思？上帝從帽子裡揪出你名字，就該你做鬼。」

「是什麼原因引起的，他們知道嗎？」

「不盡然。從統計上看，菸酒似乎都有關。抽菸喝酒的人罹患比例相當高。七日耶穌再臨論者以及摩門教徒幾乎都不會得，但他們幾乎什麼都不會得。怪的是，他們竟然沒有長生不老。還有什麼？多吃高脂食品也可能會得。另外他們覺得咖啡說不定也有關，只是很難說，因為百分之八十的人都喝。當然這不包括摩門教徒，或那些耶穌再臨論者，上帝保佑他們。他們唯一做的就是傳他們該死的教。啊，我又有什麼不同。我可以喝多久的酒就喝多久，多少年了，我抽菸抽得像個菸槍。而且我一向猛灌咖啡，我不再喝酒後，就喝咖啡，愈喝愈多。」

「是不是因為這個緣故，所以你最近不再喝？」

「當然。一旦你的馬被偷了，你做什麼？你買一把新鎖把馬房鎖上。」她歎了一口氣，「不過我發誓我不相信咖啡會起任何作用。我相信我停喝咖啡真正的理由是，對力行『十二階段』自療法的人來說，這再自然也不過。當我們有壓力時我們該怎麼反應？我們放棄一些能給我們歡愉的事物。」她站起來。「我還要再來一杯，」她宣布，「你也要嗎？」

「坐下，我去拿。」

「別可笑了，」她說，「我不需要節省精力。我不是不能動，我只是在等死。」

∞

過了一會兒她說：「我不希望你誤會，以為我厭世不想活了。每一天對我來說都非常的珍貴。我希望這樣的好日子不會完。」

「那你要槍做什麼？」

「那是為好日子過完後可以用。我到圖書館去查遍了有關的資料，看來等好日子過完之後，壞日子可是真的非常惡劣。你並不是轉過臉對著牆，靜悄悄的走了。你的日子不但極度痛苦，而且會延續相當的時間。」

「難道他們不會給你止痛藥？」

「我不想要那樣。我已經錯過整段的生命，把我自己灌滿了伏特加，不省人事。我不想要從這個世界跳出，帶著一腦子的嗎啡跳進另一個世界。動完手術後他們給我一種強烈止痛藥，而我不能忍受那種感覺，我要他們停止，給我泰寧諾止痛藥。『但你痛得這麼厲害，』那個住院醫生說：『泰寧諾不夠用。』『那我就忍著。』我告訴他，其實也還好，你覺得我是在扮烈士？」

「我不知道。」

「我可不覺得。天曉得，我費了這麼大的工夫，不再酗酒虛度生活，走，我也要走得清醒明白。我寧可忍受痛苦，也不要藉藥物掩蓋起來。見鬼，這是我手上的牌，是我的命運。我會盡力堅持到底，直到我決定不再玩，這是我的牌，我可以決定何時結束。」

我向窗外望去。外面愈來愈黑，好像太陽已經西沉，其實時間還早得很。

「我不覺得這算自殺，」她說，「一部分的我仍舊保存著天主教信仰，不能自殺。上帝給你生命，拿走它是有罪的。但我不覺得我要自殺，我只是給我自己一個禮物。」她微微一笑。「一個鉛做的禮物。你知道那首詩嗎？」

「哪首詩？」

「羅賓遜．傑佛思的〈傷鷹〉，他在家附近的林子裡發現一隻受傷的鷹，寫他是多麼喜歡老鷹，如果會得到一樣的懲罰，他寧可殺人不殺鷹。他帶了食物餵牠，試著幫助牠，但最後的日子終於來臨，他唯一可以替牠做的事是免除牠的痛苦。『在薄暮之中，我給了牠鉛之禮，』我想他的句子是這樣的。意思是一顆子彈。他給了那隻傷鷹一槍，而後牠可以再度飛翔。」

我仔細想了一會兒說：「可能對老鷹比對人適合。」

「你是什麼意思？」

「用槍自殺常常結果一片狼藉，而且並不一定成功。我剛從警校畢業出來時，聽說有個傢伙對著他的太陽穴開了一槍。子彈穿過骨頭，在腦殼裡鑿了一條穴，穿過頭皮下面，從腦子的另一邊出來。那個可憐的雜種血流得像一條被斬的豬，把一隻耳朵永遠弄聾了，加上不得了的頭痛完全無法用言語形容。」

「還活了下來。」

「噢，當然。他一直沒失去意識。我還知道其他例子，有人往他們腦子開槍，但還是活了下來，包括一個管國宅的警察，他在過去十二年都活在一種植物人的狀態。但就算你第一次就做對了，這真是你要給自己的禮物嗎？槍殺對你的身體是極度的暴力。你頭殼的上部全轟掉了，你的腦漿飛濺的滿牆都是。我很抱歉，我不是故意要做這種描述，但——」

「沒關係。」

「有沒有其他比較溫和的辦法，珍？不是有一本書專門講這個的嗎？」

「的確有一本，」她說，「我的床邊就有一本。還是我自己掏腰包買的。我到圖書館去找，但已有十六個人等著借。我簡直不敢相信，好像我在查巴美食店買燻鮭魚。在這個城裡你想自殺，還得領一個號碼牌慢慢等。」

「他們怎麼拿回去？」

「誰怎麼拿回去？我不懂你的意思。」

「那本書，」我說，「如果它真發生作用，事後誰幫忙把書還給圖書館？」

「噢，有意思，」她說，「你得寫下這麼一條——『我，珍．肯恩：心理健全——』」

「這是你的故事，而你得照本宣科。」

「『——在此要求我的債務及喪禮的費用概被付清，我的那本《終極出路》歸還於紐約市立圖書館哈德遜分館——』」

「『——以便其他人跟我一樣受益。』」

「噢，天啊，太棒了，」她說，「然後他們找名單下一個借書人。『哈囉，紐森保先生？我們有了你要借的書。請你準備料理善後。』」

我們笑得不可開交。

8

那本書的問題在於，她說，大部分建議的方式都是服用某種變化心情的藥物。一般說來，他們建議你吞滿滿一手安眠藥，喝一杯威士忌沖下肚。因為珍自殺最重要的理由是死得清醒，這類的方法與她的本意背道而馳。

而且如果不生效呢？假設十二個小時後她從爛醉後的頭痛裡醒過來，她唯一成功的是失去了她不再喝醉的紀錄？我的名字叫珍，我還有不過兩個禮拜可活。不，見鬼也不幹。

「他們也建議用一氧化碳，」她說，「你從車尾排氣管接根管子引進窗內。不過沒車的話很難辦事。我猜你可以租輛車，但我該怎麼辦？就停在街上？正當我快要一命嗚呼的時候，一個菸毒狂打破車窗撞進來偷音響。」

所以槍似乎是她最好的選擇。反正她也是要火葬的，所以她的遺容有什麼關係？誰發現她的屍體誰倒楣，但能怪誰，生活裡本來就充滿了倒楣事，不是嗎？

她曾想過跑到一些南部的州，在那裡只要你想買，他們就賣給你，但她不太清楚怎麼才合法。從外州來的可以買槍嗎？或許你得出示當地的證件？說不定你可以建立住戶證明，就像過去的人藉此取得內華達州的離婚權一樣。無論如何，就算有槍，你要如何帶著槍坐飛機回來？當然她還是可以坐火車，但她想到要在火車上待這麼多個小時就頭痛。以這點來說，她對於坐飛機也不熱中。

「然後我開始想，天曉得，這個城市裡充滿了沒有註冊的槍枝，要搞到一把會難到哪裡去。如果學校小孩都能拿到槍，如果無家可歸的流浪漢都可以帶著槍走來走去，找一把會有多麻煩？所以我問我自己，我是否有個朋友知道從哪裡去搞槍，而且還愛我愛到願意這樣做？而你，我親愛的，是我唯一可以想到的人。」

「我想我覺得很榮幸。」

「而且很高興有這買賣，哈？」

外面是不是在下雨？看起來好像是的。

我說：「你知道，我痛恨這件事，我痛恨你生病，我痛恨想到你會死。」

「我自己也不覺得這是樁好事。」

我說：「我會替你弄到槍。」

「真的嗎？」

「為什麼不？」我說，「否則要朋友做什麼？」

8

外面吹著冰涼的風，你幾乎可以感覺到暴風雨就要來了。我走到堅尼路與第六大道交口的IND車站。我一定剛錯過一班A線地鐵，因為我足足等了十五分鐘下一班才來。我到的時候，月台上半個人也沒有，列車終於出現時，月台上還是很冷清。

我在哥倫布圓環下車，當我站街上時，大雨迎面劈洩下來。少數幾個不幸在外的人不是躲在門簷下，就是在跟他們的傘掙扎，試著不讓大風把傘吹開了花。在五十七街另一角，我看到一個男人拿份報紙頂頭上，還有一個男人縮著肩膀疾走，好像這樣就可以躲過雨滴攻勢了。我懶得採取任何躲雨策略，索性讓雨淋個乾脆，就這樣一路走回去。

我一走進前廳，雅各在桌的那頭望我一眼，輕輕吹了一聲口哨。「老天，你最好趕快上樓去洗個熱水澡，」他說，「像你這樣胡來，簡直找死。」

「沒有人可以長生不死。」我說。

他好奇的看了我一眼，又回去做《紐約時報》的填字遊戲。我上樓到房間換衣洗澡。站在水龍頭下，勉強自己除了對打在脖子及肩膀上的熱水外，不去感覺任何其他的事。當我終於關了水踏出浴缸，整個小房間看起來就像一個土耳其浴室。

洗臉台上的鏡子蒸氣瀰漫，我也不去動它。我有自知之明，我知道我看起來有多老多疲倦，我並不需要親眼求證。

我穿上衣服，試著找個電視節目看，我決定看CNN的新聞，但其實看什麼都無所謂，反正我的心思不在上面。

過了一會兒我關了電視。原來頭上開盞燈，我也把它關了，我就坐在那裡看著窗外的雨。

∞

我跟吉姆．法柏約好在第九大道的湖南獅餐廳碰面。我到的時候約六點半。從我住處走來不過幾條街，我帶了傘擋雨。這次雨傘並沒被吹翻。雨仍舊很大，但風勢已經小了很多。

吉姆已經到了，我一坐下來，服務生就遞來菜單。桌上已放好一壺茶，以及兩只茶杯。

我打開菜單，找不到什麼感興趣的。「你今晚可能得吃兩人份了，」我說，「我沒什麼胃口。」

「怎麼回事？」

「噢，沒什麼。」他看了我一眼。他是我戒酒無名會的輔導員，也是我的朋友。幾年以來，我們每星期天晚上有個固定飯局，難怪他立刻發現我不對勁。「呃，昨天我接到一通電話，」我說，「是珍打來的。」

「噢？」

「她要我去她家。」

「有意思。」

「不是像你想的。她有話跟我說。今天下午我去了她那裡，她告訴了我。」

「然後呢？」

我飛快的說了一遍，不想讓這些字塞在我的喉嚨裡。「她在等死。她診斷結果是胰臟癌，只有不到一年時間可活了。」

「耶穌基督。」

「我猜這對我的打擊很重。」

「我想也是。」他說。這時服務生拿好紙筆出現，準備幫我們點菜。吉姆說：「就讓我來點如何？給我們來盤涼麵，蝦仁花椰菜加辣，以及左宗棠雞。」他對著菜單眨眨眼。「不過在這家餐廳，好像叫孫公。不同的菜單，不同的拼音，我猜是同一個將軍沒錯。天曉得，反正總是同一道菜。」

「是道好菜。」服務生說。

「我知道是好菜。如果你們有糙米飯，我們要一點。」

「只有白飯。」

「那就白飯。」他遞回菜單，替我們斟滿茶。他對我說：「如果我倆住在中國，我們會每星期天晚上出去吃史瓦茲柯夫將軍雞嗎？我可有點懷疑。馬修，你剛才說的事糟糕極了。是不是完全確定？難道他們一點辦法也沒有？」

「似乎如此。根據她說，診斷的結果就像宣布死刑一樣。但情況卻比死刑還糟，因為你不能靠上訴拖延時間。這像在西部時代邊界判案一樣。他們在下午宣判，第二天一早就把你吊死。」

「實在太不幸了。珍幾歲了？你知道嗎？」

「四十三，四十四，差不多這個歲數。」

「沒多老。」

比伊蓮老一點，又比我年輕一點。我說：「我想她最多也只能活到這麼老了。」

「太悲慘了。」

「之後我回到我的房間坐在窗邊看雨，想喝一杯。」

「這倒是很意外。」

「我從來沒想要真去喝一杯。我知道這不是我真想要做的事。但我的慾望非常強烈，就像我記得的一樣。我身體的每一個細胞都吵著要酒精。」

「誰在這種情形下不會想喝一杯的？不然幹嘛會有酒？難道這不是他們把那玩意兒裝在瓶子裡的緣故？但只想想卻沒喝，這是一樁好事，真能這樣，紐約市一個禮拜只需要舉行一次戒酒聚會，而且在個電話亭裡就夠大了。」

如果你可以找到一個電話亭的話，我暗想。它們已經消失了。但我幹嘛想電話亭呢？

「當你不想喝酒的時候，不喝算不了什麼，」他繼續，「但讓我驚異的是，在我們真想喝的時候，我們還能保持不喝。這讓我們更堅強，讓我們有進展。」

噢，對了。今天較早的時候，當我站在五十五街與十一大道交口，看著郝士蒙臨死使用的電話時，我一直在想著電話亭。現在城市裡不再有電話亭，超人到哪兒去換衣服？

「我相信每當我經歷一段困難的階段，我都從裡面獲得些什麼。」吉姆說，「『我必須往前走，我無法往前走，我會往前走。』我忘記是誰說的了。」

「愛爾蘭作家撒母耳・貝克特。」

「真的嗎？噢，整個治療法就在這十個字裡頭了，『我必須戒酒，我無法戒酒，我會戒酒。』」

「那是十四個字。」

「是嗎？『我必須戒酒，我無法戒酒，我會戒酒。』好吧，十四個字。我在此接受糾正。啊，涼麵剛好到了。來，吃一點，我一個人沒辦法吃完。」

「它們只會白白擱在我的盤子上。」

「那又怎麼樣？每樣東西都得有地方去。」

∞

服務生來收走我們的髒盤子時，吉姆說以一個聲稱沒胃口的人來說，我的表現算很不錯。都是為了那些筷子的緣故，我解釋。你希望你看起來知道怎麼使用它。

我說：「我還是覺得非常空虛，吃東西並不能解決。」

「你有沒有為她流淚？」

「我從不哭。你知道我上次流淚是什麼時候的事？當我第一次在聚會時開口，而且承認我是個酒鬼時。」

「我記得。」

「並不是我現在忍著不哭，我很願意痛哭一場。但我就是這樣。我並不打算撕破襯衫，跑進林子裡跟鐵人麥克和別的男孩子一塊打鼓。」

「我想你的意思是指鐵人約翰。」

「是嗎？」

「我想是的。鐵人麥克是那個芝加哥熊隊的教練，我可不認為他會是了不得的鼓手。」

「嚴格說來是貝斯手，嗯？」

「我是會這樣猜想。」

我喝了一些茶，說：「我一想到要失去她就不能忍受。」

他沒說什麼。

我說：「珍和我分手的時候，當我們終於決定不再繼續，我搬走我的東西，把鑰匙還給她的時候，我記得我告訴你我有多難過。你還記得你對我說的話嗎？」

「希望我當時說了些有意義的話。」

「你告訴我很多關係並非結束，它們只是換了另一種形式。」

「我是這樣說的嗎？」

「不錯，而且對我很有安慰作用。之後那幾天，我把這句話像金玉良言一樣放在心上。『很多關係並非結束，它們只是換了另一種形式。』這讓我不覺得太失落，讓我不覺得有一樣很珍貴的東西從我的手裡被人拿走。」

「說來好笑，」他說，「我不但不記得我們曾有這段談話，我甚至不記得我有這樣的想法。但我很高興對你是種安慰。」

「是種安慰，」我說，「但過了幾天後，我感到這種安慰的無奈。因為我們之間的關係完全改變了。從兩個人一起度過半夜，一天至少說話一次到兩個人盡量避免見面。其實我們不再有關係了。」

「可能這是我不記得這句話的緣故，說不定我下意識很明智的知道這話根本是狗屁。」

「其實並不是狗屁，」我說，「因為歸根結柢你完全是對的。以後當珍和我碰面時，我們都相見甚歡，但隔多久才發生？一年一兩次？我可以告訴你我最後兩次跟她打電話是什麼時候。那個神經病李歐．摩利想要殺光所有跟我有過關係的女人時。我打電話給我的前妻要她小心，我也打電話給珍。等事情過去了之後，我又打電話通知她。

「但不論我有沒有見到她，有沒有跟她講話，或我有沒有意識到自己想她，她永遠在那裡。不錯，關係會改變它們的形式，但也有永不改變的地方。我告訴你，我不願意去想一個沒有她的世界，當她死了之後，我將會少了什麼，我的生活將會變得小一點。」

「而且離終點更近一點。」

「說不定。」

「我們所有的悲悼終究是為了我們自己。」

「你這樣覺得嗎？說不定。當我還是一個小孩，我不明白為什麼人要死。你知道嗎？我現在還是不明白。」

「你小時候失去父親的，是不是？」

「非常小。我以為是上帝犯了大錯。不單只是我父親的死，這整個死亡的問題我都一直不明白。」

他也不懂，我們就這話題談了一陣子。之後他說：「再回到我以前說過關係能一直持續的那番箴言。說不定死亡也不能改變關係。」

「你的意思是精神會一直存在？我不確定我是不是相信這個。」

「我也不知道我是不是相信，但這一點我並不固執己見。不過我想到的不是這個。你真的覺得當珍的生命走到盡頭後，她就不再是你生命的一部分嗎？」

「嗯，想再跟她打電話可有點困難了。」

「我母親在六年前過世，」他說，「我不能跟她打電話，但我也沒有這種需要，我可以聽到她的聲音。我並不是說她存在另一個世界。我聽到的聲音是她的一部分，而這部分變成我的一部分，永遠活在我的心上。」他沉默了一會兒說：「我父親死了二十幾年了，我的腦子裡也仍舊有他的聲音，那個老雜種。說我一無是處，說我永遠不會有任何成就。」

「我坐在窗邊看外面的雨，」我說，「我想到這些年來所有我失去的人。這是你活了這麼久的代價，這是生活給你的選擇，不是你早早的死，就是得失去親人。但如果我仍舊想著他們，他們就沒有真正離去，是不是？」

「更多聊勝於無的安慰，嗯？」

「不錯，但還是比沒有任何安慰要好。」

他做個手勢要結帳。「星期天晚上在聖名學校有一個新的『大書聚會』，」他說：「如果我們現在就走，剛好趕得上。要不要去看看？」

「今早我已經去過一個聚會了。」

「再去又怎麼樣？」

∞

戒酒無名會的聚會有好幾種不同形式。有的有專人演講，有的只是彼此討論，也有的是兼容並蓄。他們有所謂的階段聚會，每個星期的重點在討論戒酒十二階段中的一個階段。有傳統性的聚會，討論戒酒無名會的十二個傳統。還有所謂的許諾聚會，重點在宣揚不再酗酒的好處，對於任何遵守指導的人，理論上說，他們就應該可以得到這些好處。（他們也列出了十二點好處。有人說，如果摩西是個酒鬼，我們不是有十誡，而是有十二誡。）

所謂的《大書》是戒酒無名會最老、最重要的文件，由五十年前最早的會員寫成。開宗明義解釋協會的原則，其他的章節則是記載會員個人的經歷，就像我們現在開會時說話一樣，說我們過去的生活如何，發生了什麼事，現在的情形又如何。

我剛開始停喝的時候，吉姆一直要我讀這本《大書》，而我老挑剔這本書裡我不喜歡的部分。它的行文呆板，語調熱情過了頭，品味就跟愛荷華小城裡扶輪社的早餐會差不多。但他說我無論如何都該讀一讀。我說這玩意寫得太老套了。他說莎士比亞又何嘗不是，更別說欽定版《聖經》。當我抱怨晚上失眠時，他要我在睡前看，我試了，確實有治失眠的效用。當然有用，他說，有些章節足足可以阻擋一隻飛奔而來的河馬。

在開「大書聚會」時，通常會員輪流把這本寶典唸個幾段。那個禮拜預定要讀的幾個章節讀完後，其餘時間是討論讀過的部分，會員則提出他們個人歷史或現在經驗與經文相關之處。

我們要去參加的那個聚會團體叫「柯林頓大書會」，他們過去八個星期天在聖名學校的一樓舉行。那個地方在第九及第十大道之間的四十八街上。我們一共有十四個人，那個章節好長，所以我們每個人都不只讀了一次。我沒有花多少精神注意我們在讀的東西，不過這沒關係。沒有什麼東西真是我們以前不知道的。

8

聚會結束時仍下著雨。我跟吉姆一起走了幾條街，我們兩人都沒說什麼。到了他家街角時，他拍拍我肩膀要我們保持聯絡。「你記著，」他說，「這不是你的錯。我不知道珍怎麼得的癌症，別去管為什麼，但有一點我很確定，你並沒有傳染給她。」

我離葛洛根酒吧不過幾條街，但只是經過它，我轉上第九大道。就算是別人喝酒，不是我在喝，我今天也絕不能坐在桌上有好威士忌的地方。我也不再想說話。一個晚上我已經說夠了，只有一件事沒說。

我沒有提一個字是跟槍有關的。吉姆從沒問我珍打電話給我的原因，他一定以為珍只是很想要告訴一個老友這項重要消息。如果他問起，我大概會告訴他珍要求我做的事，以及我已經接受了她的要求。但他既沒問起，我也沒說。

回去給伊蓮打了電話，我也沒向她提起。我沒說很多去看謀殺現場的事，也沒多提其餘那天怎麼過的。我們電話沒打多久，大半都在談她做了什麼，以及她在上城博物館看的展覽。「全是紐約早期的照片，棒極了，」她說，「我想你會喜歡的。它一直展到下個月中，所以你還有機會去。看完後我想我要去買個照相機，我可以每天在城裡走來走去，照所有我想要照的東西。」

「你可以這樣做。」

「嗯，但為什麼？因為我喜歡看照片？記得費爾茲怎麼說的？」

「『永遠別給糊塗鬼任何機會。』」
「他說女人就像大象，『我喜歡看她們，但我並不想擁有。』」
「這跟照相有什麼關係？」
「嗯，我喜歡看它們，但……我不知道。算了，難道我說的每句話都得有道理？」
「不，幸好不是。」
「我愛你，你這隻老熊，你的聲音聽起來好疲倦。今天是不是一個很長的日子？」
「很長，很冷，很濕。」
「去睡吧，明天再聊。」
但我怎麼也睡不著。我打開電視又關掉，拿起書又端起雜誌，這裡看一頁，那裡看一頁，看看丟丟。我甚至拿起那本《戒酒大書》，老牌的催眠劑，但這次也失靈了。沒有任何方法有效。這個時候，你唯一可做的事是望向窗外無邊的雨。

9

「我不想說這話，」喬・德肯說，「不過我覺得很不對勁，我想你最好把那個傢伙的錢還給他。」

「我沒想到你會說這種話。」

「我知道，」他說，「這不像我會說的。有人有機會憑著良心賺錢，我怎麼好堵在他前面。」

「所以問題在哪兒？」

他向後壓著椅背，只靠椅子後腿平衡。他說：「問題在哪兒?朋友，問題在你。」

我們在五十四街中城北區分局二樓的刑事組。吃過早飯後我走到那裡，繞了點路，想去十一大道的謀殺現場再看一看。星期一早上，那個地方熱鬧了不少，大部分的商店及展示場都開了門做生意，街上的車也多很多，但都不能幫助我對格藍・郝士蒙生前最後一刻有新的了解。

我轉去中城北區分局，在喬的桌前找到他。我告訴他湯姆・沙塔基雇了我，而他勸我最好把錢退回去。

「如果你像一般人一樣，」他說，「你會做大部分人會做的事，你跑個幾十個小時，然後告訴你的客戶他其實可能已經知道的事，沒錯，是他那神經病老哥幹的。這樣的話，你的客戶知道他已經盡了人事，而你不費多少力氣，也給自己賺了筆小錢。

「但你是如此一個反其道而行的王八蛋，又倔得像條他媽的騾子。你絕不這麼簡單指點他一條明路——其實不論他心裡曉不曉得，這正是他想要的。你偏要自找麻煩，你偏要確定他花的錢值回票價，你就有本事找出理由來說服自己，說有可能不是他那老哥幹的，然後你就四處查了起來，搞得所有人連帶倒楣，我呢，自不例外。等你終於查清楚之後，你花了這麼多的時間，恐怕連最低工資都沒賺上，最後仍舊得到相同的結論，孤零零的喬治就跟其他人所想的一樣有罪，不過你已經盡了力把這個簡單的案子搞得天翻地覆了。你幹嘛這樣瞪我？」

「我希望我剛才把你這番演說錄下來，以後放給有意上門的客戶聽。」

他大笑。「你說我太恭維你了嗎？嗯，現在是星期一早上，你最好再考慮一下。說真的，馬修，這次就做做樣子，不要太認真。這個案子備受矚目，警方辦案有力，很快就結了案，但搞新聞的拿這故事當最愛。你不希望給他們藉口再來重新翻案吧。」

「他們會找到什麼？」

「什麼也沒。這個案子沒問題。他們抓對人了。」

「你有沒有辦這案子，喬？」

「整個分局都在辦，連半個曼哈頓刑事組都參與這件案子。但我沒有參加結案。一旦他們把他給逮了，這個案子也就完了。天曉得，他口袋裡有彈殼，你還需要什麼證據？」

「你們怎麼知道抓他？」

「有人通風報信。」

「誰？」

他搖搖頭。「嗯，這不能告訴你。」

「有線民？」

「這可不，有個神父決定不再替他保密。哈，當然，當然有線民。至於是誰，你就甭問了。」

「那個線民怎麼說的？」

「我不能告訴你。」

「為什麼不？」我說，「他人在現場嗎？他聽到什麼？看到什麼？或是有人轉述流言，引你們去找喬治？」

「我們有人證，」他說，「怎麼樣？」

「有人目擊槍殺的經過？」

他皺一皺眉，「我老是對你太多嘴了。」他說，「你說這是為什麼？」

「你知道這是把我支開最好的辦法。你的證人看到什麼？」

「我已經說太多了，馬修。我們有人證，有物證，幾乎也有口供，沙塔基說他覺得可能是自己幹的。這叫鐵證如山，連嫌犯都以為是他自己幹的。」

這番話也說服了我，但我有錢要賺。「假設證人其實是在案發之後看到的呢？」我說，「喬治對著屍體彎腰，撿起了彈殼。」

「在別人槍殺他之後。」

「不是不可能。」

「噢，當然，馬修。像暗殺甘迺迪一樣，有人從草丘向他開槍。你要問我，我說中央情報局也參了一腳。」

「郝士蒙可能遭人搶劫，」我說，「那個區域不是沒發生過這種事。他可能在抵抗搶劫時被殺的。」

「沒有這樣的證據。他褲子口袋的錢包裡不只三百塊錢。」

「搶錢的人開槍後嚇得跑走了。」

「這種驚嚇法有點好笑吧。他先是非常鎮定的射了第四顆子彈在被害者頸後，然後嚇跑了。」

「還有什麼人在現場？那個證人還看到誰？」

「他看到喬治，這已經綽綽有餘了。」

「郝士蒙在那裡幹嘛？有人費心查過嗎？」

「他去散步。這又不是商務飛行，你犯不著先交一個飛行計畫。他覺得有點煩躁，就出去散步。」

「然後他停下來打電話？他家裡的電話難道有問題？」

「說不定他是打電話回家，告訴他太太他什麼時候回家。」

「為什麼他沒有找到她？」

「說不定她在打電話，說不定他正撥到一半，那個喬治小子出槍殺了他。誰曉得，而且見你他媽的鬼有什麼差別？天知道，你正在做我說你會做的事，你在無中生有，想在一個證據充分的案子裡鑽牛角尖。」

「如果證據真的很硬，我就沒辦法鑽，是不是？」

「不，你只會把你自己搞得人見人厭。」

我是油膏裡唯一一隻蒼蠅，湯姆．沙塔基曾經說過，我是每個人屁股上的瘡疤。

我說：「你對郝士蒙知道多少，喬？」

「我根本不需要知道他，他是被害人。」

「凶殺案的偵查該從這裡開始不是嗎？從被害人開始著手？」

「當你不需要再追查的時候就不是。當你已經逮到凶手，你不需要再窮究被害人這部分。為什麼你這一臉苦思的表情？」

「你知道這個案子的問題在哪裡，喬？」

「唯一的問題就是你對它感興趣，除此之外一點問題也沒。」

「問題是，」我說，「你們結案太快了。關於郝士蒙，以及附近的人，你們原來可以查出很多事，但你們懶得費工夫，何必麻煩呢？反正你們已經拘捕了凶手。」

「你覺得我們抓錯人？」

「不，」我說，「我想你們抓對了人。」

「你覺得警方辦案不夠精細？覺得我們錯過什麼？」

「不，我覺得警方辦得很好。只是有些部分你們覺得沒有必要去查。」

「所以你決定你要往那部分發展。」

「對，我拿了錢，」我說，「總得去跑跑。」

∞

唐諾爾圖書館在第五大道旁邊的五十三街上。我在二樓閱覽室待了幾個小時，找遍了過去十天所有的本地報紙。我先翻過報導案子發生經過的新聞，大部分我都很熟悉了。至於其他的有關新聞其實都不能算新聞，有的講無家可歸的遊民，有的講這個區域逐漸在升級，也有的講街上的犯罪情況。他們訪問的人裡有住附近廉價公寓及一般公寓房子多年的人，有最近搬進郝士蒙大廈的人，也有幾個就住街上。任何一個專欄作家有氣要發，都可以在這裡找到機會發作。有一些讀起來很有意思，但我並沒因此多得到一點消息。

我特別喜歡的一篇登在《紐約時報》的意見欄，寫的人是一個廣告公司的文案，自稱他住的地方離郝士蒙的公寓不出兩條街，他從五月起失業至今，然後他解釋他目前的經濟狀況如何改變了他的觀點。

「隨著每一天過去，」他寫著，「我逐漸不再強烈的認同格藍．郝士蒙，而轉為傾向於認同喬治．沙塔基。當這條新聞剛出來時，我感到非常震驚和害怕。躺在人行道的可能是我，我告訴我自己。一個正進入黃金年代的人，一個有大好前途、正當職業的人，一個住在柯林頓，住在全世界最刺激的城市、最繽紛區域的人。

「但隨時日過去，」他繼續，「我在另一面不同的鏡子裡看到我自己。在瑞克島的人也可能是我，我發現我自己忍不住這樣想。一個瀕臨中年的人，在愈來愈緊張的就業市場無事可做，在地獄廚房混日子，在地球上最絕望的城市、最不安定的區域討生活。我替死者悲哀，但我也為凶手悲哀。我有同樣的機會，變成他們其中之一；我有可能是穿著擦得發亮的尖頭皮鞋，倒在那裡的郝士蒙；也可能會是那個穿著二手的爛球鞋，被關到瑞克島的沙塔基。」

∞

我走回旅館，在途中買了一個熱狗及一杯木瓜汁。我在櫃檯查有沒有留言，但並沒人打來。我在隔壁熟食店帶了杯咖啡到對街凡登大廈的小公園找了一個地方坐下來，掀開咖啡杯蓋子，但咖啡太熱了不能喝，我把它放長條椅上，拿出筆記本。

我邊寫邊想，從假設喬治·沙塔基無辜開始。要想證明這點是白費工夫，我要做的是找出其他可能做這事的人，一個有理由殺格藍·郝士蒙的人，或一個跟喬治一樣缺乏理由但卻做了這件案子的人。

格藍·郝士蒙。從我坐的地方可以看到他的公寓頂樓。如果我轉過頭去，可以看到我們在晨星最後一次談話所坐的桌子。麗莎流掉胎兒，他告訴我。那個下午我替他感到難過，但我還是拒絕與他接近。我覺得跟他之間有距離。而我很高興跟他保持距離。我並不想要了解他。

現在看起來我非得要了解他不可。調查凶殺案，我提醒喬，最好從被害人著手。要找到凶手，你在找一個藏著理由殺人的人。要找殺人的動機，你首先得了解被害人。

如果有人有理由的話。

說不定他只是在不巧的時間，剛好出現在一個有問題的地方。還是他可能碰上了攔路搶劫。聽喬說起來很不可能，哪有搶匪會好整以暇的先解決被害人，然後不拿錢就一溜煙跑了的？他說的不是沒道理，但大部分的罪犯是這樣子的。他們做事沒頭沒腦，衝動，缺乏理性，善變。只有少數具備穩定以及組織的能力。絕大部分的罪犯只要一離開家，一定會做點愚蠢的事。

不只是攔路搶錢的小賊可能會無端殺了郝士蒙。在一個有太多人都攜帶槍械走來走去的城市，一句話沒說對都可能惹來殺身之禍。任何爭論——譬如說為了用公共電話而爭執，就有可能引發暴力。

或許他是被錯殺的。幾年前在莫瑞希爾區的一家餐館裡就發生過。四個人，有三個是做毛皮生意的，第四個是他們的會計師，才剛坐下來點了飲料。兩個人進門，其中一個掏出一把自動武器，往他們桌上掃射，殺了那四個男人，還把鄰桌的一個女子也傷了。

很明顯的是黑社會暗殺。之後一兩個禮拜，偵查重點集中在黑社會的勢力是否進入了毛皮業，或是否有證據可以把任何一個死者與某個犯罪集團連接起來。結果大大不然。他們之間沒有一個人跟犯罪集團的關係會比去自動販賣機買一包糖的距離來得近。目標原來是另外四個人，他們是澤西城與黑社會掛鉤的一家建築公司頭子。凶案發生時，他們坐餐館另一頭。那個殺手有嚴重學習障礙，當他該往右轉的時候，他偏偏向左轉了過去。（《郵報》的標題是：「致命的錯誤」。）

嘿，這種事是會發生的，每個人都會犯錯。

∞

所以現在有兩個方向：我可以去查被害人，或是查案子發生的經過。我正想丟個銅板來決定，卻看到離我二十碼處有一張熟悉的臉。頭髮發白，高顴骨，窄鼻子，玳瑁框眼鏡，膚色像我的咖啡。這是巴瑞，喬治．沙塔基的朋友，他正坐在一個沒翻起的牛奶箱上，拿一個三呎高的水泥塊當桌子。上面放著棋盤，他一面抽菸，一面研究棋局。

我走過去叫他名字，他抬頭一看，很快咧開笑臉，但他的眼睛並沒有認出我來。「我認得你，」他說，「你的名字馬上就會出來。」

「馬修。」我說。

「你看，你的名字由特別專送送到。坐下來，馬修，你下棋嗎？」

「我知道棋子該怎麼走。」

「那你知道怎麼玩了。下棋不過如此，你一直下，直到有人贏了。」他兩隻手各抓起一只棋子，把手放在背後，再伸出來放在我的面前。我碰了一碰，他張開手，是一只白子。

「你看，」他說，「你已經贏了，該你先走，擺好棋，我們來下一盤。不賭，只是打發時間。」

在他桌子對面還有另一個塑膠牛奶箱。我坐上面布好棋子，看了一會兒，出手把國王前的小兵前進了兩步。他也照樣下了，我們不慍不火的開了局。當我頂出我的主教去逼他騎士時，他說：「啊，這招是如羅派士。」

「你說是就是，」我說，「有人曾經教我一般開局招式的名稱，但我怎麼也記不住，恐怕我沒有下棋的天分。」

「這我就不知道了，」他說，「你幹嘛這樣自貶，好像想跟我詐錢。」

「別做夢了。」我說。

剛開始時我們都下得很快，但隨棋勢開展，愈來愈不好下，我開始慢下來研究。十幾子下過後我們都折損了騎士，我的一個小兵不知怎的也沒了。過了一會兒，他逼迫我拿城堡跟他交換他剩下的騎士。每下一子他都主動攻擊，我所能做的只是等待。我的局勢看來備受侷限，進退兩難，無法抵禦他的攻勢。

「我不知道該怎麼辦，」我說，一邊試著找出一招好棋，「我想我該認輸了。」

「成。」他同意。

我伸出一指推倒我的國王。它斜躺著看來有點悲哀的樣子。

巴瑞說：「我們不是為了錢而玩，但這並不表示你不可以過街搞一夸脫酒來喝。」

「我現在不再喝酒了，巴瑞。」

「你以為我不知道？但你聽到我提喝酒嗎？喝酒是一回事，買酒是另一回事。」

「你有你的道理。」

「聖保羅的地下室，」他說，「我是在那裡認得你的，我說得對不對？」

「對。」

「我很少去。有時我去喝個咖啡，跟人坐坐。喝酒對我不是問題。」

「你很幸運。」

「如果我只喝啤酒，我好像就沒問題。有段時間我覺得好不舒服。」他伸手放在右邊的胸骨下。「這兒痛。」

「是肝臟。」我說。

「大概是，我猜，我猜是給『夜車』搞的，那種甜酒可厲害了，但啤酒跟我的脾胃相合。」他露齒一笑，在嘴角現出一點金光。「至少現在沒問題。總有一天啤酒會索了我的老命，但人總會死於什麼。只要你活得夠長，遲早你會死。如果不是為了這個緣故，就是為了其他緣故。是不是有這樣的說法？」

「沒錯。」

「所以你怎麼說？你要不要買一點酒，我們再來一盤？」

我找出一張五元給他。他伸出食指一碰眉頭，做一個敬禮的姿勢，向對街的韓國雜貨店走去。

我望著他閒散不著力的步調，長手臂輕鬆在兩側擺動。他穿一件藏青夾克，泛白牛仔褲及一雙高統球鞋，他應該至少有六十好幾了，而他現在慢慢奔過第九大道，像是一個對自己很有把握的人。

我發現我在想或許巴瑞是對的。只喝啤酒及麥酒，偶爾去開會喝喝咖啡找個伴，切磋棋藝，當你想喝一杯的時候，就去搞點小錢。

噢，可不是。同時他是坐在牛奶箱上過日子的。噢，你可否告訴我，我到底是在怎麼一種狀況下，居然會拿巴瑞當模範？我不得不笑自己，發現我之所以這麼想，還不是受了酒的引誘。酒的引誘是無時無刻的，從各式各樣角度襲來。不論你從哪條街走過，它都在下個街角等待，等著出來嚇你。你可以是百萬富翁，得兩個諾貝爾獎，又兼最佳風度小姐，但接下來你暗想那個潦倒不堪的流浪漢一定知道一些你不知道的事，如果他們可以喝酒而你不能，他們會錯到哪裡去？

巴瑞帶了一瓶老英八百回來，酒瓶放在紙袋裡。他就著紙袋轉開瓶蓋就灌。他說這次我可以來黑子，我還要白子也行，我要什麼都可以。我說我想今天一天下棋下夠了。

「我猜你不愛下棋，」他說，「雖然你應該會喜歡。」

「為什麼？」

「嗯，下棋布局的部分很像警察辦案，要想每一步該怎麼走，要算計如果我這樣做，那你該那樣做。你以前是警察，對不對？」

「你的記憶真好。」

「嗯，我們兩人都在這裡住夠久了。如果我們不認得對方才怪。其實憑你的表現，我也會猜你是警察。跟喬治有關嗎？」

我點點頭。「我看到你在電視上。」我說。
「啊，」他說，「在這個城可還有人沒看過我上電視？」他歎口氣搖搖頭，又喝了一大口酒。「現在有多少頻道了？六十，再加上有線頻道，七十？一定每個人都看第七台，因為每個人都在電視上看到巴瑞，每個人，只除了我之外。我發誓我一定是紐約唯一沒有看那個該死節目的人。」
我們講了一會兒喬治，就跟其餘向他提起看過那段電視的人一樣，我聽他重複了一遍他所認識的喬治．沙塔基。我引他到郝士蒙的案子上，問他對死者知道多少。
「你住這裡，」我說，「你注意四周發生的事。你一定在附近看過格藍．郝士蒙。」
「我不覺得，」他說，「就算我看過我也不記得。我看到他在報紙上的照片，但我認不出來。好可怕，是不是？這樣能幹的年輕人，前途一片光明。」
「街上的人是怎麼說他來著？」
「就像我說的。說他是多好的年輕人，發生這種事真慘哪。他們還有什麼別的可說？」
「這要看他們知道什麼。」
「啊，他們怎麼會知道他，他又不住在這裡。」
「他當然住在這裡，」我說，「你從這裡就可以看到他住的那棟大樓。」
當我手指指向郝士蒙公寓的頂樓時，他故意隨著我的手指往上看。「沒錯，」他說，「那是他住的地方，高高在上的第四十層樓。」
第二十八層，我想。

「那就像到了外國，」他說，「有些人從一邊的四十樓，到另一邊的四十樓上班。你跟我是腳踏在街上，而對那些人，街是一個他每天非得經過兩遍的地方，所以他們可以從一個四十層樓再到另一個四十層樓去。」

「他上禮拜四曾走到街上來。」

「他們說去吸點空氣。」

「什麼意思？」

「噢，沒什麼意思。只是照我看來，四十層樓上應該有足夠空氣吧。別的沒有，空氣一定有，你說是不是？」

「那麼他在街上做什麼？」

「可能是命中注定，你相信命運嗎？」

「我不知道。」

「人總得相信什麼，」巴瑞說，「我所相信的是，我相信馬上會再來一口酒。」他喝了，喝得嘖嘖作響。他說：「我知道你不喝，但你確定不要嚐一口？」

「今天不了，除了命運及新鮮空氣之外，還有什麼別的可能會把郝士蒙引到十一大道？」

「我告訴你我不認得他。」

「我想你熟悉這條街。」

「第十一大道？我知道在哪裡。」

「你曾經去過喬治的房間嗎？」

「直到上個禮拜，我才知道他有個房間。知道他有一個地方放東西，但我不曉得在哪裡。只說在十一大道，那沒什麼好吸引我的。」

「難道你不會偶爾把車開出去轉轉，試試煞車靈不靈？」

他縱聲大笑。「不用了，煞車靈得很。不過我倒是會出去兜兜風，讓輪胎多轉幾圈。」他又喝了一大口，這次他把酒瓶從紙袋裡抽出一半，從眼鏡上端斜視酒瓶的標籤。

「沒錯，」他說，「啤酒跟麥酒喝起來差不多，葡萄酒跟威士忌就不成。以前我喝了沒問題，但現在不行了。」

「就像你說的。」

「當然有時我會抽點草之類的，那要是碰巧，我自己從不尋它。有人敬你一根，要你嚐個味，你總不好拒絕吧，你懂我意思？」

「當然。」

「上次他們把我送到羅斯福醫院去，給我開了刀，又給縫上，之後他們給我波可丹止痛。每四小時一顆，我敢發誓它們靈得不得了。我出院前他們給了我一些，但很快吃完了，他們又不肯重配。我就到德魏柯林頓公園去，從一個瘦巴巴戴著鑲反射鏡太陽眼鏡的男孩子那裡買了六顆。它們跟醫院給我的看起來一樣，同樣的顏色，上面有同樣的紋路，但它們並不同樣有效。說不定製藥公司有次級品，如果有的不夠力，他們就從後門賣出去。你說呢？」

「我猜不是沒有可能。」

「所以我很少去十一大道，」他說，「他們沒有我需要的東西。」

他的波可丹故事讓我想起了珍，想起她決定不用止痛藥，以免因而不能保持清醒。我的心思移到那裡，讓我一時沒有領悟剛才巴瑞故事的含意。

我的腦子活動了過來，我說：「德魏柯林頓公園。郝士蒙被殺地點的一兩條街下有一個小公園。在十一大道的西面，你說的是不是那個公園？」

「嗯，柯林頓公園，如果你去那裡，千萬別向一個戴遮光太陽眼鏡的男孩買任何東西。你會被坑。」

「那地方離我有點太遠了，」我說，「我甚至不知道那個公園的名字。他們在那裡賣很多毒品？」

「他們賣一大堆亂七八糟的玩意兒，」巴瑞說，「那些藥丸我看還不夠格叫毒品。我想你是要問我那裡有沒有毒犯。恐怕這是我知道的公園裡唯一沒有毒犯的，因為那地方實在太小了。沒有草沒有樹，只有幾張椅子桌子。雖說是公園，其實不過是較寬的人行道而已。假如是一個真的公園，我敢保證一定有毒犯。」

「他們沒法子搞到多少生意。」

「你賣別人要的，他們自然會來找你。」

「我猜你說得對。」

「晚上你可以搞到女孩子。你明白我說女孩子的意思。她們待在那裡，說不定有人坐在轎車或卡車裡叫她們過去問路。」

「那就快到市中心了，是不是？從前只有在林肯隧道以北才有女孩子在路邊攬客。」

「這我就不清楚了。」他說，「我知道的女孩子就在十一大道上，戴著金色的假髮，穿著熱褲賣色。只不過他們不是女孩子，你知道我的意思。」

「你說他們是變性人？」

「有的喜歡男扮女裝，有的是變性人，這中間有差別，只是我記不清楚了。男孩看起來像女孩，但我得說，有些還真好看，你說呢？」

「噢，我太老了不感興趣了。」

他高興的咯咯發笑。「你比我年輕，而我還沒老到失去興趣。不過那些在十一大道的女孩子眼睛裡只有錢，而且很多都有病，跟她們搞上了，你是自尋死路。不，如果我有那種意思，我最好去找我的小學老師。」

「你在說誰？」

「一個我認得的女士，住在林肯中心附近。在華盛頓高地教四年級。喜歡喝白酒，叫什麼夏多內。我相信你們是這樣叫的。她總在冰箱裡給我存了啤酒。而且我可以在那裡洗一個熱水澡。當我泡在澡缸裡時，她就把我的衣服放到地下室洗衣機去洗。天氣很冷的時候，我可以留下來過夜，如果第二天她宿醉後頭痛不太嚴重的話，還會給我做早飯。」他打開酒瓶瓶蓋往下細看。

「她通常會給我個五塊十塊，但我不喜歡跟她拿錢，」他看一看我，「但有時我也拿。」他最後說。

10

德魏柯林頓公園占了兩條街，一邊從五十二街到五十四街，另一邊從十一大道到十二大道。一個環繞著十二呎防風籬笆的棒球場就包了一半。剩下的場地主要是給兒童玩耍的，同樣也圍了起來。我到的時候，棒球場裡一個人也沒，但另一邊有很多小孩在玩，有的盪鞦韆，溜滑梯，在槓子上爬上爬下，也有的在特別留下來的一塊大石頭上盡情攀爬。

公園東南角落上有個第一次世界大戰的紀念雕像。滾圓的男孩，一身銅綠，肩上掛著一支來福槍。雕像底座刻著幾行字：

取自〈法蘭德斯田野〉
如果你有負那些逝去的人
我們將不能安眠，
縱然罌粟花仍舊開於
法蘭德斯的田野。

我記得在高中的英文課上念過這首詩。作者是那種專門寫戰爭詩的人，但我不記得是誰了，盧博．布魯克或溫菲．歐文或是其他人。雕像底座並沒有刻出作者名字。想來這些詩句也可能出自於一個不知名的兵士之手。

雕像的右邊，有兩個比我年輕很多的男子靠得很近站著深談。一個是黑人，穿著一件芝加哥公牛隊的運動夾克，另一個是西班牙裔，身上一件絞染牛仔衣。說不定他們在討論是誰寫了這首詩，不過我看不是。他們有興趣的罌粟不會長在法蘭德斯的田野。

我前幾次去十一大道時並沒有注意到有毒犯，但我也幾乎沒有注意到這個公園，當時一個人影也沒有。現在已近傍晚，不過它仍舊遠遠不如布萊揚公園或華盛頓廣場那種毒品超市。年輕男子散布各處，落單或成群的都有，有的坐在長條椅上，有的靠著籬笆，總共大概有八人。還有兩個坐在空盪盪的棒球場本壘。當我經過的時候，他們大都眼睜睜看著我，有些人小心翼翼，有些人看生意來了，其中幾個輕聲的招呼，「抽菸嗎，有好菸。」

我在公園的西端看向十二大道交通繁忙的狀況，現在已經開始塞起來了，下班的人朝著大橋及北邊的郊區趕去。車潮之外就是哈德遜碼頭。我試著想像穿著件破軍用夾克的喬治．沙塔基，他閃過車群以便趕到碼頭去丟槍入河。當然他也可以等到半夜再做這檔子傻事，那時候要躲的車子就少多了。

我轉過身看幾個跟我年紀差不多的男人在排球場運動。他們脫下夾克及運動褲，一股腦兒堆在球場邊，身上只剩短褲球鞋及頭上綁的毛巾帶。他們有一般中年男子那股專注的勁頭，拚命的擊球好像想把牆壁打個洞。幾年前珍和我也看過一次相似的較勁，一場在格林威治村舉行的非正式籃球賽。珍故意裝出一副深呼吸的模樣。「男性荷爾蒙，」她說，「我可以聞到男性荷爾蒙。」

給我一支槍，她說。我的腦子裡出現一幅圖樣，她雙手拿槍，深深的吸一口那沾著油味的鋼條。我可以想像一聲槍響，她即將永遠消失的聲音蓋過槍聲。火藥味，她會說，我可以聞到火藥味。

∞

我從公園的西北角離開，碰到的第一個公共電話就在十二大道與五十四街之間。我聽到可以撥號的聲音，但沒有丟下銅板，有人把那座電話的號碼牌給弄走了，所以你可以打出去，但別人不能打進來。

五十四街與十一大道上有座電話是有號碼，但它不吃我的兩毛五分錢。我試了四個不同的銅板，它都不滿意，立刻吐了出來。我一一取出再朝北走去，結果我所用的電話就是格藍・郝士蒙生前最後用的電話。上面有號碼，你可以撥，而且它也收了我的錢。只要沒人想殺我，我就沒問題。

我撥了號，鈴聲響起時，我鍵入了我正在用的這支電話的號碼，然後掛斷電話，一面把聽筒湊在耳邊，另一隻手卻暗暗扣下電話，所以路人看來我是在打電話，而不是在等電話。

我並沒有等多久。我接了電話，有個聲音說：「誰找阿傑？」

「三大單位的警察，」我答，「不是別人。」

「嗨，大哥啊，你人在哪裡？馬修，有事找我嗎？」

「說不定，」我說，「你今天下午有沒有空？」

「沒有，不過我最講理不過，你在哪兒？」

「我在離德魏柯林頓公園一條街的地方。」我說，「我不知道你曉不曉得這個地方。」

「我當然知道，那是個公園不是學校，對不對？我跟你在那個指揮官的雕像旁見面。」

「你是指那個士兵？」

「我知道他是一個兵，但我不知道他的名字，所以我就叫他指揮官法蘭德斯。」

「我想你把他的官階搞錯了，」我說，「他的制服像小兵。」

「是嗎？他是白人，所以我想他一定是軍官。二十分鐘之內見。」

「我不曉得這是不是一個好主意。」

「那你為什麼打來？你剛才說——」

「我只是不覺得我們該在公園見面。」我四處張望想找個地方，但在這條街上不像有合適的地點。「第十大道跟五十七街，」我說，「角落裡有個咖啡館。阿姆斯壯在其中一角角落，斜對角有座公寓大樓，另一個角落就是那個希臘館子。」

「那是三個角落，」他說，「第四個角落有什麼？」

「我一時想不起來。有關係嗎？」

「跟我沒關係，大哥，但你既然已經告訴我另兩個無關的地方，索性全說了。你要跟我在咖啡館見面，你只消告訴我哪個咖啡館，我一定找得到，不需要告訴我所有的路標。」

「二十分鐘？」

「二十分鐘。」

8

我不疾不徐的走過去，邊走邊看五十七街上的櫥窗。我走了十五分鐘才到那家咖啡館，阿傑已經到了。他坐在一個靠前面的雅座，正努力狂嗑一份起司漢堡，及一盤炸透的薯條。阿傑是一個在街上混的黑人小孩，從表面看來，他跟其他在布萊揚及港務局巴士站間西四十二街上的小孩差不多。過去有一個案件把我引到了那個衰敗的區域，我在那裡遇見了阿傑。

現在我們是老友兼共事的夥伴，但我對他的了解少得驚人。我只知道他叫阿傑，但不知道這幾個字母代表什麼，或它們是否真代表什麼。我不知道他到底多大，如果我非猜不可，我猜他十六歲。我也不知道任何跟他家裡有關的事。從他的口音及用詞，我猜他在哈林長大，但有時他一下子轉變了口音，不只一次我聽他說話像那種身穿布魯克斯兄弟名牌衣服的上流子弟。

他醒的時候多半在時報廣場進出，在那裡練習非具備不可的求生技能。我不知道他在哪裡睡覺。他堅稱他不是無家可歸，說他有一個地方可住，但關於這個話題他一直不清不楚非常神祕。

剛開始時我沒辦法找到他，他打電話來，但我沒法回電話。後來他拿我付給他做了一夜工的錢去買了一個呼叫器，聲稱這是項投資。他對擁有這呼叫器非常驕傲，而且一直保持每月付費。他覺得我也應該有一個，他不明白為什麼我沒有。

不論他別的賺錢方法是什麼，只要我給他一天事做，他好像總願意立刻丟下別的事趕來。如果我沒找他，他會找我，堅持我一定可以找到能給他做的事，聲稱他精力十足，點子最多。老天知道我並沒有給他多少錢，而且我確定如果他在街上替人做點小差，幫著賭紙牌詐財一定賺更多。但他堅持偵探這行是他自己選擇的事業，而且期待有朝一日我們兩人合夥辦案。不過目前他似乎很滿意只扮演一個次要角色。

他一面吃，我一面告訴他有關格藍．郝士蒙及喬治．沙塔基的事。他已經聽說了——在這附近三州，恐怕很少人會沒聽說過——但比起一些較安定的區域，阿傑常出入的「丟斯」已對暴力司空見慣。

一個哥兒殺了另一個哥兒，我可以了解在街上混的那些小子會這樣一筆帶過，這有什麼了不起的，這種事天天發生。

不過現在他有理由得注意這兩個哥兒，我跟他解釋時，他聽得非常仔細。我講完後招來服務生，給自己再要杯咖啡，又給阿傑點了巧克力蛋奶。

他的蛋奶來了，他喝了一口點點頭，好像一個老饕表示那瓶紅酒還不錯。請注意，佳釀談不上，但還可以。他說：「在那個公園及街上，總有人買這個賣那個。」

「白天沒什麼，」我說，「但晚上有。」

「那件案子是晚上發生的，所以你想說不定有人看到什麼。不過他們只要看你一眼就認定你大概是警察，所以你沒法跟他們談。」

「我壓根就沒試。」

「沒有人會把我當警察。」

「我也這麼想。」

「如果他們看到我跟你一起，他們想想就明白了。所以我們不去公園，在這裡見面。」

「設想真周到。」

「嗯，並不需要一個火箭科學家才想得到。」他低下頭猛吸蛋奶，半晌他抬頭來喘口氣說：「我去比較合適。沒問題。說不定還會碰到我認識的哥兒們。不太可能就是了，柯林頓公園不在我的勢力範圍。」

「只差幾條街而已，你以前一定去過，你記得那個法蘭德斯指揮官。」

「哦，指揮官跟我老朋友了，這裡是我的城市，我是打算認得每條街，但這不表示不論我去哪裡，我一定認得街上走動的哥兒們。你想問的人大都不怎麼走動。如果有新人出現，他會被細細看過，說不定他是競爭者，說不定他肚子裡另有算計，說不定他是警察，也說不定他是給警察辦事的。他問得愈多，他看起來愈像是個麻煩。」

「如果可能有危險，」我說，「我們就算了。」

「過街有危險，」他說，「不過街也有危險。不能一輩子站在街角。你怎麼辦？還不是朝兩頭張望，然後過街。」

「你的意思是？」

「可能得花好幾天工夫，沒法一上去就問人問題。得慢慢來，這樣才自然。」

「你就慢慢來，」我說，「不過這案子沒多少錢。湯姆．沙塔基沒給我多少訂金，恐怕也不會再有。事實上，我有種感覺，最後我可能會把全部或部分的錢還給他。」

「我不喜歡聽你這樣說。把錢還回去。」

「那的確令人不舒服，」我說，「但有時我別無選擇。」

「這樣的話，」他說，一邊把帳單向我推去，「我最好讓你付帳，不趁你還有錢的時候吃你一頓，更待何時？」

8

等他朝公園走去之後，我站在咖啡館前的人行道上看格藍．郝士蒙的公寓。我告訴自己，應該另外選一個咖啡館跟阿傑見面的。這樣的地方多得是。在曼哈頓，這樣的咖啡館就跟在愛斯托瑞亞的希臘館子一樣多，都有相似的菜單，相似的氣氛，你也可說同樣的沒氣氛。為什麼我偏要選上這個角落，面對我最不想做的事？

凶殺案的偵查得從被害人開始。從我站的地方，我可以上數二十八層樓望見被害人的窗戶，在窗後我大有可能找到被害人的妻子。無疑的，麗莎．郝士蒙是第一個我應該去訪談的人，是最有可能有我想要資料的人。

但她是我最不想見的人。她失掉胎兒時，我沒有打電話去。她丈夫被殺後，我沒有打電話去。自從四月我們四個人消磨了一晚之後，我就沒有跟她說過話，而且我對她丈夫想和我做個朋友的表示不予理會，雖然談不上有罪惡感，我總覺得很不舒服。想到現在要去打攪她，在她最悲痛的時候，問她我非得問的那些唐突問題，我的不安就急速的增加了起來。

我數著窗戶往上看。我知道他們的公寓——她的公寓——是在第二十八層，但我不能確定要數幾個窗戶，因為我以前沒有注意到他們有沒有十三層。大部分紐約的大廈都跳過這個號碼，但也有幾個建築商拒絕向迷信低頭。（哈門．魯敦斯坦，一個禮拜前從自己陽台跳樓自殺的大亨，在這點上特別直言不諱。有好幾個專文報導都說他表示生命太短，不必怕神怕鬼。因為他住在自己的房子之一，有一個寫訃聞的特別指出，他的六十二層樓是真的六十二層，如果在其他類似的建築，則會是六十一層。）

我告訴伊蓮，不論是哪一層，都是那最後的半吋致你死命。

就我所知，郝士蒙所住的就是一座哈門．魯敦斯坦的大樓，但我不能完全確定，所以不知道到底哪扇窗子是他們的。當然至多只有兩種可能。此時西沉的太陽反射在大樓朝西的那一面，所以無論如何，我看不出來他們可能住的公寓是否開著燈。

我想，天曉得，幹嘛不去打個電話。

角落裡有兩個公用電話，一個壞了，另一個不收銅板，只收奈拿克斯電信公司電話卡。電信公司每個月寄帳單來時都要給我一張電話卡，但我懶得再多帶一張卡，所以直到目前一概拒收，不過丟銅板的電話再不斷消失的話，我猜我非得搞一張不可。然後就像其他人一樣，我會開始奇怪怎麼可以沒有它。

我過街在阿姆斯壯酒吧打了電話。以前我幾乎就像住在阿姆斯壯，所以當我剛開始戒酒時，我總刻意避開這個地方。我沒去光顧的時候，吉米續約不成，於是他的店從五十八街往南，從第九大道東側搬到現址。我同樣避開他的新店址。不只如此，我也絕不踏進在原處新開的店，那是一家毫不相干的中國餐館。（有一次吉姆．法柏建議星期天晚上去那裡吃飯，我告訴他不行。「在那家餐館沒開之前，我常去那裡喝酒。」我解釋給他聽。他並沒有對我的句子或邏輯多加追問。只有曾經酗酒的人懂得我的意思。）

之後一天，另一個朋友，也是一個終於戒酒的酒鬼，建議去阿姆斯壯吃晚飯，自此之後如有需要我就去。現在我是有理由去，但我心裡有一個聲音在挑戰我的選擇。難道附近沒有其他電話？難道不能用那座咖啡館裡的電話？為什麼我流連酒吧還得找藉口？

浪費心智可能是件可怕的事，但更糟的是你得聽你的心說話。我告訴我的心，多謝費神，走進去打了電話，先打一一四，再打我抄下的號碼。麗莎．郝士蒙的電話響了四聲，接下來我聽到她丈夫錄下來的聲音，他告訴我現在沒人在家，要我在聽到嗶一聲後留話。「現在請稍待。」他說。不錯，我是等到了嗶的那一聲，但我接著掛了電話。

這不是我第一次聽一個已經死去的人的聲音。多年以前一個叫波提雅．卡爾的英國應召女郎被一個顧客殺死——她的顧客，不是我的——有一天我喝得大醉，醉到打電話給她，但一聽到她的聲音，我就立刻驚醒過來。當然這是她的答錄機，等我一明白怎麼回事，我又重新沉入醉鄉。

答錄機當時還不多。現在除我之外，每人都有一個，而我們也習慣聽到死者的聲音。不久之前我打電話給一個朋友，是亨佛萊．鮑嘉的聲音接的電話。一個禮拜之後我再打給他，換成是塔盧拉．班克黑德。你可以買一種錄音帶，通過現代神妙的科技，讓早已仙逝的名人為你接電話。「嗨，甜心，我的夥伴傑瑞．柏米爾現在不能來接電話，不過如果你留下電話號碼，等我們捉到了那批一直在名單上的嫌疑犯，他會立刻給你回電話。」

格藍．郝士蒙的聲音不比波提雅．卡爾的來得嚇人，也不比塔盧拉的令人驚奇。但我一開始就有點不平衡，在一個我不想去的地方打一個我不想打的電話，而我只要有一點兒藉口就想溜走。在這種情形下，就算是約翰．韋恩接的，我也會一把掛下電話。

回到旅館後我又試了一次，再次聽到他聲音時，我還是決定不要留話。跟她說話是一回事，要她打電話給我是另一回事。我再一次靜聽那一聲嗶，再一次，我沒有回答。

我打電話給伊蓮，告訴她我不記得我們晚上有沒有計畫。她說沒有。「但我想要看到你，」她說，「只是我不想離開家。」

「我也是。」

「那我們想要在一起就難了，」她說，「除非我們打一個晚上電話，把那捲留話帶子用個精光。」

我們找到解決辦法。「離開我的地方沒問題，」我說，「我只是不想離開你的地方。」

「噢，你永遠不需要走，」她說，「你隨時來嘛，我會燒飯，或我們叫點菜。在家靜靜過一個晚上。」

「在甜蜜的家。」

「嗯，是呀。我要看點書及處理一些文件，但不會花多少時間。嘿，你來的時候帶捲錄影帶過來。」

「有沒有你特別想看的？」

「沒有，給我一個驚奇，但我不想看有妖魔鬼怪的，別的都可以。」

「在真實生活裡，妖魔鬼怪已經夠多了。」

「你說的是。什麼時候來？」

「我要趕一個聚會，八點左右過來。你覺得怎麼樣？」

「那真是，」她說，「太棒了。」

11

我們在家靜靜度過一晚。我們叫了咖哩，是由第一大道上一家新開的印度餐館送過來的。根據伊蓮的說法，在家吃印度飯有一項絕對的優勢。

「我去過的每一家印度餐館，」她說，「總有一個侍者上回洗澡還是在恆河裡，當他走近你桌子時，你會被他薰死。」

吃過飯後我又打給麗莎．郝士蒙，一聽是答錄機回話，我就立刻掛斷了。伊蓮花了二十分鐘整理完文件，打開錄影機放我選的電影《雙虎屠龍》，李．馬文演一個有名無實的惡棍，約翰．韋恩及詹姆斯．史都華演他們自己。

伊蓮說，「小時候，我父母常看深夜的老電影。『老天，你看弗朗肖．唐有多年輕！』或是珍妮．蓋諾或是喬治．亞利斯。而現在我也是如此。這部電影從頭到尾，我一直在想李．馬文看起來有多年輕。」

「我知道。」

「但一直等到電影結束了我才說，我覺得我表現的自制力很值得讚賞吧。」

電話鈴響她去接了。「噢，嗯，」她說，「你好嗎？好久不見了，是嗎？」

一陣輕微的妒意如常向我掩來，我試著不去聽。伊蓮有時還會接到她過去顧客的電話，但她覺得與其找麻煩換號碼，不如花個十秒鐘宣布她已退休。我能了解這點，但我仍希望他們打來時，我人不在現場。

「請稍待，」她說，「他人就在這裡。」

我拿起電話，是阿傑，「大哥，我去過你的旅館，只你一個人就夠擠了，你不該帶個女士回去。」

「不是什麼女士，」我說，「那是伊蓮。」

「你以為我不知道？噢，我懂了，你不在你的旅館。」

「我知道你會猜到。」

「你在她家。你有那個叫什麼來著的，自動轉接。」

「嗯，聰明。」

「如果你有個呼叫器，」他說，「你就不需要別的，不會由別人接你電話，搞得人一頭霧水。噢，我幹嘛打來呢？我在這兒跟指揮官窮混。」

「指揮官法蘭德斯。」

「不錯，就是他。嗯，一旦太陽西沉，那個地方就大大改變了。公園和街上都不同了，有一大堆人在那裡做買賣。」

「白天也有，」我說，「但那時候他們主要在買賣喜美車。」

「現在很不一樣，」他說，「有很多古柯鹼。你可以在地上看到很多空袋子，你要什麼，就有人賣你什麼。也有很多女孩子，有些美呆了。只是他們不是女的。你知道他們叫什麼？」

「雙性人。」

「帶棍的馬子——人人都這麼叫。你再說一遍。」他跟著我說了一遍。「雙性人。我知道有人叫他們變性人，但這是他們動過手術之後。之前他們是馬子帶棍子。你知道他們是生來這樣的嗎？」

「我很確定他們是生來就有那話兒。」

「別開玩笑了，你知道我的意思。」

我所認識的雙性人都說從他們有記憶起就是這樣。「我猜他們生來就是如此，」我說。

「他們的胸部哪來的？總不會是天生的吧。他們怎麼搞的？打荷爾蒙？隆胸？」

「我想都有。」

「然後他們跟人睡覺，省錢去動大手術。他們一心一意就是要動手術，所以你看不出來他們不是真的女人。不過他們身長六呎二，一雙大手大腳，還是會給人看出破綻。」

「並不是所有人都想動手術。」

「你說他們既想做男的，又想做女的？為什麼會這樣？」

「我不知道。」

他停了一會兒說，「我想像自己兩個奶子在襯衫下晃動，搖搖擺擺走街上，怪胎。」

「我猜也是。」

「一想就頭痛。你記不記得我第一次跟你見面時說的話？你走在街上，我一直沒辦法誘拐你讓你說你在找什麼？」

「我記得。」

「我告訴你每個人都有不願人知的嗜好。你可以把我這句話存進銀行，再真不過。」

我說：「我不知道格藍．郝士蒙有沒有什麼癖好。」

「沒什麼好猜測的。只要他有口氣，他就有。說不定我們運氣好，找得到是什麼。」

伊蓮在旁聽出了興趣，我又給她補充說明。「阿傑真有趣，」她說：「前一分鐘他是絕對的時髦，絕對的酷，接下來他天真的一面不自覺的露了出來。以他的年紀，要理解雙性人的存在一定相當困擾。」

「但他不是不知道，他常去的地方多的是。」

「大概是吧。我只希望他不會有一天也帶著奶子出現，我不覺得我能接受。」

「我想阿傑也不能。」

「那好。你相信格藍．郝士蒙有什麼不願人知的嗜好？」

「阿傑說每個人都有。這點提醒了我。」我查了一下手錶，決定現在打電話找郝士蒙的寡婦還不算太遲，特別是她很有可能不在家。她果然不在家。不過這次我沒有盡責的聆聽她死去丈夫的聲音。一等留言機聲響，我立刻掛電話。

我說：「他去十一大道一定有他的道理。他不是不可能去散步，但為什麼要往那個方向？說不定只是巧合，也說不定十一大道有他需要的東西。」

「他看起來不像是快克迷。」

「是不像，但他不會是第一個用古柯鹼的雅痞。」

「像他這樣的人會在街上買毒品嗎？」

「不，通常不。說不定他是對性交易感興趣。說不定他去尋愛，但找錯了地方。」

「放著那樣的太太在家？」

「『一個比較端雅甜蜜的少女在一個比較明淨青綠的地方。』但這有什麼關係？」

「沒什麼大不了的，」她說，「大部分的男人都有太太在家。說不定他有衝動，想要來點不同的刺激。」

「說不定他偏愛那種高個子大手大腳的姑娘。」

「還要有那話兒的。他這樣找流鶯實在太冒險了。」

「不是開玩笑的。」

「不，除了一般的危險之外，你可記得從他們公寓望出去的視野？如果她在窗口，她可能會看到他在街角，她說不定從頭到尾看到槍殺的實況。」

「就算角度是對的，而且她可以一覽無遺，我很懷疑在這麼遠的距離可以看出什麼。」

「我猜也是。你想她會繼續住那棟公寓嗎？」

「我不知道。」

「你會不會喜歡住那裡？我不是指她那一棟，但是像那一型的？」
「你的意思是高高住在半空中？」
「高高住在半空中，天下盡收眼底。如果我們會搬家住在一起——說不定你現在不想談這個。」
「不，我不介意。」
「嗯，我喜歡這間公寓，不過我想我們最好搬到一個新的地方去，這裡有太多舊事。」
「我們在這裡做過這麼多次的愛。」
「這不是我所想的。」
「我知道。」
「我不再幹那行了，但我仍住在同一間公寓。我不確定這樣好不好。就算我們不搬出去住一起，我還是覺得不太對勁。」
「你想賣掉這個地方嗎？」
「我可以賣，但看現在市場的情況，可能出租反而划算。幫我經營其他房地產的公司可以替我一併料理。」
「好一條闊母狗小姐。」
「哈，我沒什麼好不好意思的。我既不偷，也沒人留錢給我。我靠本事掙來的。」
「我知道你靠本事掙來的。」
「不錯，我是靠跟人睡覺掙錢。怎麼樣？我一分一毫自己賺的，這不一定合法，但可不是騙來的，我辛苦幹活，省錢好好投資。難道我該要覺得羞恥？」

「當然不。」

「我聽起來好像在自我保護，是不是？」

「有一點，」我說，「但又怎麼樣？沒有人是完美的。你想要住哪裡？」

「我還沒想出來。我喜歡這附近。但如果說這間公寓有它的歷史，這整個地方又何嘗不是。你呢？你說不定想要留著你的旅館房間，拿它當辦公室。」

「好個辦公室。」

「可以用來與客戶見面。」

「我以前跟他們在酒吧見面，」我說，「現在我改成了咖啡館。」

「你想放棄嗎？」

「我不知道。」

「那個地方很便宜。」她說，「房租調整又受限制。我覺得可能值得留著，所以當你想要一個人獨處的時候，你有一個地方可去。如果你知道附近你自己有個地方，同居比較不會有太大壓力。」

「它會像什麼？逃生門？」

「說不定。」

「你也會有一個。如果你不把這個地方賣掉，只是出租的話。」

「不，」她說，「我一旦離開這裡，就這樣決定了。五十一街再也不會看到我。就算我們之間沒有結果，就算我們發現彼此，嗯，不能住在一起，我也不會回到這裡。事實上——」

「嗯？」

「呃，就算我們還不能決定住一起，說不定我還是應該考慮搬出去。如果我們會一起去找公寓同居，現在先找一個暫時的居所好像很沒道理，但我想時間到了，我應該盡快搬出去。」

「這麼趕幹嘛？」

「我不知道。」

「噢？」

過了一會兒她說：「今天我接到一通電話。一個老顧客打來的。」

「他不知道你已經不幹了？」

「他知道。」

「哦？」

「過去的這一年他打來過好幾次，想確定我是真的退休了，而不是一時想想罷了。」

「哦。」

「我可以了解。有人賣肉賣了二十年，忽然不再上市了，你會想，不會長久的。」

「我猜也是。」

「幾次他只是打來聊天，他這樣說的。嗯，我們認識多年了，所以你不想對他說要他自個兒去放屁。但我也不想跟過去的顧客窮扯，所以我總是盡量少說兩句。說不要放在心上，說我得走了，拜拜，之類的話。」
「嗯。」
「今天他問他可不可以過來。不，我說，不行。只是談談，他說，因為他最近經歷某種困難，所以他想跟一個了解他的人談談。簡直是狗屁，我可不了解他。了解他？開玩笑。所以我說不，你不能過來，我很抱歉但只能如此。我會付錢，他說。我會給你兩百塊，只是讓我過來談談。」
「你怎麼辦？」
「我告訴他不。我告訴他我不是做心理治療的，然後我叫他再也不要打來。他不是光想談談，你不用想也猜得出來。」
「不錯。」
「他以為只要他進得了門，他就進得了臥室。他想只要拿錢給我，我就會去賺它。其實這跟性沒多大關係，而是一種權力鬥爭。他想要我做我不想做的事。」
「他是誰？」
「這有什麼相干？」
「我可以去找他談話。」
「不，馬修。絕不。」
「好吧。」
「如果他再來找我再說，不過我想他不會的。每隔兩個月他說不定會打來，但我自己可以應付。不，我不需要被保護。我可以應付那個無聊鬼。」
「你確定嗎？」
「我確定。」
「我想你應該換一個新的電話號碼。」
「等我搬家後，新公寓，新號碼。」
「同時都有了。」
「不錯。」
我想了一想。我說：「說不定我們應該開始找房子。」
「至少開始考慮。你喜歡你現在住的那一帶，是不是？」
「嗯，我習慣了，」我說，「就像你已經習慣海龜灣一樣。我有常去的餐館及咖啡館，還有我常去聚會的地方。米基的酒店幾步路就走到了。林肯中心、卡內基音樂廳以及大部分的戲院都在附近，倒不是我們常常去，但知道它們就在旁邊，感覺不錯。」
「但這不是我唯一喜歡的地區。在很多方面，我甚至不喜歡這個地方。我喜歡西村，我喜歡喬爾西，我也喜歡格拉莫西公園。」
「或更往中城去，像蘇活、翠貝卡。」
但那些地方也有它們自己的歷史。「或在西區更北一點，」我繼續。「比如說西區七十街左右。從我現在住的地方，走一段路或搭一小程公車就到了，所以我可以把那個旅館房間留著當辦公室，也可以去同樣的戒酒聚會。現在我開始考慮起來，不過，可以選擇的很多，幾乎任何地方都可以住。」

「但不出曼哈頓。」

「不，當然不。」

「除非我們要搬到愛伯克奇。」

聖誕節前我賺了一票，剛巧接了一個案子收了一筆錢。等她的學校放寒假，我們飛到新墨西哥，花了兩個禮拜的時間開車在新墨西哥州的北部轉來轉去，大部分的時間流連於當地的印第安部落。我們都迷上了愛伯克奇及聖塔菲的磚石建築風格。

「在那裡我們可以有整棟房子，」我說，「有渦狀的裝飾，有尖塔及有曲線的牆壁。而且我們不論住在哪裡都沒關係，因為反正我們總要開車的，住哪個區域也無所謂，一定比紐約任何地方都要來得安全及舒適。」

「你想去嗎？」

「不。」

「謝天謝地，」她說，「因為我也不想去。有太多的地方都比紐約好多了，但我哪裡也不想去。而你也是一樣的，是不是？」

「恐怕是。」

「幸好我們找到了彼此。如果我們開始懷念那種磚石建築，我們永遠可以飛去愛伯克奇看看，對不對？」

「任何時間都成，」我說，「那些建築不會跑到別的地方去。」

∞

我們上床的時候一定已經半夜了。一個小時後我放棄了睡眠的打算，躡手躡腳走到客廳。那裡有整排的雜誌，一整書架滿滿的書，當然也有電視，但我心煩氣躁坐也坐不住。我穿好衣服站在客廳的窗前，遠望河對面百事可樂的紅色霓虹燈。自從伊蓮搬進這裡後，新的建築遮住了大部分的視野，但你仍可以看到百事可樂的廣告。如果我們搬走的話，我會想念這裡嗎？她呢？

樓下的門房無語的點點頭，又把他的視線轉到半空中。他是一個年輕人，最近才從阿拉伯世界的某個角落移民來到美國。他一直帶著隨身聽，一副耳機塞耳朵裡。我原以為他一定在聽熱門音樂，直到有一晚我才發現他不斷的在聽那種追求自我提升的錄音帶，激勵他掌握生命，發揮賺錢的能力，以及減輕體重，保持身材。

我從第一大道走下去，經過聯合國大樓，走向四十二街。在那裡往右轉，走過一個街口，再從第二大道往回走。我經過好幾間酒吧，雖然我沒有非得進去的衝動，可我不能不承認它們的吸引力。我可以去葛洛根找米基，但如果我找得到他，我們一定會混到深夜，就算我們沒說上幾句，我仍想要留在西村，不想再老遠走回東五十一街。

住在一起會解決這個問題。生命裡其他的事物也會各就各位？

在第二大道與四十九街街口有一個通宵營業的咖啡館。我在吧台找了張椅子坐下，點了一個梅餅及一杯牛奶。有人留下一份早版《紐約時報》，我開始看了起來，但我沒辦法集中注意力，說不定我也需要一些自我提升的錄音帶。發掘你心智潛能！掌握你的生命！

我不需要發展任何潛能。我有足夠的腦細胞去明白到底怎麼一回事。

雖然珍．肯恩現在接近她生命的盡頭，她又重新回到我的生命。她和我以前幾乎住在一起，或至少往那個方向走，然後我們的關係破裂，從此我們失去了對方。

而現在伊蓮與我處在相似的情況，相似的階段。她的衣櫃裡有掛我衣服的地方，她的梳妝檯有專屬我的抽屜，在她床的一側我一星期總會睡上幾晚。但這個階段是暫時的，定義模糊的，或不可能被界定的，所以每件事必須被仔細的考慮。當我在東五十一街過夜的時候，我可以自動的把電話轉到那裡去嗎？事後我忘了停止轉接的話，我應該道歉嗎？還是我們該再接一條線？

我們到底該不該搬？我該不該留著我的旅館房間？我們該選擇住在我家附近好，還是她家附近好？或是誰家的附近也不住？

我們應該提出來討論呢？還是我們應該避免討論？

平常這些考慮不算什麼，甚至於有點可笑。但珍就要死了，而這點使所有的事都蒙上了一層暈黃的光。

當然我是害怕。我害怕在一種關係裡會發生的事也會同樣發生在另一種關係裡。然後有一天我會去取我的衣服，把我的鑰匙留在廚房的流理台上。我害怕那間我緊抓著不放像陰鬱的死亡般的破旅館房間，會是我了此殘生的地方，有一天當我只有一身內衣，蜷曲在窄床的邊緣時，死神親自降臨。他們必須把我裝在屍袋裡拖出去。

我害怕事情會失敗，因為這總是發生。我害怕會有可悲的結尾，因為這總是發生。而我最害怕的是，在所有可以說可以做的事都說了做了之後，結果都是我的錯。因為在我內心深處，在我骨血深處，我相信永遠都是我的錯。

∞

我喝完牛奶回家，這次門房不但叫出我的名字，而且給我一個大大的微笑。（記得記住別人姓名和臉孔！讓你的微笑照耀世界！）當我摸進臥房時，伊蓮動了動但沒有醒過來。我上床摸黑睡在她旁邊，感覺她的溫暖。

我不知不覺睡著了，接下來我發現自己做了一個夢。我在跟蹤一個男人，想要看一眼他的臉，我輕手輕腳小心翼翼的跟著他，跟著他走下無數的樓梯，終於他回過頭，而他的臉是一面鏡子。我想看鏡子裡照出什麼，所能看到的只是一片白光，一片亮得讓人睜不開眼的白光。我掙扎著醒過來，伸手去碰伊蓮的手臂，然後幾乎立刻又睡著了。

當我再度醒來時已經九點了，房裡只有我一個人。廚房裡有熱咖啡，我喝了一杯，洗澡穿衣，正在倒第二杯時，她從健身房回來，說外面是一個美麗的日子。「藍色的天，」她說，「加拿大的空氣。我們給他們酸雨，他們卻給我們新鮮空氣及搖滾詩人李歐納・柯恩。太划得來了。」

我打電話給麗莎・郝士蒙。當答錄機回應時我照例掛了電話。伊蓮說，「給我，她的電話號碼？」她撥了號，當郝士蒙的聲音響起時，她的臉不由自主的牽動了一下，接著她說：「麗莎，我是伊蓮・馬岱，上學期我們在杭特一起上過一門課。我老早就該打來了，我對你最近發生的事覺得很難過——麗莎。是的，嗯，我想你可能在聽答錄機，因為馬修打給你很多次了，但每次都是機器接的。他覺得留話不太合適。嗯哼，當然——」

她問了一些問題，又說了些一般慰問的話。接著她說：「噢，要不要跟馬修說話，他人就在旁邊。好，我們找個時間見面。你會打給我嗎？別忘了。好，請等一下，馬修來接了。」

我拿起電話說：「我是馬修・史卡德，郝士蒙太太。很抱歉在這時候來打攪你，如果現在不方便談話……」

「不，沒關係，」她說，「事實上……」

「什麼？」

「事實上，我正想找你，只是我一直在拖延。所以我很高興你打來。」

「我不知道可不可以跟你見面。」

「什麼時候？」

「只要你有時間，愈早愈好，如果可能的話就今天。」

「我中午約好跟人吃飯，」她說，「之後整個下午我都有約。」

「明天怎麼樣？」

「明天下午兩點我跟保險公司的人見面，但我不知道得談多久。嗯，你今天晚上有空嗎？或是你不喜歡在下班時間見面？」

「我的工作自有作息時間，」我說，「今晚沒問題，只要你確定不麻煩的話。」

「一點也不麻煩。九點鐘？會不會太晚了？」

「沒問題。除非你再給我電話，不然九點我到你家去。我會給你我的號碼，所以你要取消的話可以打來。」我說了號碼，又告訴她，如果她弄丟了號碼，可以打到旅館去查。「我住在西北旅館。」我說。

「就在下條街，格藍告訴我他在附近碰見你好幾次。如果你要取消的話，就打來留話。除非我知道是誰打來的，我都不接。我接到各種電話——」

「我可以想像。」

「真的嗎？我可不能。好吧，九點我等你，史卡德先生，謝謝。」

我掛了電話，伊蓮說：「我希望我沒有干涉你的事。我只是想到那個可憐的女人坐在電話機旁，嚇得不敢接電話，因為可能又是一個八卦小報的無聊記者打來的。所以我想由我來留話比較合適，等我和她通上話時，我可以要她跟你聯絡。」

「你的主意不錯。」

「但說不定我該先問你。」

「放心，你做得很好，我今天晚上去見她。」

「你說九點鐘。」

「嗯，她說她一直想找我。」

「她並沒有告訴我這點，關於什麼？我覺得很好奇。」

「我不知道，」我說，「這是我必須查出來的事情之一。」

12

我回到旅館去關掉自動轉接裝置。應該有辦法不需要人去就可以關掉，但我從來不知道該怎麼做。我原來根本不會想到要轉話，但有兩個駭客族的小夥子自作主張替我侵入電話公司的電腦系統。他們進入之後，就替我搞了轉話服務，而且每個月我並不需要繳錢。他們又替我搞了免費的長途電話服務。我的長途電話是用史普林特電信公司的系統，只是史普林特的計費部門可不知道。（當我表示這樣做似乎有點不道德，他們問我欺騙電話公司真會讓我良心不安嗎？我只好承認沒這回事。）

我趕上了西六十三街基督教青年會的一個中午聚會。演講人在慶祝他的第九十天戒酒日，你至少得戒酒九十天才能主持聚會。顯然他對他的成就非常滿意，好像自己就是一杯沒有加酒的混和飲料，輕飄飄的充滿了浮力。休息時間，一個坐我旁邊的女人說：「我也曾經像那樣，然後我從粉紅色的雲端掉了下來，直撞上地面。」

「現在呢？」

「現在我很快樂，喜悅，而且自由，」她說，「還有什麼其他可能呢？」

我在一家熟食店買了咖啡及三明治，到中央公園的板凳上野餐，呼吸著伊蓮讚不絕口的加拿大空氣。我想到一些可以做的事，但可以稍微等一等，而且說不定應該等一等。大部分都是跟格藍．郝士蒙有關，等我跟他太太談話之後再開始進行似乎比較有道理。

在公園裡待了兩個多小時，我走到動物園去看熊。在一塊名為草莓田的空地上，我算出來如果約翰．藍儂沒被一槍打死、就此停在四十歲的話，他現在該有多老了。有人說過，如果你能從上帝的角度來看世界，你會發現每個人的壽限已定，每件事的發生都自有道理。但我無法從上帝的觀點來看世界，或看任何其他的事。當我試著這樣做，我所有的努力只換來一個僵硬的頸子。

當然有人說我這一輩子都是這樣。

∞

在桌上有珍及阿傑的留話。我先打電話呼叫阿傑。五分鐘過後他還沒打回來，我就打給珍，是她的答錄機接的，我說我再回她電話，她可以隨時打來。

我打開CNN，正漫不經心的看。電話鈴響，是阿傑。他對這麼久才回話大大的抱歉。「找不到電話，」他說，「要不然就是有人在打。整整第八大道，所有的電話都沒了，完了。」

「它們全壞了？」

「壞了？它們不見了。你知道有人是怎麼幹法的？他們並不把電話給撬開，他們索性把電話拴在汽車後面的保險槓上，一拉把整個電話拉下了牆。你想他們搞這麼多麻煩就是想弄點銅板呢，還是他們想賣電話？」

「我不知道誰會去買，」我說，「除非他們有辦法再賣回給電話公司。」

「這樣賺錢可不容易。大哥，我打電話來是因為我可能發現一點苗頭。我在馬路上聽到，有人看到殺人實況。」

「你找到證人？」

「我還沒找到任何人。我甚至於不知道她的名字。我只知道有人認識她。但我想我會找得到。」

「證人是個女的？」

「比較像我們昨天說的那種。帶棍的馬子，你告訴我還有另個叫法。雙性人？」

「不錯。」

「如果我老跟著你，我也成了受過教育的人士了。這個帶棍的馬子，我想我應該有辦法找到她。只是可能需要一點時間。」

「你要小心一點。」

「你的意思是注意性交安全？」

「老天，」我說，「我的意思是不要輕舉妄動，搞得有人來殺你。」

「哦，沒問題，這是為什麼要多花點時間，因為我會很小心。而且這些雙什麼來著的很不容易混熟。除了毒品及荷爾蒙，他們的態度傾向於模模糊糊的。但我可以告訴你，我想不是喬治幹的。」

「為什麼你會這樣說？」

「難道他不是我們的客戶？難道我們不是站在正義的一方？」

「我猜你是對的。」

「你學了點東西，」他說，「學得不錯。」

∞

伊蓮打電話來告訴我她的一天，又問我怎麼樣。我們都同意今天是一個美麗的日子，而且秋天是一年裡最好的季節。「有件事我想問你，」她說，「但我現在想不起來了。每次發生這樣的情形就讓我生氣。」

「我知道。」

「而且我記性不好的時候愈來愈多。有人告訴我有種草藥可以幫助記憶力，但你想我怎麼記得住會是什麼草藥？」

「如果你可以——」

「——我就不會需要它了。我知道，我想到過。算了，我會記起來的。今天晚上你要去看麗莎，對不對，之後你想打電話給我的話就打。」

「如果我想到，而且不太晚的話。」

「就算太晚也沒關係，」她說，「你知道嗎？我愛你。」

「我也愛你。」

∞

當我把一些襯衫送到街角的洗衣店去時，珍又打來了。我去了還不到十分鐘，所以我沒去檢查留言就走過了櫃檯，但門房一眼看到我進入電梯，就打電話到我房間通知我。我立刻打給她，但我再度接到她該死的答錄機。

「我們好像在玩你追我趕的遊戲，」我說，「我一會兒要出去，而且今天晚上我要跟人談生意。我會一直試著找你。」

∞

我對著走廊的門房通名報姓的時候正是九點正。我告訴他郝士蒙太太在等著我。他一聽她的名字表情立刻轉為機警。我感覺得出自從她丈夫死後，她一定有不少的訪客，而絕大多數既非受邀，更不受歡迎。

他用手遮著對講機，聲音小到我一點也聽不見，但她的回答讓他鬆懈了下來。他不需要丟我出去，或是去找警察，他的感激之情立刻浮現臉上。「你就直接上去。」他說。

當我走出電梯時，我看到她就站在她的公寓門口，比我記憶裡要漂亮，也比我記憶裡要老，似乎最近發生的事在她的臉上鑿出性格的痕跡。她仍舊看起來很年輕，但現在要相信她如同新聞上說的有三十二歲並不困難。（她三十二，他三十八，我在想，喬治・沙塔基四十四，而約翰・藍儂永遠是四十。）

「我很高興你能來，」她說，「我不記得該怎麼稱呼你。馬特，還是馬修？」

「你怎麼叫都好。」

「今天早上我叫你史卡德先生。我不記得我們一起吃晚飯的那天我怎麼叫你的。伊蓮叫你馬修。我想跟著這樣叫。請進，馬修。」

我跟著她進入客廳，有兩張沙發垂直並列著。她先坐下，又指著另一張要我坐，我也坐下。兩張沙發都擺在能看到西方最佳景色的位置，而我透過玻璃窗，欣賞即將完全消沉的夕陽，在漸暗的天邊一角，一圈粉紅帶紫的漬跡。

「對面那些高樓在威霍漢，」她說，「如果你覺得這裡的景致好，想想看他們的景觀會更棒。他們在那裡可以看到整個曼哈頓的天際線。不過當他們下了樓，走出門，他們是在紐澤西。」

「可憐蟲。」

「說不定住在那裡也不壞。從我來紐約的第一天，我就以為曼哈頓是最值得去的地方。我在白熊湖長大，在明尼蘇達州。我知道那裡聽起來像和美洲麋鹿及愛斯基摩人為鄰，其實它比較像雙子城的郊區。我搭西北航空飛下地的時候，除了一張明尼蘇達大學的藝術碩士文憑之外，什麼也沒有。一本素描簿，還有一個朋友的朋友的電話號碼。我在喬爾西旅館過了一夜，第二天我跟人分租一間在東十街湯普金廣場上的公寓。我不知道還有什麼更好的方法來形容這種不同文化下所產生的震撼。」

「但你還是適應了。」

「噢，不錯。但我並不是因為感到不安全，所以沒有在字母城住太久。雖然沒有壞事發生在我身上，但我不斷聽到同一條街上的人被搶被姦被殺，一旦我有辦法，我立刻搬到東區南邊麥迪遜大道。」

「我知道在哪裡，那個地方也不是太好。」

「不錯，那是貧民窟。如果在美國其他地方，它一定早被拆了，但它不像東十街那樣充滿了毒品，讓我覺得比較安全。我先跟別人分租，之後我就自己住。在一棟廉價公寓裡有三間小小的鬼子窩，走廊裡滿是老鼠、尿臭以及大麻的味道。但沒有任何壞事發生，不論是街上或是公寓裡，從沒有人來找我麻煩，從沒有人搶進門來，或是從防火梯爬進來。一次都沒有。然後我遇到這個男人，使我意亂情迷，帶我遠遠離開所有這一切，搬進這個原來我想都沒想過的地方，所有的東西都是新的，沒有任何味道，走廊二十四小時都有人守著。

「而現在我在這裡，」她說，她的聲音逐漸提高。「我在這裡，坐在新沙發上，踏在新的東方地毯上，所有的東西都是新的，當我從窗外望出去，我有無窮的視野，我是在一個安全的地方，這個乾淨安全的地方，但我有一個死掉的胎兒，一個死掉的丈夫，怎麼會這樣子？你可不可以解釋給我聽？怎麼會這樣子？」

我沒說一個字，我猜她並不期望我回答。在她試著控制自己的時候，我看著她的臉。一個完美的鵝蛋臉，眉目清明。她穿得很整齊，一件鴿灰開襟上衣罩在同色的平領衫上，下面是一條深藍褶裙。腳上是雙簡單的一吋低跟鞋。整個效果顯示出一個成熟的天主教學校女學生，但六個月前不過是漂亮，現在卻顯得美麗動人。

「很抱歉，」她說，「我以為我已經很能控制自己了。」

「你是。」

「我可以給你什麼喝的嗎？我們有威士忌及伏特加，我不知道還有什麼。噢，冰箱裡有啤酒。啊，我應該停止說『我們』。你要什麼，馬修？」

「現在都不用，謝謝。」

「咖啡？已經煮好的，我想這正是我要的。不知道你介不介意，很抱歉裡面有咖啡因。」

「事實上我喜歡有咖啡因的。」

「我也是，但格藍在晚上只喝無咖啡因的。幾個月前我們去一家餐館，侍者居然問我們要沒咖啡因的還是不要沒有咖啡因的，虧他想得出來。」

「我想我還沒聽過這種講法。」

「我希望我永遠不會再聽到。你的咖啡裡要不要加什麼？你的不是沒有咖啡因的咖啡？」

我告訴了她，她走進廚房去拿。當她回來時，我坐在窗邊看地獄廚房，你可以叫它柯林頓。我也可以看到德魏柯林頓公園，我不知道阿傑是否就在下面。

她說：「你在這裡看不清楚的。那座建築的一角擋住了視線。」她在我的肩膀邊指著。「事情發生後的第二天我去那裡看，也許是再隔一天，我不記得了。我只是想親眼看看。我不知道我想看到什麼，只是一個街角而已。」

「我知道。」

「你去過那裡？」

「是的。」

「我把你的咖啡放在桌上。告訴我好不好喝。」我坐下來嚐了一嚐，滋味很好，我據實以告。

「好咖啡是我的弱點。」她說，「沒咖啡因的咖啡喝起來就是不對，我不知道為什麼。」

她坐下來喝她自己的咖啡。「要適應很難，」她說，「做寡婦，我才開始習慣做太太。」

「你們結婚多久了？」

「五月剛滿一年，所以有多久了？十七個月？還不到一年半。」

「你們什麼時候搬來這裡？」

「我們蜜月回來的那一天。我們剛認識的時候，格藍在約克郡只有間一房的公寓，我仍住在麥迪遜大道。婚禮過後，我們飛到百慕達度過一禮拜。我們回來時，機場有部長型轎車等著我們。我們直接開回這裡，我還以為司機把地址搞錯了呢。我以為我們在找到大點的房子之前會住在格藍的公寓。接下來我只知道格藍把我抱過了門。他說如果我不喜歡的話，我們可以搬家。如果我不喜歡的話！」

「你一定很訝異。」

「他更充滿了驚奇。」

「噢？」

她開始想說什麼又停住。「我應該談正事才對，」她說，「但我不知道我到底該做什麼，我從來沒有雇過私家偵探。」

「我已經有一個雇主了，麗莎。」

「噢，是他雇你的嗎？」

「是誰？」

「格藍。」

「不，」我說，「他怎麼會雇我？」

「我不知道。」

我索性接下去。「一個叫湯姆．沙塔基的人雇我的，」我說，「他的哥哥因格藍的凶殺案被抓了起來。」

「而他雇你——」

「去追查他哥哥不是凶手的可能性。你該了解，如果真是他殺的，我不會試著替他脫罪。但只有很小的機會能證明他是無辜或證明殺你丈夫的凶手至今仍逍遙法外。」

「是的，當然。」她默想了一會兒，「你想在格藍的生命裡找出一個有理由殺他的人。」

「這是一種可能性。還有一種可能性是他被另一個陌生人所殺，但凶手並不是喬治．沙塔基。十一大道上的晚上跟白天截然不同。他們停止賣車及修煞車，開始在那裡賣毒品及性交易。那類的交易使得滿街上都是有問題的人物，其中一個可能撞上了格藍。」

「也可能是他認得的人。」

「不錯，是有這種可能。我在四月第一次遇見格藍，之後又在附近碰到他幾次，但我真的跟他不很熟。」

「我也是。」

「哦？」

「我告訴你我那時意亂情迷，這不是誇大其詞，我們在他的辦公室遇見彼此的，我記得我們一起聚會的那個晚上我曾經提起過。」

「不錯，我記得。」

「他真費了一番心思，我從來沒有這樣被人追求過。他讓我喘不過氣來。我每天都跟他說話。如果我們沒有一起出去，他就會打電話給我。我以前也有過男朋友，有男人對我感興趣，但從來沒有像這樣的。

「但同時他並沒有急著跟我做愛。我們出去了一個月之後才上床。在那段時間我們每個禮拜至少見三四次面。當然，因為愛滋病及其他緣故，一般人不再約會幾次就上床，但別人都等一個月嗎？」

「我不知道。」

「我有點不安心，但我有種感覺，他全權掌握局勢，而且他知道他在做什麼。我老是有這種感覺。一天晚上我們在他家附近吃飯。『你留下來過夜吧。』他說，所以我想，好吧，好極了。我們就上了床。兩天之後他向我求婚。『我們結婚，』他說。好吧，好極了。」

「非常羅曼蒂克。」

「老天，是的。我怎麼能夠不愛他？就算我不愛他，說真的，我想我還是會嫁給他。他聰明，他有錢，他英俊，而且他對我如癡如狂。如果我嫁給他，我可以生小孩，我可以不再掙扎賺錢，我可以全心全意在我想要創作的藝術上。不再有麥迪遜大道，不用再滿城趕地鐵，我不再需要向那些對我身材比對我作品更感興趣的藝術指導展示我的書，我遇見唯一例外的是那種本來就對女人沒意思的人。如果早幾年我遇見像格藍這樣控制一切事務的男人，我一定會嚇個半死，但我受夠了一個人應付一切，這是一個生存不易的地方。」

「這是真的。」

「我已經準備好讓其他人來掌舵了。而且我從來不覺得他在指使我。就拿我們的蜜月來說，他選好地方，做好所有的安排。但他選了他知道我會喜歡的地方。再說這間公寓，他知道我喜歡這個區域，而且他曉得我愛高高住在半空中，整個城就在眼底。

「這間公寓也準備好了。他已經裝修過。他說，任何我不要的東西都可以退回去。他不想帶我回到一個空盪盪的家，但他要確定都是我喜歡的，所以我可以換掉所有我看不順眼的東西。有個地毯我不喜歡，我們就退回給愛因斯坦穆集，換成了那一條。原來的那條也沒什麼不好，但我覺得他似乎希望我做點小改變。你了解我的意思？」

「當然。」

「他是一個好丈夫，」她說，「周到體貼，當我流掉小孩時，他一直支持我鼓勵我。那段時間我好難過，而且除了格藍之外，我沒有其他親人。在紐約我沒有交到親密的朋友。剛來的時候我有幾個熟朋友，但等我搬到麥廸遜大道後我們就失去了聯絡，我結婚搬到這裡後，又失去了我麥迪遜大道的朋友。我就是這樣。我很友善，很容易跟人相處，但我無法跟人銜接起來，無法跟人建立長久的友誼。

「換句話說，我有很長的時間獨處。格藍有時候晚上要加班，有時候他整個晚上，或週末都有公務會議。我去上課——所以我才認得伊蓮——當然我也畫畫。我自己去看電影，星期三下午我則可能去看戲。永遠有這麼多音樂會，卡內基音樂廳及林肯中心就在旁邊，你總可以找到事做。何況我從來不在乎獨處。你還要一些咖啡嗎？」

「現在還不用。」

「自從謀殺案發生後，」她說，「我發現我老是在看電視。以前我在家時從來不看的，現在我好像一直都在看，不過我猜我會捱過去的。」

「現在電視就是你的伴。」我說。
「我相信正是如此。我開始只看新聞。我有這種心理，需要看遍所有的新聞節目，因為它們可能報導與格藍有關的新聞，或是案情的新發展。一旦他們逮捕了那個人——抱歉，我的腦子塞住了，我永遠沒辦法記得他的名字。」
「喬治・沙塔基。」
「當然，一旦他們逮捕到他，我便不再對新聞感興趣，但我仍舊想在這個屋子裡聽到聲音。那就是電視，它發出人的聲音。我想我應該停止再看，如果我想聽到人聲，我永遠可以對我自己講話，是不是？」
「我看不出來有何不可。」
她閉起眼一會兒。當她睜開眼繼續說話，她的聲音聽起來疲倦，緊張，彷彿用力過度。「我逐漸領悟到我根本就不認識我的丈夫，」她說，「是不是很奇怪？我原來以為我了解他；至少，我不曾想過我不了解他。然後他被殺了，我發現我從來就沒有了解過他。」
「為什麼會這樣說？」
「上個月有一天，」她說，「他用一種非常隨意的態度提起他會死的可能性。如果有事發生，他說，我不必擔心會失掉這棟公寓。因為我們有貸款保險。如果他死了，保險公司會自動全部付清。」
「而你沒辦法找到保險的文件？」

「根本沒有任何文件。」

「有時候有人會假裝有保險，」我告訴她。「他們並不覺得有什麼大不了的，因為他們不覺得立刻就要死了。他說不定只是想讓你安心。而且你確定沒有保險嗎？去問貸方可能很有用。」

「根本沒有保險，」她說，「根本沒有貸方。」

「什麼意思？」

「我的意思是沒有貸款，」她說，「我完完全全擁有這棟公寓。從來就沒有過貸款，格藍直接用現鈔買的。」

「或者這就是他的意思，依法沒有人可以拿走這份產業。」

「不，他以前說得很清楚。他很仔細的解釋保險的細節，以及清償的方式。隨著貸款每年逐漸被付清，保額也逐年減少。似乎非常的清楚，但其實完全是虛構。他的確有保險，他在他的公司有團體保險，他自己又另外買了一個人壽險，兩個保險裡我都是唯一的受益人。但是他從來沒有貸款保險，事實上他從來沒有貸過款。」

「我看得出是由他料理家庭財務。」

「當然，如果是我每個月付各種帳單的話——」

「你早就發現你們沒有貸款要付。」

「他料理所有的事。」她說。她欲言又止，然後站了起來。她走到窗邊，天完全黑了，你可以看到星星。在紐約因為污染的緣故，就算天氣清明，你也不一定看得到星星。但現在由於乾淨的加拿大空氣，它們正在靜靜的發光。

她說：「我不知道我是否該告訴你。」

「告訴我什麼？」

「我不知道我可不可以信任你。」她轉過頭，她藍色的大眼睛盯住我。眼神裡帶著信賴，不含一點算計。「我希望我可以雇你，」她說，「但你已經有一個客戶。」

「你覺得你跟他會有利益衝突嗎？」

「我不知道我有什麼利益。」

我等她說下去。但她沒說什麼，我就問她她丈夫怎麼有辦法用現鈔來買房子。

「我不曉得，」她說，「他有他父母遺留下來的錢，他說他拿那筆錢來付頭期款。」

「說不定他有足夠的家財，所以他不必貸款。」

「說不定。」

「說不定他守著這個祕密，因為他不希望你知道你跟一個有錢人結婚。有些有錢人是這樣的，他們怕別人只是愛他們的錢。而且如果你們之間有錢的程度有很大的差別——」

「我大概只有一兩塊錢。」

「嗯，可能就是這個緣故。」

「那麼錢在哪裡？」她追問，「如果他這樣有錢，那就該有銀行帳戶、定期存款、股票或債券？我什麼都找不到。是有保險沒錯，我已經告訴了你，活期存款戶頭裡也有幾千塊錢。但沒有別的了。」

「說不定他有別的財源而你不知道。你可能不知道他有保險箱，佣金戶頭，或其他的財源。如果幾個月內沒別的錢出現，這種情形是很奇怪，但通常要等這麼久才能知道狀況。」

「有些錢是出現了。」她說。

「噢？」

她深深吸了一口氣，吐出來，做了決定。她到另一個房間去，帶了一個鞋盒大小的金屬盒子回來。

「我在衣櫃裡找到的，」她說，「幾天以前，我在想，我應該把他的東西整理出來，把衣服捐給慈善機構。然後我在最高層發現這個。我不知道開鎖的號碼，我正打算用錘子跟起子撬開，忽然我想到不過只有三個號碼，所以至多只有一千種組合，如果我從三個零開始轉到九百九十九，嗯，又會花多少時間，而且我有什麼其他的事要做？當我轉到對的號碼時我開始哭了起來，因為那個號碼是五一一，我們的結婚紀念日，五月十一號，五一一。我看著號碼鎖哭，當我打開蓋子時我還在哭。」

「你發現什麼？」

她轉鎖打開盒子，給我看裡面有半盒一綑綑的鈔票。我看到的全是百元大鈔。

「我以為會是股票證券或個人的證件，」她說，「但我說了這麼多，你一定早就猜到我要給你看什麼。」

「不見得。」
「不然還有什麼可能？」
各種各樣的東西，我想。祕密日記。一袋毒品，做買賣或自用。色情錄影帶，一把槍，錄音帶。公司的機密。新的或舊的情書。祖傳的珠寶。任何東西。
「我有想過可能是錢。」我說。
「我數過，」她說，「這裡有將近三十萬。」
「但你不知道從哪裡來的。」
「不知。」
「我猜這不是他繼承的遺產剩下來的部分。」
「我不知道是不是真有遺產。就我所知，他的父母都還活著。馬修，我好害怕。」
「有人恐嚇你是嗎？」
「什麼意思？」
「任何古怪的電話？」
「只有記者打來的，過去這個禮拜也沒多少。還有誰會打來？」
「有人想要回他的錢。」
「你覺得格藍偷了錢？」
「我不知道他怎麼會有這筆錢，」我說，「或從哪裡來的，或他有了多久。我不確定你該不該把錢這樣放在屋子裡。」

「我也想過，但我不曉得我該放到哪裡去。」

「你有沒有保險箱？」

「沒有，因為我從來沒有很值錢的東西需要放保險箱。」

「你現在有了。」

「但這樣做好嗎？如果國稅局查到——」

「你是對的。不論這筆錢哪裡來的，我敢打賭他沒報稅。如果他們在查，他們可以要一個法院的條子，打開你們兩個名下的任何保險箱。」

「你有沒有保險箱？如果你可以幫我存——」

我搖搖頭。幾分鐘之前她不能確定告訴我這件事是否安全，現在她索性要把錢交給我。「我想這樣做不太好，」我說，「你有律師嗎？」

「沒有。有一次我跟我過去的房東有爭執，曾用過一個在東百老匯的傢伙，但我跟他並不熟。」

「嗯，我可以推薦你一個。他在布魯克林橋的另一邊，不過他值得你特別跑一趟。我可以給你他的號碼，或是你要我幫你打電話給他？」

「你能幫我打嗎？」

「明天第一件事就是打這通電話。他會給你很有用的建議，而且說不定能把你的錢存在他的保險箱裡。放那裡會比放在你的衣櫃安全。我想有關於律師跟委託人之間的權利義務，我得先打聽清楚。」

「在這之前——」

「在這之前還是放在衣櫃裡。到目前為止都沒問題，而且我不會告訴別人這回事。」

「等它送出去後我就安心了，」她說，「自從我發現它後就一直好緊張。」

「我也會很緊張，」我說：「這是一大筆錢。不過我不覺得你該送給慈善機關。」

13

「你知道嗎，」米基說，「我媽老說我有第六感，有時候我不得不相信她是對的。我剛正想打電話給你，你就來了。」

「我只是進來用個電話。」我說。

「你知道，我小時候，我們樓上有個女人每天叫我去街角的羽毛石給她買一桶酒。以前他們是一桶桶賣的。一個鍍鋅的小桶，大概這麼大。一桶一塊錢，她付我兩毛五跑腿錢。」

「原來你是這樣創業的。」

「我省下了那些兩毛五分錢，」他說，「而且投資有術，所以有今天的成就。不，很不幸的，我把錢都花在買糖上了。那時候我愛吃糖愛得不得了。」他對過去的回憶搖搖頭。「這故事的寓意是——」

「還有寓意？」

「那個女人不想讓你知道她竟然會喝啤酒，『米基，好孩子，我需要洗頭，你可不可以幫我去羽毛石跑一趟。』我問我老媽為什麼瑞萊太太要用啤酒洗頭髮。『是她肚子需要洗一洗』，她說，『如果畢蒂·瑞萊用她買的啤酒洗頭髮，她老早就禿頭了。』」

「這是你說的寓意？」

「我的意思是如果她買啤酒只是為了洗頭髮，那就像你來這裡只為了打電話一樣。你房間裡難道沒電話？」

「你逮到我了，」我說，「事實上我來這裡是為了洗頭還有做頭髮。」

他拍拍我肩膀。「如果你想打電話，」他說，「用我辦公室的電話。你不需要整個世界在一邊旁聽吧。」

吧台前有三個人，另一個人在台後。安迪‧巴克利跟一個臉很熟但我叫不出名字的男人在後面擲飛鏢，還有兩三桌有人。所以如果我用牆上的電話，倒不至於整個世界的人都聽到我說什麼，不過我還是很高興用他辦公室來維護私密性。

這是一個相當大的房間，有一套橡木桌椅以及一個綠色金屬檔案櫃。還有一個巨大無匹的老莫斯勒保險箱，無疑的跟杜‧卡普倫法律事務所的保險箱一樣堅固，但缺少了律師與委託人之間的特權保障。在牆上有兩組手工上色的鋼版版畫，裝在簡單的黑色畫框裡。桌子那邊的是愛爾蘭西部風景，是他母親的故鄉。在一張老皮沙發上的則是法國南部的景色，他父親曾在那裡住過。

桌上的電話還是那種轉盤型的，不過我不在意，我不是打給阿傑的呼叫器。我打給珍，這一次風頭變了，居然是珍，而且不是她的答錄機。她說哈囉，聲音裡滿是睡意。

「很抱歉，」我說，「我沒想到對你來說太晚了。」

「並不晚。我在看書，看看打起瞌睡，書還放我膝蓋上。我很高興你打來。我一直在想我們上次的談話。」

「哦？」

「然後我想到我可能越過了我們的友情界限。」

「怎麼說？」

「我把你放在一個很尷尬的位置。我實在沒有權利做那樣的要求。」

「如果是這樣，我會告訴你的。」

「你會嗎？我不知道。你說不定會，也說不定不會。你說不定覺得你有義務。不論如何，我打來給你另一次機會。」

「什麼機會？」

「叫我滾一邊去吧。」

「別傻了，」我說，「除非你改變主意。」

「關於想要——」

「關於那個東西。」

「那個東西，啊。這是我們叫它的方法嗎？」

「不錯，在電話上我們這樣叫。」

「我懂了。不，我沒有改變主意。我還是想要那個東西。」

「嗯，」我說，「結果比我料想的要難搞一點，不過我在進行中。」

「我不是催你。如果你不想要進行，我給你一個翩翩離去的好機會，畢竟，這整件事的意義就在這一點上，是不是？」
「你指的是什麼？」
「我指的是一個翩翩離去的好機會。」
我問她覺得怎麼樣。
「還不錯，」她說，「今天天氣是不是很棒？這是為什麼你打電話來時我一直不在家的緣故。我不能忍受窩在家裡。我愛十月，不過我猜人人都是如此。」
「任何有感覺的人。」
「你好不好呢，馬修？」
「好啊。這一陣子忽然很忙。但我一向如此。有時候很長的時間無事可幹，然後忽然之間來了一大堆，忙得不可開交。」
「你就喜歡這樣。」
「大概是吧，所以有時候變得很忙。不過我會替你辦那件事的，我會替你留意。」

∞

「嘿，兄弟，」米基道，「我下次電話帳單上會跑出什麼，你打去中國嗎？」

「不過是翠貝卡。」

「有些人會覺得翠貝卡就像另一個國度，只是電話費跟他們的看法並不一致。有時間聊聊嗎？柏克剛煮了一壺咖啡。」

「我不能再喝咖啡了，我已經喝了一整天了。」

「那就來點可樂。」

「蘇打水就好。」

「老天，你真容易打發，」他說，「坐下來，我去拿東西。」

他把他私藏的十二年詹森牌蘇格蘭威士忌，以及他喜歡用來喝這種酒的沃特福酒杯拿來，又給我帶了一只高腳杯及一瓶沛綠雅礦泉水。我甚至不知道他有礦泉水。我也不相信大部分這裡的顧客會點礦泉水，或知道該怎麼唸。

「我們不能聊到深夜，」我說，「要來馬拉松我可不行。」

「你還好吧，身體有麻煩嗎？」

「我沒問題，但我現在辦的一個案子開始緊張了起來。我想明天一早就出門。」

「真的只為了這個？你看起來有心事。」

我想了一想。「不錯，」我說，「我想我是有心事。」

「啊。」

「我認得的一個女人，」我說，「病得很嚴重。」

「病得嚴重。」

「胰臟癌，治不好了，而且她看來沒有多少時間了。」

他很小心的說：「我可認得她？」

我得想一想。「我相信你不認得她，」我說，「當我們熟起來的時候，我跟她已經分手了。我跟她一直是朋友，但我很確定我從來沒有帶她來這裡。」

「謝謝上帝，」他說，很明顯的放了心。「你害我嚇了一大跳。」

「為什麼？噢，你以為我說的是——」

「說的是她，」他道，甚至不願意在這種情況下提到伊蓮的名字。「天理不容的。那麼她還好吧？」

「她很好，她也向你問好。」

「你也幫我問候一聲。但另一個消息實在太不幸了。你說沒有多少時間了。」他倒了酒，拿起杯子對著光，酒色晶瑩。他說：「在這種情形下，你不知道什麼對他們最好，有時候還是早去早了。」

「這正是她希望的。」

「是嗎？」

「這可能是我看來心事重重的原因之一吧。她決定自殺，而且要我幫她弄支槍。」

我不曉得我期待什麼，但絕不會是他那樣震驚的神色。他問我是否接受了這項任務，我說是。

「你不是在教堂裡長大的，」他說，「雖然我拖著你上教堂，但你從來沒受過天主教的薰陶。」

「所以？」

「所以我永遠不會做你要做的這事。幫別人自殺？我是一個挺糟糕的天主教徒，但我不會這樣做。他們堅決反對自殺，你知道的。」

「他們也不允許殺人，是不是？」我似乎記得有一誡專門討論這個題目。

「『不可殺人。』」

「說不定他們並不這樣認真。說不定跟拉丁彌撒以及在星期五吃肉一樣不再重要。」

「他們是很認真的，」他說，「我殺過人，你知道。」

「我知道。」

「我取過人的生命，」他說，「而且可能至死都沒去懺悔，因此得在地獄裡受煎熬。但自殺是件更嚴重的事。」

「為什麼，我永遠也搞不懂。除了自己之外，自殺並沒有傷害任何人。」

「重點是你傷害上帝。」

「怎麼個傷害法？」

「你等於告訴他你比他更清楚你該活多久。你等於說：『多謝送給我這個生命，但祢何不拿去放屁股底下。』你犯了不可饒恕的罪，而且你不會有機會懺悔。噢，我不是念神學的，我沒法好好解釋。」

「我想我聽得懂。」
「真的嗎？你非得生在那樣的環境，你才會覺得有道理。我猜你朋友不是天主教徒。」
「不再是了。」
「她從小上教堂？只有少數像我們這樣的人才會不在意。她覺得無所謂，那她計畫怎麼做？」
「她是在意的。」
「但她還是堅持。」
「在最後的階段會非常痛苦，」我說，「她不想受那樣的煎熬。」
「沒有人能受得住的，但難道他們不能替她止痛？」
「她不想要。」
「為什麼不呢？老天。而且，你曉得，她其實還可以多吃一點。在你發現之前，你已經吃了一整瓶就此了結了你的生命了。」
「那難道不算自殺？像你剛才所說的，是最嚴重的罪惡。」
「哦，你這麼做的時候，已經神智不清了。這種情形下，你的罪就不算數了。而且，」他說，「如果你給上帝一半機會，你想他會不會從輕發落？」
「你真這樣想，米基？」
「我是，」他說，「但我說過我不是念神學的。先不說神學，難道拿到藥不比搞把槍容易？而且這樣死不是柔和一點嗎？」

「如果你做得對的話，」我說，「但不是每個人都做得對。有時候人會從他們自己嘔吐出來的穢物裡醒過來。但這不是她選擇用槍的真正理由。」

我向他解釋珍堅持清醒到底的決心，以及從她的觀點，不論用藥止痛或了此殘生都不在考慮之列。他綠色的眼睛先是透出不可置信的光芒，但當他逐漸理解之後，他轉為深思。

他一面想一面又倒了酒。久久才開口，「你們這些戒酒的人對這點看得可真嚴重。」

「並不是所有的人都會做珍這樣的決定，」我說，「大多數人都會想辦法止痛，而且我不知道有多少人覺得用槍自殺比吞一把藥要來得清醒。但沒錯，你可以說我們對保持清醒看得非常嚴重。」

「就像我們看待自殺一樣。」他喝了口酒，從酒杯的邊緣審視我。「讓我問你一個問題：如果發生在你身上，你會怎麼做？」

「我不知道，」我說，「我並不在她的處境，要我準確說出我會怎麼做是不可能的。我想我會吃止痛藥，但從另一方面來說，當我要走的時候，我要心裡明明白白的走。至於我會不會自殺？呃，我想我不會做這樣的選擇。但誰知道？我畢竟不是身處其境。」

「感謝上帝，我也不是。而且我很高興我也不在你的處境中。」

「你會怎麼辦，米基？」

「噢，耶穌，怎麼說呢？如果我愛她，我怎麼忍心拒絕？但我怎麼能為她做這樣可怕的事？我替她感到難過，幸好她求的不是我。」

「如果是我請你幫忙呢？」

「老天，這是什麼問題，」他說，「你不是說真的，是不是，你不是真的吧？」

「不，」我說，「當然不。」

∞

我們談了些別的事，但沒談多久。我早早就離開了。

回家路上我想到麗莎以及她給我看的錢。我不知道錢從哪裡來，之後又會有什麼樣的發展。

卡普倫在辦公室有保險箱嗎？我覺得應該有，任何律師都該有。我希望他的很大，而且跟米基的大莫斯勒保險箱一樣安全。

好幾次我看到門戶大開的莫斯勒保險箱，我知道一些裡面常有的東西。當然有錢，有美金也有外幣。還有他放賒欠債款的記錄——他把錢放出去賺高利貸，而且如果有必要的話，用暴力或威脅來要債。有時還有其他值錢的東西——手錶、珠寶，大概都是幹來的。

當然也有槍。他保險箱總有幾把槍。有時候我需要用槍，他二話不說就給了我，同時堅決拒絕收費。坐在他辦公室用他的老式轉盤電話時，我以為我可以從米基那裡弄到槍。

以前他問都沒問就給了我。但現在我得從別的地方設法弄一支。

因為現在他知道我要槍的理由。他可能還是會給我，但這樣做我就破壞我們之間的友誼了。正如認真看待戒酒或面對自殺，我珍視我們之間的友誼。

14

魏戴爾暨楊特出版社坐落於十九街與百老匯大道上一棟十二層大樓的八樓。底樓有兩間店面，一家賣照相機及暗房用品，另一家賣文具。根據大樓的名牌，還有一家廣告商品專賣店，以及一家環保雜誌社。在魏戴爾暨楊特下層樓是賣男士特價服飾，廉價出售因關門或破產而傾銷的商品。

這棟建築十分老舊，魏戴爾暨楊特的辦公室也很久沒裝修過了。褐紅色地毯已看得出絲絲縷縷，家具是擦痕累累的六十吋木板桌，相配的椅子，以及一層層堆起來的桃花心木玻璃門書架。頭頂上的照明設備不過是一個個光禿禿的電燈泡，外面一圍綠色的金屬燈罩。乍看好像是另一個時代的布景，只有新科技提供了唯一與這種氛圍不合的新興氣象。在一些老桌子上散布了電腦與按鍵式電話，一台傳真機與影印機。還有一架老式的打字機。當我跟著愛麗諾．楊特經過像迷宮般一格格的小辦公間走向她的辦公室時，我還可以聽到那個老打字機咔啦咔啦的打字聲。

她是一個六十幾歲相貌端好的女人，現在的體重已經有點分量了。鐵灰色頭髮，一雙機警的藍色眼睛。她深藍西裝外套的領子上別了一只瑪瑙浮雕胸針，左手戴婚戒的手指上有只鑲鑽的金指環。我早上十點打電話來要求見面的時候，她要我在一小時後去見她。我慢慢的走到那裡，中途還停下來喝了一杯咖啡，現在是十一點了，她坐在她的辦公桌邊，指著一把椅子要我坐下。

她說：「說來很可笑，我們說完話之後，我開始想我們這樣會面是否恰當。我需要一點參考意見，而我第一件想到的事是，我應該去問格藍。」她溫和的笑一笑。「當然這是不可能的，是不是？我打電話給我自己的律師，把情形解釋給他聽。他指出既然我沒有什麼事要隱瞞或發表，我不需要擔心做出輕率的行動。」她從桌面拿起一枝筆。「所以這既是好消息也是壞消息，史卡德先生。我們談談沒問題，但我怕我沒有什麼好說的。」

「格藍．郝士蒙替你工作多久了？」

「三年多。我先生死後不久我就雇了他。郝華德是四月過世的，格藍在六月第一個禮拜開始上班。我在芝加哥書展跟他約談，而那個書展每年都在五月陣亡將士紀念日的週末舉行。」她一轉手上的鉛筆。「我先生原來是公司的律師，哥倫比亞大學法學院畢業，有律師執照，所以當然由他料理公司的契約。」

「楊特先生過世後——」

「魏戴爾先生，」她說，「在家我們是魏戴爾先生和魏戴爾太太，在這裡我們是魏戴爾先生及楊特小姐。當然這麼叫是在小姐變為通稱之後。多年以來，我都是楊特女士。郝華德對『小姐』這個詞感冒透了，不過我得加一句，倒不是他有男性沙文主義，而是『小姐』這個詞根本算不上是一種稱謂，在他看來簡直沒有一點章法。」她的視線穿過我的左肩，停下來回憶過往的歲月。「我們搬到這裡的時候，還是艾森豪當總統，」她說，「我們只有現在一半大的地方，跟一個叫莫瑞．開爾敦的男人分租這間辦公室。他是一個經紀人，專門經紀伴舞樂隊啦，跳脫衣舞的啦，以及後來一些最不成功的歌舞團，在這裡，看到紐約市裡最奇怪的人走進門來是很平常的事。你看過《百老匯丹尼玫瑰》嗎？我們一看立刻想到莫瑞。我不知道他後來怎麼樣了。我猜他早已過世，不然他現在應該快九十了。」

遠方傳來打字機的聲音。「莫瑞．開爾敦，」她說，「是一個缺乏涵養硬碰硬的人，但他不是沒有他可愛之處。你看書的時候戴眼鏡嗎，史卡德先生？」

「你的意思是？」

「你到了需要戴的年紀。你看書的時候戴老花眼鏡嗎？」

「沒有，」我說，「我說不定該用了。但是只要燈光不太暗的話，不戴也可以將就。」

「那麼我猜你不會是我們的顧客。既然你不需要老花眼鏡，你大概不會去買大字體版本的書。」

「還沒有買過。」

「你好有耐心，」她說，「讓我逕自回憶過去的日子，又問一些無關緊要的問題。我會問起是因為我想到公司的初創時期。當我遇見郝華德．魏戴爾的時候，他替紐博兄弟公司擬契約及販售版權。他們是一家很小的出版公司，幾年前被麥克米林買走了，但當郝華德自己出去做的時候，他們還很賺錢。你知道是什麼讓他決定出去自立門戶闖天下？」

「是什麼？」

「老花眼。他要瞇著眼看小字，伸直手臂遠遠拿著書，因為字太小了。還要避免看平裝版。在他有了第一副老花眼鏡的一個禮拜後，他開始找辦公室。不到一個月，他就簽了租約，通知了紐博兄弟公司。我當時在那裡的印製部門做助理，每天都在電話裡跟印刷廠爭執不休。但我私下做夢，夢想成為下一個麥斯威爾·博金斯，鼓勵年輕的作者，希望能鼓動今日的火花，變為明日文學界的野火。『愛麗，』他說，『到處充滿了視力衰退的老傢伙，但他們找不到東西可以看。除了已經發行三十幾版的聖經之外，唯一的大字體書都是那種《正面思考的力量》或《摩門經》。如果這還不算是賺錢良機，我也想不出別的來了。你為什麼不來替我工作？你永遠遇不到真正的作家，也不會校稿校到墨水乾掉，雖然我不認為這能讓我們賺大錢，但是我敢打賭我們一定會樂在其中。』」

「所以你就替他工作？」

「我想都沒想就決定了。我會有什麼損失？而且我們做得很有意思，同時又賺了不少錢。不是一開始就賺錢，天知道。我們兩個人每天工作十二小時。郝華德索性放棄了他的公寓，睡在這裡一張沙發上，聲稱這樣省下了房租、交通費以及每天一小時的通車時間。他買了一隻電爐，和一個很小的冰箱，我們就在桌邊吃。好些年下來我們唯一的顧客是圖書館，而且還賣不出多少。但我們並沒放棄，生意終於漸漸的擴大。

「當然我們談起戀愛。而且好羅曼蒂克，因為我們兩個都以為自己的感覺是不會有回報的，所以在我們終於坦然面對彼此之前，我們已經相愛很久了。之後我們試著彌補虛擲的光陰，不過我想根本沒有什麼光陰是虛擲的，你說呢？」

我想起我爛醉的那些年，頹唐的那些日子，那些人事不省的夜晚。我記起弗雷迪·芬德的歌，

〈虛擲的日和虛擲的夜〉，但真的是這樣子嗎？

「不，」我說，「我不相信有任何時間是白白過去的。」

「但我們是那麼急著去彌補一切！有個禮拜他每晚都留在我的公寓。我在東緣大道東側有兩個小房間。得爬五樓，又沒電梯，那時郝華德四十好幾了，以他身體的狀況爬五樓實在不能消受。每早轉兩趟車上班也是苦事一樁。一個禮拜後他說：『愛麗，這樣下去不是辦法。我剛才跟一個房地產經紀人談過話，他們在格拉莫西公園那裡有一棟非常合適的公寓，我們可以走路去上班。你去看看好嗎？我相信你的判斷。如果你覺得不錯，就跟他要下來。』然後彷彿理所當然的，他加了一句，『我們結婚吧。事實上，不論你喜不喜歡那棟公寓，我們現在都可以去辦。』」

「就這樣。」

「就這樣。我們把我的名字改成魏戴爾太太，把公司的名字改成魏戴爾暨楊特，之後我們有了三十年的時間。我們從沒有換過辦公室，我們接收了莫瑞．開爾敦的地方，等另一邊有空房時，又加上了一間。這個區域現在變得熱門起來，各色出版社都搬了進來。但我們仍舊在這裡，我也仍舊住在格拉莫西公園。我一個人住那棟公寓有點太大了，不過這辦公室又嫌太小，所以我想均衡一下，史卡德先生，我很抱歉，你應該提醒我轉到正題。」

「我覺得很有趣。」

「那麼我就收回我的抱歉。格藍．郝士蒙，格藍．郝士蒙。他有一個朋友在我們偶爾需要法律顧問時用的一家事務所工作。經過他朋友的建議，他把他的履歷送來。那家事務所叫蘇利文／卞斯達克／羅文／海斯，他們在帝國大廈裡有辦公室，不過我相信他們已經解散。這不重要，我甚至不知道格藍朋友的名字，而且我相信他一定是個資歷不深的年輕人。

「格藍那時待業中。他在賓州西部一個叫轟泉鎮的地方長大。我相信離那裡最近的大城是愛爾圖納。他在賓州州立大學念的書。呃，倒不是我有這麼好的記憶，我跟你通過電話後我去查了檔案。」

「我正覺得奇怪呢。」

「大學畢業後他在愛爾圖納工作了幾年。他有一個舅舅是做保險的，他就替他舅舅做事。等他媽媽過世——他父親早死了——他就拿了保險費及賣房子得到的錢搬到紐約來，之後他上了紐約法學院。當你的眼睛在履歷表上看到這幾個字時，你會把它讀成紐約大學法學院，事實上這兩個學校有很大的差別。不論如何，他在那裡讀得不錯，而且只考一次就拿到了律師執照，他就搬到懷特平原替一家小事務所做事。他說紐約的事務所不雇人，我想意思是他們不雇履歷表上填著賓州州立大學及紐約法學院的男孩。」

「但他不喜歡在威徹斯特工作，也不喜歡住那裡，不久之後他就聯絡上一家城裡的出版社，在他們的法律事務部門工作。當那家出版社被一家荷蘭聯合企業公司併購之後，他的部門整個被裁撤了，他也就失了業。那時郝華德·魏戴爾剛過世，格藍送來他的履歷，我一看就決定沒必要再面試其他人了。

「剛開始時，」她說，「並沒有多少事可以給他做。我們大部分的交易對象都是與我們做生意多年的美國書商。我們的合約非常簡單明白。我們專門再版舊書，所以不需要取得版權或擔心被告。我們並不簽約購買原著，所以我們不會為了作者交不出稿子要取回預付金而上法庭。你看，格藍所做的事不過是郝華德工作的一部分。

「但這不表示我們不需要他。我要怎麼解釋才好？」她皺起眉找個例子，「我的祕書有台打字機，」她說，「當然她也有台電腦可以用來做所有的事。但每隔一陣子有些表格要填，那你就不能用電腦了。你看，當你得要在一張已經有格式的紙上打幾行字時，你一定得用打字機。常常好幾天過去了，打字機一直沒有派上用場，但是我們不能沒有它。」

「我想稍早的時候我曾聽到它的聲音。」

「不，我知道你聽到的是什麼。我祕書的打字機是小型無聲的電動打字機，幾乎跟她的電腦一樣安靜。你聽到的是從一架老式安德伍德打字機發出來的，吵得就像是電影《頭條新聞》裡的市政新聞室。我們做國外版權的人堅持要用它，而且只用它來處理所有的通信。這是一架慘不忍睹的老機器，字鍵不正，o及e上又沾滿了墨。她弄出這種慘不忍睹的信，信上修改累累，然後傳真送到世界各地。讓我告訴你，這個女孩只有二十八歲，據說他們都是電腦世代的一分子。」她歎了一口氣。「我的意思不是說格藍很古董，絕沒這回事。但就像打字機一樣，當我們要用到他的時候，他是不可缺少的，但這種時間並不多。」

「那麼其他時間他在做什麼？」

「他花很多時間在桌邊閱讀。他的專長是歷史及世界政務，我們曾經根據他的建議出過幾本書。他也涉獵過其他領域。」她瞇緊了眼，「格藍剛來的時候，」她說，「我想他的潛力不只擔任法律顧問而已。事實上，我曾經視他為可能的接班人。」

「是喔。」

「你還記得嗎？我的丈夫也是從律師起家的。所以我想格藍也可以用他的職務做起點，繼而發展到生意的各個層面。目前我絕對沒有退休的意思，但幾年之後，我可能會做這樣的打算，特別是假如我有現成的人才可以接手。我從來沒有直接對格藍這樣說，但我的意思他應該可以猜得出來。他的工作有大好前途。」

「但他從來沒有朝這個方向發展。」

「沒有。我丈夫最後做的企畫之一是成立大字體讀書俱樂部。俱樂部在草創階段需要很多的法律事務工作，剛開始時格藍大部分的精力都花在那上面。在計畫裡要我們針對有特殊興趣的讀者，去發展其他的俱樂部——偵探小說、科幻小說、食譜等等。在這個領域有極大的生意發展潛力，格藍需要做的只是開個頭，等法律事務部分告一段落後，再擴展整個企畫。但他卻沒有這樣做。他來這裡六個月或八個月後，我逐漸明白到原來他只想在我們這個小池裡做隻小青蛙。最早的時候，我以為他只是想過渡，等一有機會，他就會跳槽，比如大的法律事務所。但時間不斷過去，看來我是錯了，他在這裡似乎輕鬆愉快，我想他一定不是那種很有野心的人。」

「你有沒有覺得很失望？」

「我猜這是免不了的。我視他為另一個郝華德・魏戴爾，但他不是。而且我以為我可以早點退休了。照現在看來，我還得繼續經營個五年，不過我想我知道到時候誰會來接手。」

「替你負責國外版權的那個人。」

「你說對了！到那個時候，她的打字就不重要了，因為她自己會有一個祕書。告訴我，你怎麼知道的？」

「我只是不小心猜中。」

「開玩笑。你不是猜的。你說的時候信心十足。你到底怎麼知道的？」

「從你的聲音，當你提到她時的語調，還有你的眼神。」

「沒有比這些更具體的？」

「沒有。」

「了不起。她不知道我有這樣的想法，沒有其他人知道我有這樣的想法。你一定是這一行裡的高手，史卡德先生。這是不是你工作的方法，跟人說話，聽他們所說的話，然後當他們說話的時候，觀察他們的神情？」

「那是最主要的部分，」我說，「也是我最喜歡的部分。」我們談了一會兒我的工作，然後我問起格藍．郝士蒙的薪水。

「他每年都有加薪，」她說，「但比大的事務所付給剛出校門的新人還是少很多。當然他們在這些人身上每個禮拜榨出七、八十小時的工作時間，而我告訴過你我們對格藍的要求非常少。不過他賺的錢足夠他生活寬裕。他來的時候還是單身，當他結婚時，他很聰明的娶了一個富家女。我說錯了什麼嗎？」

「他說他太太很有錢？」

「可能沒這樣直接，但我得到的印象是如此。」

「她是一個藝術工作者，」我說，「以自立繪畫維生。她住在下東城一棟破舊的廉價公寓裡。」

「太驚人了。」

「他在這裡遇見她的，」我繼續，「她來此向你的藝術指導展示她的作品，而他一眼就看上她了。據我所知，一切都滿羅曼蒂克的，雖然跟你們的戀愛經過非常不一樣。」

「談戀愛不知是否能用來形容我們。」她說，「但請再繼續說下去。這實在是太出人意外了。」

「他的猛烈追求讓她神魂顛倒。他們認識一個月後，他就向她求婚。」

「在我的印象裡，他們在一起不只這麼短。」

「你從來沒見過他太太？」

「沒有。我知道她從丹佛來的，婚禮也在那裡舉行。辦公室的同事都沒參加。所以我想他們只請了家人。」

「她從明尼亞波利斯郊區來的，」我說，「我的印象是，當她搬到紐約後，她跟她的家裡就不再來往。他們在市政府結的婚，之後去百慕達度的蜜月。」

「那麼她的父親大概不會在維爾和艾斯本建滑雪勝地吧。」

「我不記得她告訴我這等事，不，我不覺得她父親做這類的事。當他們蜜月回來時，格藍給了她一個大驚奇，一棟新公寓。他用他父母遺留下來的錢付頭期款。」

「我的印象是，他勉強才撐完法學院。」

「說不定他省下了午飯錢。」

「那棟公寓——」

「不大，有兩間臥室，但視野好極了。我想至少值二十五萬。」

「是新的，是不是？建築商會幫忙安排，所以你只需要付百分之十的頭款。他只需要兩萬五千塊就夠了。但他每月分期付款是不是會有問題？」

我對她解釋，分期付款一點也沒問題。他用現鈔買的房子。

她瞪著我，「他哪來的錢？」

「我不知道。」

「當然我第一個想到的是他一定盜用公款。但二十五萬？我想不太可能，不過每個人都會這樣說。在過去二年裡，我已經聽過在出版界有兩樁盜竊公款的例子。有一樁就高達六位數字。這兩樁案子都很快的被遮蓋過去，兩樁都牽涉到古柯鹼，只要牽涉到毒品似乎特別容易產生那樣的行為。吸毒造成了強烈的偷錢動機，同時影響一個人的品格及判斷力。格藍用古柯鹼嗎？」

「你有沒有懷疑他？」

「當然沒有。我以為他連酒都不怎麼喝。」

我問起他們有沒有很多現鈔。

「我們在銀行存了不少，帳目會列出每一筆現金支出。不過我想你的意思不是指這個。」

「我是指現鈔，」我說，「真正的鈔票。」

「鈔票，呃，史卡德先生，我的祕書桌上右邊第一個抽屜有個放零鈔的盒子。有人來送東西的時候，她可以用來付小費。我猜錢多的時候，裡面大概有個五十元，這非得要不得了的能幹，才能從裡面偷出個二十五萬元。」

「郝士蒙搞到的錢全是現鈔。如果他從你這裡偷錢，他會開個假戶頭，然後付錢給這個戶頭，不過看來並沒有這樣的跡象。」

「那我就放心了，不過我還是很好奇。你覺得他從哪裡拿到的錢？」

「我不知道。」

「說不定他一直有錢。說不定他的父母很有錢，他們留給他一大筆錢，但他不希望別人知道。他用了部分的錢去念法學院，然後把剩下的錢存起來。」

「現鈔？那就該有銀行帳戶，定期存款單。除非他拿到錢的時候，就已經是現鈔了。」

「這怎麼可能？」

「說不定是藏在水果缽裡的錢，他爸媽死後，他發現那堆他父母藏起來沒繳稅的錢。他該是什麼時候來紐約的？十年以前？」

「至少有這麼久。我可以讓伊尼德查檔案。」

「沒關係。十年，我看到的鈔票沒這麼老，不過我沒有去查連號日期或簽名，所以——」

「你看到鈔票？」

我原來不打算說的。「他的公寓裡有一些現鈔。」我答。

「有不少？」

「可以這麼說。」

我們都陷入沉默。最後她問我誰是我的客戶。我告訴了她。她想知道這是否表示喬治・沙塔基是無辜的。不一定，我說。可能這只表示他殺了一個身藏祕密的人。等我找出格藍・郝士蒙的祕密後，我可能會知道更多，但目前我只知道他有祕密。

「最近他常工作到很晚，」我說，「至少他是這樣告訴他太太的。但如果像你所說，他的工作量是如此輕鬆的話——」

「在我的印象中，他不曾在辦公室待到五點過後。」

「不知道他會去哪裡。」

「我也不知道。」

「有時晚上他也有約。是生意上的，想來跟魏戴爾暨楊特無關。」

她搖搖頭。「我真想不透，」她說，「我不認為我特別天真，但如果要找人來演《死吻》(*A Double Life*)的話，你絕對不會想到格藍的。」

「我見過他。」

「你剛才沒提起。」

「嗯，沒什麼可說的，我的女朋友跟我在一個社交場合看到他們，他和他太太。那是在春天。後來我又在附近碰到他幾次。我住的地方跟他只差一條街。他想跟我談出書的計畫。」

「你是一個作家？」

「不，而且我並不感興趣，但他表示他想出一本有關我經驗的書。從你剛才所說的話中，我想你的公司是專門重印舊書。」

「不錯，你說得對。」

「而我有一個感覺，格藍不是真的想要我寫書。他想要從我這裡得到什麼，但他並不想讓我知道是什麼。我跟他在一起時覺得很不舒服。他總是顯得鬼鬼祟祟。」

「你的直覺顯然比我的要敏銳。」

「說不定他在這裡並沒有暗藏心機，」我猜道，「他只在不辦公的時候，才顯露出他黑暗的那一面。」

∞

她是老闆，她告訴我。如果格藍有黑暗的一面，或甚至有輕鬆的一面，格藍最不可能在付他薪水的人面前顯露出來。她帶著我到辦公室去，把我介紹給格藍的三個同事，包括那個負責國外版權的年輕女士，我跟他們每個人都簡短的談了談，但這些談話並沒有增加多少我對格藍的認識。

最近他的工作主要在發展一個大字體讀書俱樂部，以及處理要求會員每年至少要購買多少書的法律細節問題。結果我只是多知道了些我不感興趣的細節。我不覺得這些事跟盒子裡的錢，跟槍殺，或跟濺在人行道上的血有任何關係。

回到愛麗諾．楊特的辦公室後，她想知道我對這個案子一些不能解答的問題做何猜測。我告訴她現在猜還嫌太早。我可用的資料太少了。

「我怕你會這樣說，」她說，「我想知道結果如何，但我有種感覺，我不會在報上讀到。」

「不見得。」

「就算如此，通常他們不會有整個故事，對不對？」

「不錯。」

「你可以再過來跟我分享嗎？當然我會先要我的會計師查清楚，確定我們公司並沒有替格藍付買公寓的錢。如果有任何不對勁的地方，我會通知你。你可以給我一張名片——」

我給了她一張。她說：「只一個名字，一個號碼，沒有別的了。一張再簡潔不過的名片。你是一個很有意思的人，史卡德先生。我不出版原著，但我跟所有出版原著的人都很熟，所以如果你想要寫書的話——」

「真的沒有。」

「不可思議，」她說，「整個紐約沒有一個警察或偵探不想出書的。現在沒有人在外面追查犯人了，他們都在找出書的經紀人。」

15

稍早的時候，我打電話找杜．卡普倫，但他在法院。我在魏戴爾暨楊特那裡又打了一次。他的祕書說她已經告訴他，而且今天下午三點他可以在他的辦公室見我。不錯，她說，卡普倫先生的辦公室有保險箱。她說話的語調讓我覺得自己問了一個愚蠢的問題。

我打電話給麗莎．郝士蒙，又聽了一遍格藍的聲音。如果我非得聽從墳墓裡傳來的聲音，我希望他至少能多告訴我一點訊息。但他所說的就只是要我留個話。我等他說完後報上我的姓名，而她立刻接了電話。我告訴她三點鐘與杜．卡普倫在他法院街的辦公室有約。

「你會跟我一起去嗎，馬修？」

「我已經計畫好要去，」我說，「我猜你會需要有人作伴。」

「如果只有我一個人去，我會好緊張。」

我告訴她我兩點去找她，這樣我們會有充分的時間。我還要打個電話給阿傑的呼叫器，但我不想留在魏戴爾暨楊特的辦公室裡等他回話，我也不以為接聽電話的女孩會欣賞他那一句「誰找阿傑？」。我走出去在路上打了電話，按了我的號碼，然後等他打來。

五分鐘過了他還沒打來，兩個想打電話的路人瞪了我幾眼，我花了兩毛五打給我的旅館。我的信箱裡有兩張阿傑打過電話來的條子，沒有留言，只有他呼叫器的號碼。我投了另一枚錢幣打給伊蓮，但只有她的答錄機回應。「我是馬修，」我說，「你在嗎？」一聽沒人回音，我說：「我原本想約你今晚見面，但事情開始忙起來。如果我及時做完，我們可以一起吃晚飯，不然我就晚一點上你那裡去。等我把時間再弄清楚點後，我會立刻打電話給你。」好像我還應該再說什麼，但我想不出來，剛好留言帶沒了，也省了我一番麻煩。

我壓住電話鉤，但一手拿著聽筒，希望阿傑會打來，當然在我打電話到旅館或伊蓮那裡時，他可能已經打來過了，這樣他會聽到在通話中的訊號。我正在想的時候，一個身穿暗色西裝頭戴一頂扁帽的男人問我到底要不要打電話。「如果你想要一間私人辦公室，」他說，「百老匯上上下下不知有多少的空房子，多到沒法打發。找人談，他們會給你弄個桌椅，電話公司會給你裝你自己的電話。」

「對不起。」

「嘿，沒問題。」他說，然後丟下他自己的銅幣。

8

我在一個街區外花了另一枚銅幣打到戒酒無名會辦公室。我問接電話的義工附近有沒有午餐時間的聚會。她要我去聯合廣場邊的一個社區中心。我到的時候他們正在唸戒酒無名會開場白。我坐下來待了一小時，但幾乎沒有注意到他們在說什麼。我的心思全放在格藍．郝士蒙身上，忙得沒空想別的。不過這仍是一個想事情的好地方，而且還有不錯的咖啡，我放在籃子裡的錢也隨我意，別人既不會期望我放更多，我不放也沒人在意。沒人建議我自己去租間辦公室，也沒人建議那個在我前兩排放倒睡著的老人去找間旅館住。

我早幾分鐘到了五十七街與第十大道。這次是另外一個門房，但當我給他她的姓名時，他跟前一個一樣滿腹疑心。我也給了他我的名字，並且告訴他我是約好來的。一經證實，我們立刻成了老朋友。

我上了二十八層樓，才敲門她就打開了門，等我一走進，她又立即關上。她抓住我的手臂，告訴我她很高興見到我。「你早到了五分鐘，」她說，「在過去的十分鐘裡，我一定看錶看了二十次。」

「你擔心？」

「從你昨天離開後我就一直在擔心。我一發現這筆錢後就好緊張，但等我拿給你看，我們又談過之後，這筆錢才變真實起來。我應該讓你把它帶走。」

「為什麼你想這樣做？」

「因為這筆錢，我一晚都沒睡著覺。這些錢讓我害怕。一度我覺得放在保險箱裡不安全，這是第一個他們會去找的地方。」

「他們是誰？」

「我一點頭緒也沒有。我跳下床把盒子從書架搬下來藏床底下。然後我斷定這才是他們第一個會找的地方。當下我又決定這筆錢如此危險，最想做的是把它給扔了。我想要打開盒子，把所有的錢丟出窗外。」

「虧你想得出來。」

「你知道是什麼阻止我這麼做嗎？我好怕開窗，我怕我會想跳樓。就算窗是緊閉上鎖的，我還是怕到不敢站窗邊。通常我並不懼高，但現在我不是懼高，我是怕我自己，怕我快瘋了。你看我。」

「你看來並不糟。」

「是嗎？」

她看起來是不錯。她穿著一條淡褐色法蘭絨呢褲，一件暗草綠高領套衫，外罩海軍藍帶銅釦西裝外套。塗了口紅，化了淡妝，還擦了香水，一種樹林的香味。

咖啡已經煮好了，我同意我們還有時間喝一杯。倒了咖啡後，她到臥室拿出那只盒子。我從她那裡拿過盒子，立刻感覺到那個盒子的沉重，之後我轉到五一一，掀開了盒蓋。

她說：「你還記得號碼。」

「我記得一大堆事。」我拿出一疊鈔票，一張張翻過，一面仔細觀察。她問，聲音不自覺的提高，這些鈔票是不是有問題。我告訴她沒問題，它們並不是偽鈔，也沒有被塞在水果缽埋在某個賓州的農莊過。有些錢比較舊——百元大鈔顯然比其他面額較小的鈔票流通速度較慢——但大多數仍是過去十年內發行的。但它們不是所謂的郝士蒙家產。我告訴她我很高興她沒有把它們扔出窗外。

「我原本還打算把捆鈔紙拆開，」她說，「以免砸傷別人。想想要是被從天而降的鈔票磚砸死該有多倒楣。」

「你不希望有良心負擔。」

「不，但我想到那會有多美，所有這些鈔票在天上飄過，被微風吹得到處都是。而且想想看，有多少人會因為我這樣做而快樂。」

「就算如此，還是不該這樣做。」我應了一聲。

我們下樓，攔了三部計程車才有一部願意載短程。現在這些計程車司機一旦可以工作，就搞張計程車執照，他們最早學會的七個字是：我不去布魯克林。前面兩個司機對我們炫耀他們的英語能力後，微笑著開走了。第三個司機是從奈及利亞來的，從小就說英語，他沒什麼好證明的又願意去任何我們想去的地方。但這不表示他知道怎麼去，不過他很能聽從我們的指示。當然坐地鐵更快捷簡便，還可以省下十五塊錢。但只要心智正常，誰會拎著三十萬的現鈔坐地鐵，那還不如就丟到窗外去。

8

杜・卡普倫坐在桌邊聚精會神的聽我述說。我告訴他麗莎是誰及我們找他的理由。我告訴他幾乎所有的事，但我沒說在他桌上的盒子裡放了什麼。我一邊說，他一邊折回去問了我幾個問題，但他也沒提半個與那盒子有關的字。然後他往後靠在椅背上，注視著天花板。

「需要油漆了。」我冒出一句。

「是嗎？你很可以去剪頭髮了，但我這樣說是不是太唐突了？」

「顯然。」

「顯然。郝士蒙太太，首先讓我表示我對你的同情。當然我看過有關這個案子的報導，實在太不幸了。」

「謝謝你。」

「從我剛才聽到的情形，你絕對需要有人來照顧你的權益。我了解，你想要把——」他指著那只盒子——「把它存在一個安全的地方。你沒有告訴我裡面裝的是什麼，我也看不出你有任何理由這樣做，但馬修說不定可以，比如說，猜三次，隨便猜猜看裡面可能裝了些什麼。」

「猜三次？」我問。

「不錯，就像在黑暗裡開槍一樣。」

「好吧，」我說：「嗯，裡面可能有好幾根從坦尚尼亞走私的偷獵象牙。」

「唔，這是一種可能。」

「桂特法官也可能在裡面。」

「很可能，」杜說，顯然在自得其樂。「好一陣子沒見到他了。」
「猜幾次了？兩次了吧。」
「嗯，還有一次。」
「噢，我猜也可能是一大筆現鈔在裡面。」
「如果說巧不巧的居然真有鈔票在裡面，你可以再胡猜一下，猜那些錢從哪裡來的？」
「呃，我猜不出來。」
「那棟公寓，以及跟那位男士有關的所有的事都如此神祕。沒問題。」他把一隻手放在盒子上。「我會幫你看管這個盒子，」他宣布，「我們都知道，我一點也不曉得裡面裝了什麼，而且不只是我看管盒子這件事，就是這盒子的存在都是機密。我會給你一張保存盒子的收據，郝士蒙太太，或女士？」
「寫成收據？其實我無所謂。」
「收據上只寫麗莎．郝士蒙。我只是想知道你喜歡人家怎麼稱呼你？」
「麗莎，」她說，「叫我麗莎。」
「好，那就叫我杜。就像我說的，我會給你一張收據，但萬一這個盒子失竊了，你必須了解，我既不可能賠你，也沒有保險公司的賠償。我可以賠你買盒子的錢，但我不負責賠裡面的內容。」
她看向我，我點一點頭，她告訴杜她了解。
「你放心，」他說，「我不偷客戶的錢，我只是收費高昂。長期來說你會賺得更多，而且你不會花時間住監獄裡。麗莎，如果這個盒子是我們唯一需要擔心的事，我可以收你些錢替你保管。我也可以建議你到街角去用你結婚前的姓，或任何你喜歡的名字租一個保險箱。」他兩手交疊坐直。「但你要考慮的不只是這點。你有間公寓，如果你丈夫是用來路不明的錢買的話，國稅局的人可能會很感興趣。你還有保險公司的錢，通常他們不能去碰它，但還是要看保的是什麼樣的險，以及誰是持有人，還有你的那個微笑男孩是怎麼填的稅單。」他皺皺眉，「很抱歉，我不應該對你過世的丈夫表示不敬，我不是有意的，只是他把你丟在一個非常尷尬的位子，這常常使我忍不住說兩句難聽的話。」

「但埋在表面下的，」我說，「杜其實是個王子。」

他不理我。「很有可能還有其他隱藏的資產，」他繼續，「只有當你曉得它們的存在，你才可能拿得到。麗莎，我想要你做的是，給我一張五千元的支票，雇我當你的代理人。這筆錢應該足夠付我替你做的事了。」

她又望著我。這次我說：「不成，杜，她沒有錢。」

「噢？」

「沒有錢在銀行裡。她以後還是會拿到保險公司的錢，但目前她只有一個日常支出的帳戶，裡面的錢只夠她日常支出。」

「我明白了。」

我對那個盒子投以一瞥。他的眼睛轉過去又再回到我身上。

「我喜歡客戶用支票付款，」他說，「如果我出去一會兒，等我回來後再把那個盒子放進保險箱，說不定她可以開一張支票，然後等她回家後，她忽然在冰箱裡發現了五千塊，足夠她存進銀行，所以她給我的支票不會跳票。你覺得怎麼樣？」

「我覺得那會留下記錄，對她一點好處也沒有。任何人去查的話，他們一定第一個注意到那筆存進去的現鈔。」

「不錯，你說得對，」他說，「狗屎，讓我想一想。」他往後坐下閉起眼睛。整整過了一分鐘，他睜開眼說：「好吧，我們這樣辦。我希望你帶了支票簿來，我要請你開一張支票給杜．卡普倫律師，金額是兩百元。」

我說：「你看，他們都是這樣。先漫天要價，但通常你可以就地還價。」

「這句話我當沒聽到，」他說，「你全寫上了嗎，我的名字及律師頭銜，代理人？好。」他拿起電話對講機，「凱倫，用公司的帳戶開張支票給馬修．史卡德，註明是替麗莎．郝士蒙從事調查服務。」他把她的名字拼給凱倫，然後遮住聽筒對我說：「調查？偵查？哪個詞才對？」

「管他的。」

他聳聳肩，對著電話說：「一百元，先放你那兒。等他走的時候，他會去拿。」

「這我喜歡，」我說，「所以我們成了合作夥伴是嗎？現在開始我們什麼都要平分？」

他又無視我，說：「這是我現在要做的事。我要到走廊去一下，等我回來的時候，如果麗莎忽然發現皮包裡頭居然冒出一萬塊，我可一點也不會驚奇。喔，不，我並沒有要忽然提高價錢，我一下就回來。」

等他離開後，我打開盒子，取出兩疊鈔票，每疊有五十張百元大鈔。她把鈔票放進皮包，我負責關盒子轉了號碼鎖。我們靜靜等待，直到杜拿著我的支票回來。「一百塊，」他說，「現在你可以去買輛凱迪拉克了。」

「你永遠不可能猜到麗莎在她的皮包裡找到了什麼。」

「我猜是坦尚尼亞的象牙，不過我猜錯了也沒關係。」

麗莎又看了我一眼，我點了點頭。她拿出那兩疊鈔票放他的桌子上。

他歎口氣說：「你試著循規蹈矩，你試著不拿現鈔，但這樣做偏不符合客戶的最佳利益。正因為這樣律師常會惹上麻煩。」他想了想說：「嗯，一計不成，還有他方。」他拿起一疊鈔票，在手上掂一掂丟給我。他拿起另一疊，刷拉翻過，又歎口氣，把錢放進上衣內側的口袋。面對著麗莎，他說：「你了解剛才發生了什麼事？」

「大概吧。」

「你如果有任何不了解的地方，馬修都可以解釋給你聽。現在你有了一個律師，也有了一個私家偵探，而且因為我開了張支票雇了我們的朋友，任何你告訴他的事或他查出來的事都享有特別保護，他不能被迫說出來。倒不是他會說出去，但如此一來他的尊臀就完全蓋住了，很抱歉我是粗口說直話。」他拿起盒子。「我忘了象牙有多重，特別是那種私獵的。麗莎，我會跟你聯絡。如果有事給我打電話，把一切交給我。任何人問你任何事都不要回答。不要讓任何沒有搜查狀的人進入你公寓，如果有人拿了搜查狀來，立刻給我打電話。馬修，跟你合作永遠愉快。」

∞

街上的計程車站有部計程車在排班，這次司機對我們的目的地——第十大道與五十七街並不嫌棄。「那是在曼哈頓，」我說，而他表示不成問題。麗莎奇怪為什麼我要說出哪一區，難道布魯克林也有第十大道與五十七街？沒錯，我說，而且它們交界的地方接近日落公園與灣脊區相交之處。她說她對布魯克林一點也不熟，但她曾去過威廉柏格橋，有幾個她認識的藝術家在那裡有房子，不過我們離那裡並不近，是不是？沒錯，我說，我們離那兒一點也不近。

我們就像這樣隨便談談直到我們到了目的地，我們一路上樓直上她的公寓。「我得要喝一杯，」她宣布，「從我懷孕後我就不再喝了，但現在我沒有理由不喝，是不是？我想我要來杯蘇格蘭威士忌。你呢？」

「如果你還有剩的咖啡，我就再喝一點。」

「你不喝酒？」

「我以前喝。」

她聽了想一想，開口想說什麼又改變了主意。她走進廚房給我拿了咖啡，又給她自己一杯我看來非常淡的威士忌加蘇打水。我們各自選了一張沙發坐下，然後開始討論在法院街辦公室接洽的經過。杜不想拿現鈔，我解釋給她聽，因為律師常因此而惹上麻煩。好些辯護律師收了毒犯給他們的現金，結果出了問題。政府會以那些錢是經由非法毒品交易而得來的為理由，試著把錢沒收充公，有時候雖然被告人的案子已經被駁回無效，他們還是有辦法把錢拿走。

「格藍買賣毒品嗎？」

「誰知道？」我說，「目前誰能說他到底做過什麼，但不論如何那筆錢很有可能是非法的。至少沒付過稅。而且它將要再度變成無法付稅，因為杜很不容易記在帳面上存進銀行，這樣錢的來源可能會遭受質疑。他必須要把錢放帳面底下。」

「我以為有人喜歡收不需上帳的錢。」

「不一定。依你的情形，他雖然少付點稅，但他做了違法的事。講得更清楚一點，有兩個人知道他做了違法的事。」

「而那兩個人是——」

「就是你跟我。他不認為我們會告發他，不然他也不會收了，不過為了保險起見，他要我當他的面也拿了五千元，現在我也不比他乾淨。哦，如果你要的話，我把錢還給你。」

「為什麼？」

「這是一大筆錢。」

「你還記得嗎？幾個小時前我曾打算把所有的錢一股腦兒的扔下窗去。」

「你不會那樣做的。」

「問題是我想那樣做。直到幾天以前我根本不知道這筆錢的存在。自此之後，我一直害怕有人會把它拿走，或為了拿這筆錢把我殺了。現在看來我可能有機會真的拿到些錢，就算我拿不到，至少我不需要再擔心。如果有一捲鈔票給了你，另一捲給了一個在布魯克林的律師，我幹嘛在乎呢？」

她痛快的喝了一口酒，彷彿在為她的自問自答打標點符號。這引發了我一閃而過的回憶——那微帶藥味的威士忌，被冰塊凍了下來，又被蘇打水稀釋，蘇打水的泡沫以及威士忌的酒精留在舌尖上微刺的感覺。耶穌基督，我幾乎可以聽到那背景音樂，布魯貝克或奇哥．漢米頓，或是查特．貝克的喇叭獨奏，然後他放下喇叭，用那種和她的酒一樣薄、和亙久記憶一樣酷的聲音唱歌。

「我得要打幾個電話。」

「當然。」她說，「你想用臥室的電話嗎？這樣才不會被我聽到。」

「沒關係。」我說。

我打給伊蓮。「今天是好長的一天，」我說，「而且還沒完事。」

「你要不要取消？」

「不，不要。我還有好幾件事得辦，之後我先回家，沖個澡休息個半小時。我八點左右來好不好？我們可以在轉角那家小店吃飯。」

「哪家小店？哪個轉角？」

「你決定。」

「就這麼辦，」她說，「八點鐘？」

「八點鐘。」

我掛了電話又打給阿傑，然後按下麗莎的電話號碼。「一個朋友有呼叫器。」我解釋，他可能隨時會打來。電話鈴響時，在答錄機還沒啟動之前，我們得先接。」

「幹嘛你不自己接就好了，馬修？我不想跟任何人說話。如果不是打給你的，就告訴他們號碼錯了。」

「他們會不會再打來？」

「幹他的，」她說，一面嘰嘰笑。「我很久沒喝酒了，」她說，「我想我有點醉了。你剛才是在跟伊蓮說話嗎？」

「不錯。」

「我喜歡伊蓮。」

「我也是。」

「我好熱。」她邊說邊站起來。「屋子西向就有這點不好，下午變得好熱。今年夏天每天下午我都得關起百葉窗，所以這個地方不會熱到用冷氣機也涼不了。但我還得記得在太陽西下之前把窗打開來。」她脫下外套，掛到椅背上。「你能留到日落後再走嗎，馬修？」

「我想不能。」

「我們有個錄影機，我可以對著窗放日落給你看。噢，幹，我又說了一次。」

「什麼又說了一次？」

說『我們』，而不說『我』。我有個錄影機。但你不會去放日落來看，你會嗎？你會想親眼看到日落的。還有水族箱的錄影帶，你看過嗎？」

「我想我曾聽說過。」

「格藍曾經租過一次，你相信嗎？就是為了看看什麼樣子。簡直不可思議，就好像看到真的魚在你電視機裡游泳，那電視機就像個水族箱。你知道他們還有什麼？」

「有什麼？」

「一種巨型的電視螢幕，」她說，「讓你掛在沒有窗的牆上，特別是如果你住在公寓的後排，望出去只有天井，那你就直接掛在窗上。他們可以賣你日落錄影帶，就好像你從自己的窗外望出去一樣，而且比真的更好，因為任何時候你想看都可以，你可以在半夜兩點鐘看到氣象萬千的日落。你看這是不是一個絕妙主意？」

「妙極了。」

「我覺得是。馬修，你知道我希望什麼？」

「什麼？」

此時電話鈴響了。「我希望你去接。」她說。

是阿傑，他抱怨一整天都在找我。「我找到她了，」他說，「但我又跟丟了。」

「那個證人？」

「她看到槍殺的經過，」他說，「但要從她那裡套話很不容易，她還是個害羞的孩子。」

「她叫什麼名字？」

「我們在電話上，不要說名字，而且她告訴我的名字極有可能是編的。是個女孩子的名字，所以你知道這不是她的真名。」

「她是一個變性人？」

「她說叫阿史。我一直以為那兩個字代表別的意思。我告訴她，嗯，你叫阿史，我叫阿傑，說不定我們之間有親屬關係。見你的鬼，她說。」

「她是幹那行的女孩嗎？」

「她幹的是怎麼做個女孩。我一邊拚命跟著她，一邊拚命找你。你呼叫我一次，但我找不到電話。後來我找到了電話，又變成你的電話忙線。最後我終於打通了，但是一個勉強會說英文的傢伙接的。我跟他說，老兄，又不是打給你的，你接個什麼勁？現在他大概還在想到底發生了什麼事。」

「你說她是證人。她看到了什麼？」

「看到我們說過的那兩個人。」

「格藍和喬治？」

「在電話裡可以說嗎？沒錯，那兩個。」

「她有沒有看到槍殺？」

「她說她有，之前之後都看到了。看到一個躺地上，另一個在掏摸他口袋。」

「或是彎腰在他身邊撿彈殼。」

「我也是這樣想，你可能有問題想問她？」

「一大堆問題，」我說，「她在哪兒？」

「在外面走動。四點鐘要去看醫生，不讓我跟著她。『阿傑，你一定有更好的辦法打發時間吧。』我試著跟蹤她。」

「真的嗎？」

「難道這不是偵探本色？只是你最好給我上點課，我好像快應付不來了。」

「這很不容易。」

「我跟著她進入地鐵站，但我沒有趕上車。我跳過投幣轉門，但差得太遠了，再加上有個呆瓜要去告發我沒投幣。老兄，我說，你離我遠一點，你最好別做什麼傻事，小心我讓你心臟病發。」他歎口氣，「我跟丟了。」

「你能再找到她嗎？」

「希望如此。我給了她我的號碼，要她看完醫生後叩我。如果她沒打來，我會去公園找她。」

「她在哪裡做生意？」

「在那條街的前前後後。不然就去格林威治西街上。她不需要像有些人那樣苦幹，因為她上無龜公，也不用古柯鹼。」
「那她的嗜好是什麼？」
「我猜你可以說她特喜歡看醫生，」他說，「把錢存起來做這個手術那個手術。只要你真的瘋狂想要的話，你簡直不能相信他們可以在你身上動什麼工。」
「在電影裡，」我說，「女孩子總是想存手術費，好讓她弟弟可以再走路了。」
「那是電影，」他說，「年頭變了。」

8

我告訴阿傑，我還會在這號碼上待個十五到二十分鐘。之後我會先回旅館一會兒，然後去伊蓮那裡。當我離開旅館時我會設好轉話裝置，所以他可以找到我。任何時間都成，我說。多晚都沒關係。
窗上顯出麗莎的身影，她的曲線不再被藍外套包著。我的眼睛被她的胸臀吸住。她說：「我聽到你說你會在這兒再留二十分鐘。」
「如果你不介意的話。」
「當然沒問題。是不是有消息要告訴我？這個案子是不是有突破？為什麼這麼好笑？」
「沒什麼，我剛才跟一個替我做事的小孩說話。他不是線民，雖然另外有兩個這樣的人，我應該去找他們談談。」比如說我的朋友丹尼男孩。「他發現了一個槍案的目擊證人，或至少看到了槍案之後的情況。這算不算突破？大概不是。我得知道她到底看到什麼，或以為她看到什麼，然後考慮她的證詞有多可靠。」

「是個女人嗎？」

「不完全是。不論我從證人那裡得到什麼資料，我想都比不上今早我從魏戴爾暨楊特那裡所發現的深入。」

「你提到你曾去過那裡，但你沒說你發現了什麼。」

我說了不只原先計畫的那二十分鐘，又加上了至少五分鐘到十分鐘。我把從愛麗諾那兒聽來的話重述一遍，並跟麗莎・郝士蒙對她丈夫的了解兩相核對。我問了很多問題，在筆記本上寫了好幾頁，這個當兒她回到廚房再去添了酒，這次的顏色似乎比上次要深，不過也可能是光線搞的，我們看到夕陽開始西沉。

終於我從沙發裡站起來，告訴她我該走了。「我知道，」她說，「你跟伊蓮約八點鐘見面，然後要到轉角處的小餐館吃飯。」

「你聽到了。」

「我說過讓你去臥室打電話，免得被我聽到。」她說，讓那句話在空氣中懸盪了一會兒，然後說：「你想先回旅館去沖澡。」她伸出一隻手，碰碰我的臉，她的手指逆著皮膚往上滑過，「你可能也想刮個鬍子。」

「說不定。」

「我要搬把椅子到窗前看夕陽，我希望我不是一個人看。」我沒說什麼，而她拉著我的手臂帶我走到門口。她的臀部觸碰著我，我可以聞到她呼吸裡的威士忌酒味，以及那股像從林子裡傳來的香水味。

在門口她說：「如果你發現你覺得我應該知道的事，打個電話給我。」

「我會的。」

「或者就打來談談天，」她說，「我覺得好寂寞。」

16

在我離開旅館前，我把那綑五十張的百元大鈔塞我衣櫃第一層抽屜裡。這是他們第一個會找的地方，一個小小的聲音告訴我。沒關係，我決定了，讓他們找到好了，總比把整個地方搜得亂七八糟要好。我關了抽屜，出去叫輛計程車到伊蓮那裡去。

∞

晚餐不盡理想。她選的地方的確是個轉角處的小餐館，一家叫做「奇怪的狗」的法國小酒店，招牌上有隻狗，毛髮剪得奇短，想來就是那隻奇怪的狗。伊蓮吃素，菜單上卻盡是最近還曾飛過、游過或爬過的東西。這種情形以前不是沒發生過，通常她都心情滿好的隨意點一樣蔬菜。但這次她老大不高興，我提醒她這是她選擇的餐館，顯然對她的心情並無助益。更糟的是，在她解釋給侍者聽她要點的菜時，那人故作一副遲鈍狀，最後廚房不但把蔬菜煮得過老，而且還多算了錢。

菜上得很慢，我們兩人又都沒心情找話講，動不動就陷入極長的靜默。有時候靜默是好的。我去的一個戒酒聚會有時像桂格教派一樣，會員想說話時自由發言。當然在發言之間常有一段靜默，但沒有人因此感到緊張。靜默也被視為戒酒聚會的一部分。伊蓮與我過去也曾這樣分享過這種使談話更有意義的靜默。

但這一次不同。我們之間的靜默暗蘊著緊張及不安。我試著不看錶，但有時候我控制不了自己，她發現我看錶，我們之間的靜默就更深了。

回家的路上她說：「我唯一高興的事是這家店就在家旁邊，如果我們為了那頓飯還得坐趟計程車一定讓我更生氣。」

「如果不是這麼近，」我說，「我們根本不會去的。」

「我是開玩笑的。」她說。

「噢，抱歉。」

那天晚上的門房是個老愛爾蘭人，二次大戰後他就在這棟公寓工作了。「晚安，馬岱小姐。」他很愉快的說，眼睛並沒有正視我的存在。

「晚安，湯，」她說，「外面的天氣好舒服，是不是？」

「嗯，棒透了。」他說。

在電梯裡我說：「你知道，那個狗娘養的讓我覺得我像個隱形人，為什麼他無視我的存在？他以為你想讓我保持神祕？」

「他是個老人，」她說，「他就是這樣。」

「在這世界上所有的人不是太年輕不懂事，就是太老了不能改變，」我說，「你有注意到嗎？」

「事實上，」她說，「我注意到了。」

她的機器上有一則留言，是阿傑，還留了號碼要我打去。我告訴伊蓮我應該立刻跟他聯繫。快去打啊！她說。

我撥了號碼，響第二聲就有人接了。一個粗啞的聲音說：「有什麼我可以為你服務的？」

我要找阿傑。他接過電話說：「我跟她說好了，現在你可以過來找我們。」

我斜眼看看伊蓮。她坐在一張黑白兩色沒有扶手的椅子上，對著一本郵購目錄裡的衣服做鬼臉。我遮住聽筒對她說：「是阿傑。」

「難道不是你打電話去找他的？」

「他追到一個證人了。我大概得趕過去堵她，免得讓她跑了。」

「所以呢？你要出門，對不對？」

「嗯，但我們有計畫。」

「我猜我們最好改變計畫，你說是不是？」

「給我地址。」我對阿傑說。

「西十八街四八八號，在第九大道與十大道之間，對講機上沒有名字，你按四十二號。在頂樓。」

「我馬上到。」

「我們等你，噢，我忘了。」他降下聲音，「我告訴她她可以拿到點錢。很聰明吧？」
「沒問題。」
「我知道我們手上的錢不多。」
「現在比較不緊了，」我說，「我們多了一個客戶。」
我掛下電話，到外面的衣櫃拿我的外套。伊蓮問我那個新客戶是誰。
「麗莎．郝士蒙。」我說。
「哦？」
「格藍比我們所知道的要鬼祟，他們的公寓是用現鈔買的。」
「他哪來的錢？」
「這是她想要我找出答案的事情之一。」我說。
「所以現在你有兩個客戶了。」
「不錯。」
「還有一個證人。很有進展嘛。」
「我想是，我不知道我會去多久。」
「你要去哪裡？」
「喬爾西，最多一個鐘頭我就了事。」
「你打算再回來嗎？」

「是有這樣的打算，沒錯。」

「噢。」她說。

「有什麼不對勁？」

她手上仍然拿著那本郵購目錄，然後她一扔，說：「今天晚上一切都不對勁。我不知道為什麼。說不定是我的錯。但現在已經來不及補救了。你會急急忙忙結束跟那個證人的約談，因為你覺得你應該回來看我，然後你會因此氣我——」

「我不會。」

「——然後我會對你發脾氣，因為你在外面搞太久，或因為你人回來了卻一肚子惱火。你現在的工作已經進入狀況，說不定在你問完證人之後，今天晚上你還有其他事想立刻進行，我說的對不對？」

「我說不定應該去找丹尼男孩。」我承認，「還有別的人，不過都可以以後再去。」

「何必呢？因為我們在一起很開心嗎？明天早上給我打個電話如何？」

我告訴她這樣很好。

8

我照阿傑給我的地址一路尋去。那是一棟廉價紅磚公寓，離第十大道轉角處不過三個門的距離。當我連爬了四樓之後，阿傑從上面對我大叫，「還有一層，大哥，你沒問題的。」

他們兩人在一間頂樓後排公寓的門口等我。阿傑一臉得意的看著我，他說：「茱利亞，我給你介紹，這是馬修．史卡德。我給他辦事，我跟你說了很多了。馬修，這是茱利亞。」

「馬修，」她說，一邊伸出手來。「你能來太好了，請進。」

她帶我進屋，裡面從上到下完全裝潢過了。腳下的寬條松木地板，磨過，上了亮光漆，色澤鮮紅淋漓。牆壁則是淡淡的檸檬黃，但上面掛了很多畫，簡直看不到多少牆壁的顏色。牆上的作品都經專人裝框裱好，從幾吋大小的素描、版畫到有作者簽名的凱斯．哈林海報，掛在一張椅上的則是一幅電影《巴黎在燃燒》的海報。屋內的照明都是間接打光，有各種落地燈桌燈，其中兩個的燈座是黑豹形狀，另外幾個則是鉛玻璃燈罩。幾串珠簾隔開了小廚房和通浴室的門口。很多珠子是那種多切面的玻璃，像鑽石一樣閃閃發光。

「地方就這點大，」她說，「但總是個家。請坐，馬修。我想你會覺得那張椅子挺舒服的。我要來杯雪莉酒，你也要一杯嗎？」

「他不喝，」阿傑說，「我跟你說過了。」

「我知道你說過，」茱利亞回道，「但禮貌上我總該問問。我也有可樂，馬修。當然是可口可樂。」

「可樂很好。」

「要不要冰塊？或一片檸檬皮？」

她弄好了我的可樂和她的雪莉酒。阿傑已經有了可樂，只是沒檸檬皮。她在椅上坐下，屈起腿坐上面，然後拍拍她旁邊的空位。她看阿傑一無反應，給了他一眼，又拍拍椅子，這回他坐了下來。

她整個人充滿了異國風味，茶色皮膚裡彷彿反射出亮光。耳朵很小，一道窄長的鼻子，一嘴豐滿的紅唇。她的眼睛及高顴骨使她的長相微帶一種歐亞混血的味道。面頰膚色細膩，看不出任何得刮鬍子的跡象。她的頭髮，經過髮型師調理，呈現金色斑紋的髮束，雖然絕非自然，但看起來跟她的人很相配。她很纖細，一雙長腿，站起來總有五呎八吋高。一套回教深宮的睡衣打扮展示了她的身材，豐胸細腰緊緻的臀部。她擦了口紅，塗了指甲，掛了叮噹搖晃的耳環，腳下一雙珠子拖鞋，看起來十足是個麗人。

我脫口說出心裡浮現的第一個念頭。「你可以騙過所有的人。」

「謝謝你。」

「你叫茱利亞？」

「是胡利歐，」她用一種西班牙的發音說，「過去我是個西裔男子，現在我是個來歷不明的女人。」

「你當女人多久了？」

「依你的想法是五年，對我來說，我這一輩子都是女人。」

「動過手術了嗎？」

「哪個手術？我做過幾個手術。我還會再做，但我還沒有做『那個』手術。」

「哦。」

「我做過臉部手術，我也隆過胸，」她托住她的胸。「我先做荷爾蒙治療，然後再小針注射。我也消掉過幾個痣。等我籌夠了錢，鼓足了勇氣，下一個手術我要做的就是這裡——」她一根手指摸著喉嚨。「他們可以動喉結，有喉結很容易就被發現了，他們可以把它大幅變小。但想到他們要割這個地方就好可怕。不過我想這是值得的，而且你根本就看不到疤痕。」她啜了一口琥珀色的雪莉酒。「而且這個手術還是不比『那個』手術來得令人害怕。」

「我可以想像。」

她笑了起來。「噢，我猜你能想像，」她說，「而且一經改變，你不能再回頭。你不能跑去告訴醫生，你改變了主意，請他把它縫回來。你看阿傑，我只是說說罷了，就讓他坐立不安成這樣。」

「我才不在乎。」他說。

「噢，是嗎？馬修，你不覺得阿傑能變成一個可愛的女孩子嗎？」

「少胡扯。」

「我以為你才不在乎呢。你看，阿傑的高度相當，不像有些變性人高得不像樣，肩膀有點太寬，但我們可以想辦法。」她轉過去面對他，一隻手放在他的胸上。「你會喜歡的，阿傑，」她說，「我們可以在一起當女孩子。我們玩另一個人的胸部，我們可以一塊上床。」

「你幹嘛非得這樣講話？」

「很抱歉，」她說，「你說得對，這樣子一點都不淑女。」

「反正你別跟我講那種屁話。」

我說：「茱利亞，我聽說格藍．郝士蒙被殺的那個晚上，你在街上？」

「我們要談正經的，是不是？」

「我們最好開始了。」

她歎了一口氣。「男人啊，」她說，「總是匆匆跳過前戲。急什麼嘛？為什麼不停下來，嗯，聞一聞花的香味？」正當我遲疑不決，她放聲一笑，很友好似的拍拍我膝蓋。「請別介意，」她說，「有時候我做得太過分了，不錯，我是在那裡。」

「你到底看到什麼？」

「我看到格藍。」

「你認得他？」

「噢，這可不，你的意思是我為什麼直呼他名字？嘿，他人已經死了，所以幹嘛要那麼正式？不，我從來沒見過他。」

「在那天之前，你看過他嗎？」

「你的意思是在街上？我想沒有。你去過十一大道嗎？我好像沒在那裡見過你。」

「我住在附近，」我說，「不過我很少去那裡。」

「沒人去那裡。那裡沒有多少行人，沒有那種逛街的人。除了像我們這樣有東西要賣的。有意的顧客很少是走去的。通常是開車，或開旅行車，但你如果上了旅行車，你等於把你的性命握在手上。我為了這對奶子花了這麼一大筆錢，可不能讓那種神經病給割了。去年有一個東城的女孩就給做了，你大概看過那條新聞。」

「是的。」

「他徒步，」她說，「格藍，一個有吸引力的男人，穿得又整齊。我原以為他是來嫖的，但他不看女孩。就算那種很害羞的，那種不敢向前來或開口的都會盯著我們看。他們可能偷偷的看，雖然不是瞪著我們，但至少他們會看。」

「但他沒有。」

「沒有。這表示他對我不感興趣，所以我也對他失去興趣。我有生活要討，我的心思當然放在那裡，不再注意他。稍後我碰巧往那裡瞥一眼，他正在打電話。」

「我想你大概不會注意到時間。」

「天曉得，」她說，「我知道是晚上，因為天已經黑了。」

「我懂了。」

「之後有客上門，」她說，「一位以前我約過會的男士，不過我不會說他是常客。開了部有紐澤西州牌照的富豪汽車。那種專在暗地裡偷腥的客人。我們開到街角處停了車。」她伸出食指放嘴裡，兩眼望著我上上下下的吸吮。「沒花多少時間。」她說。

我看了阿傑一眼，他盡量保持面無表情。

「然後，」她說，「我回到我的老地方。讓我想想看，我跟他隔著大道，我比較接近五十五街的街角，而他在五十四街的街角，就在本田車展示場前面。我那時候有沒有看到他？我想沒有。我不覺得我有任何理由往那個方向看。」

「然後呢？」

「然後有部車停下來，一個男人搖下窗，我們開始談生意，不久我們談吹了，但我們還在交涉時，有人開了槍。」

「街對面。」

「聽起來是如此，但我不能確定。當時我不能確定是槍聲，但我想應該是。」

「幾聲？」

「三聲，但這是我從新聞裡得知的。當時我可沒數。事實上我根本沒留意，我忙著交涉，但兩下就泡湯了。我那個追求者想不用保險套就跟我幹。『我不擔心，』他說，『我看得出來你很健康沒問題。』沒錯，而且我還打算一直保持，謝謝合作。所以除了槍聲，我還有其他事分心。之後我們談不下去了，我站回去，他則開車走了，就在這時候，我聽到第四聲。」

「在第三及第四聲之間隔多久？」

「我不知道。我聽到第四聲時我心裡在想什麼，噢，對了，已經有過槍響。它們在我的腦子裡，只是我沒有去想它。」

「你什麼反應？」

「我往槍響的地方看。但槍響時，那部車仍擋我面前，而且街上還有其他車輛來來去去，遮住了我看那個角落的視線。等我終於可以看清楚時，我只看到格藍躺人行道上，當然那時候我還不知道他名字。」

「因為你還沒有聽過他的名字。」

「不，我甚至不知道他是我稍早曾看過的男士，因為他臉孔朝下，任何人都有可能。對我來說，當我跟那位大丈夫先生談生意的時候，我稍早看過的那個男士已經回家了。當然，後來我在報上看到他的照片，我才發現我曾看過他。但那時候，我唯一認出來的人是喬治。」

「喬治．沙塔基，但你也不認得他是不是？你是從報上或電視上看到他的。」

她搖搖頭。「我常常看到喬治，」她說，「剛開始時我看他就怕，他那副瞪人的樣子，但所有的人都說，噢，那是喬治，他不會害人的。所以我看到他的時候，我會跟他打招呼。『嗨，喬治！』但他從來不回答。」

「你在槍案發生的那個晚上看到他？」

「彎腰對著屍體。」

「那是不是你在那個晚上第一次看到他？」

「我不知道，因為喬治像是街景的一部分。你沒有理由記得看過他，或是分辨出每次看到他時的不同。我可能稍早之前看過他，也可能一個禮拜都沒看到他。我先前看到他跟格藍在一起嗎？沒有，直到槍殺過後我才看到他們。」

「他彎腰看格藍是嗎？你想他在做什麼？」

「我看不出來。可能在查他是死是活。可能想拿他錢包。」

「你猜人是他殺的嗎？」

「不，因為我發現那是喬治，而我知道他不會害人。」

「你不知道他有槍。」

「從沒有人提起過，他當然沒有給我看。」

「他彎腰對著屍體的時候，你沒有看到他的手上有槍。」

「沒有，但我在相當一段距離之外。我戴了隱形眼鏡，就算如此，我不覺得我可以看出他手上有沒有拿東西。但我的印象是他的兩手空空什麼都沒有。」

我來回問了她好幾遍，再也問不出多少名堂來。她對所看到的部分有把握的程度比我原來期望的要清楚，但她並沒有看到槍殺經過。她的證詞使喬治無辜的可能性增加了一點，但也不過如此。凶手到底是誰還是沒一點線索。

我問有沒有其他可能人證。

「我不知道，」她說，「半夜之前街上都很冷清，清晨兩點到四點半之間才會真正活躍起來。很多嫖客都先喝酒，酒吧四點關門，半個鐘頭後所有人都回家了，或是到通宵營業的地方去。」

「你去的時間早。」

「我喜歡早去。我們印度來的深色姐妹常愛說的，早去的黃鼠狼有眼鏡蛇吃。少幾個顧客，但競爭也少。倒不是我害怕競爭。」她斜斜看了我一眼。「最主要的是，我寧可在他們還沒灌飽酒之前成交。那些已婚的男人——你還沒結婚吧？沒戴婚戒。」

「我還沒，沒有。」

「但阿傑說你已經有人了。」

「不錯。」

她歎口氣。「所有的好男人都給訂了。我剛剛說什麼來著？噢，在說早點做。我喜歡早去早了，一旦賺夠了就收工。晚上剩下的時間都是我的了。但首先我要辦好事。說起來——」

「什麼？」

「嗯，我不想提，但阿傑說我花的時間會有報酬。」我從我的錢包裡找出兩張五十塊錢。她細細的塞進她回式睡衣裡的那道深溝。「謝了，」她說，「坐在這裡說兩句話就收錢好像太不夠意思了，但你絕不會相信那些醫生收的費用有多高，保險公司又不付，那是說如果我有醫藥保險的話，當然我也沒有。」她碰了碰她的喉結。「不久之後，」她說，「我要把這點小缺點給糾正了，你會很高興你也做了貢獻。但我知道你的工作已經帶給你很多成就感。」

「不像你想像的那麼多。」

「噢，你太謙虛了，」她說，「到聖誕節時我應該有辦法把它剁了。至於這個——」她拍拍她的兩腿之間——「我就不曉得了。你知道，所有跟我在一起過的男人都想知道我什麼時候會去做。好像到那時我就是個真正的女人，更具誘惑性。」

「哦？」

「但十個裡有九個把著它不放。如果那話兒真有這樣討人嫌，如果他們真的不感興趣，當我在幫他們吸的時候，他們為什麼一直想摸它？他們不只想摸它，他們想要它有反應。不論他們多麼沒有經驗，他們想要把它放進嘴裡，他們想要它在任何你可以想像的地方。」她注視她的酒杯，發現已經空了，她放了下來，「他們不是同性戀，」她說，「大部分的人都戴著婚戒。他們不會讓另一個男人對他們口交，更別提由他們自己來做了。但他們看我是個女人，因而得到解放。讓他們自由的享受我的男體。」她聳聳肩。「如果這真這麼不得了，」她說，「說不定我該留著它。」

∞

我們了解不論在庭上或庭外她都不願作證。「我不行，」她說，「那晚我可是在家看《巨星的誕生》，一邊大嚼微波爐爆米花。我是說真的。在外面不知道有多少龜公想找個理由整獨立幹活的女孩子。你只是跟警察隨便說兩句，說他穿著制服看起來有多帥，馬上會有人藉機教訓你。想都別想，我是不會坐下來跟官方人士談的。」

我喝完可樂，說我該走了。

「啊，現在你知道怎麼來這裡了，」她說，「我希望你還會再來。你也要走了嗎？阿傑。他好可愛，是不是？馬修。跟這小孩開玩笑好好玩。我只希望他的皮膚稍微淡一點，我就可以看他臉紅的樣子。他臉紅的時候我知道，但我喜歡親眼看到。」

她走到阿傑面前，兩手環抱住他。她比他高了一兩吋。她緊靠著他在他的耳邊細語，然後放開他，笑著舞到了門口。

我跟著他爬下五層樓，我們兩人都一言不發。到外面後我說我想喝點咖啡。我們走到第十大道，但除了兩家酒吧我找不到別的店。我們走回第九大道，找到一家只有一個顧客的古巴中國咖啡店。我們找了一張桌子坐下，我叫了杯咖啡，阿傑要了杯牛奶。

「那就是茱利亞。」他說。

「我以為你們是老朋友了，」我說，「看她對你的那副樣子。」

「啊，嗯，她是那種一下子就跟人熱絡的人。她好怪，嗯？」

「我喜歡她。」

「是嗎？」

「嗯。」

「不管怎樣，她是一個很好的證人。」

「非常好，」我說，「她沒有看到所有的事，但她看到的部分看得很清楚。你找到她這事幹得好。」

「嗯，這是我該做的。」

「有沒有什麼心事？嗯。」

「沒有，一切安好。」

我們陷入沉默。那個侍者好像被斷了腳，拖著步子慢吞吞的送來阿傑的牛奶和我的咖啡。

我說：「還有一件事你可能可以幫我做。」

「什麼事？」

「我需要一把槍。」

他睜大了眼睛，但只一下下。「哪種？」

「最好是左輪。」

「口徑呢？」

「點三八上下。」

「還要一盒子彈？」

「只要槍裡有子彈就好。」

他想了一想。「得花點錢。」他說。

「你覺得要多少？」

「不知道。從來沒買過槍。」他喝了些牛奶，用手背抹抹嘴，再用紙巾擦手。「我知道有兩三個哥兒們有槍要賣，應該沒問題。一百塊錢左右怎麼樣？」

我數了鈔票，放在手掌下給了他。他一沉手放進膝上，這樣街上的人不會看得到，他散開鈔票一臉疑惑的對著我。「三百塊？」

我說：「一百塊錢付你辦成的事，這樣我就不欠你了。其餘的拿去買槍，買槍可能比你想得要貴。不論多少錢，你可以把多的錢留下來。」

「好耶。」

「你在煩什麼，」我說，「如果你覺得我該多付你錢，你可要講。」

「狗屁，」他說，「不是為那個。」

「那就好。」

「你想知道為什麼？就為了那個茱利亞。」

「哦？」

「我的意思是，她是什麼？她到底是男的，還是女的？」

「嗯，我們一直叫茱利亞『她』，如果我們不當她是女的，我們不會這樣叫。」

「她可不像任何我看過的哥兒。」

「可不。」

「看起來也不像。如果你在街上看到她，你不可能猜到她不是女的。」

「是猜不到。」

「就是近看你也猜不到。很多人你一眼就看出來了，但她可以瞞過你。」

「我同意。」

「如果一個哥兒跟她在一起，他算什麼？」

「他可能很快樂。」

「別開玩笑了，大哥。那樣算不算是同性戀？」

「我不知道。」

「如果你是同性戀，」他說，「你會想要男人，是不是？所以你為什麼會去找個像她那樣的女人。」

「你不會。」

「但如果你想要女人，」他繼續，「為什麼你會找個帶把的？」

「我也想不通。」

「而且為什麼她要說那種我很適合變成女孩子的狗屁話？」他伸手放在胸前好像握住的是乳房，然後皺眉瞪著它們。「對我說這種爛話。」

「她只是喜歡故作驚人之語而已。」

「哈，沒錯，她是驚到人沒錯。你曾經跟她那樣的人在一起過嗎？」

「沒有。」

「你會嗎？」

「我不知道。」

「你現在跟伊蓮在一起，但如果你沒有——」

「我不知道。」

「你知道她對我說什麼，她那樣在我耳邊小聲小氣的說。」
「她說一旦你擺脫了我就回去找她。」
「你聽到了哦。」
「只是隨便猜的。」
「很準嘛。她的地方不錯，翻修得很好。從來沒看過紅地板，除非是塑膠的。」
「我也沒看過。」
「還有那些畫，要看好幾天才看得完。」
「你想回去嗎？」
「我正在想。她把我搞昏了。我不知道我到底想做什麼，你知道我意思？」
「我了解。」
「如果我去，我感覺怪怪的，但如果我不去，我覺得更怪。你曉得？」他搖搖頭，舌頭咯咯作響，用力歎了口氣。「或許我害怕，」他說，「害怕我可能發現什麼。」
「但如果你不去？」
他忽然笑起來，「害怕我可能錯失了什麼。」

17

我在普根酒吧找到了丹尼男孩，普根酒吧在西七十二街上，是他的老巢。他坐在他常坐的那張桌前，桌上擺了一瓶冰鎮俄羅斯伏特加。他彎起右腿，所以那隻腳不偏不倚落在左膝上，他正在檢查他的鞋子。事實上那是一雙半統靴，灰黃色，有點鞋跟。

「我真搞它不過，」他說，「你認不認得出這是什麼皮？」

「是不是鴕鳥？」

「沒錯，」他說，「這正是讓我煩心的地方。你看過鴕鳥嗎？」

「很久以前在動物園裡看過。」

「我只在公視上看過。《自然》啦，《國家地理雜誌特輯》啦。很壯麗的動物。不能飛，但跑得極快。想想看有人殺這樣的動物，就是為了剝牠的皮來做靴子。」

「聽說現在用人造皮革做出來的也挺不錯。」

「牠們被殺不打緊，」他說，「讓我不舒服的是好浪費。老天，只有牠們的皮被拿來利用。如果牠們的肉也可以吃又不同了，但一定不怎麼好吃，不然整城的餐館早就放進菜單了。」

「鴕鳥皮卡場。」我建議。

「我在想鴕鳥威靈頓。但你有沒有聽懂我的意思？我眼前有這麼一副景象，上千隻的鴕鳥屍橫遍野，就像在大平原的水牛一樣。」

「牠們是貪婪的鴕鳥剝皮客的受害者。」

「由傳說中的鴕鳥比爾卡迪領導。難道你不覺得這很浪費？」

「我想是的，但你穿的是雙很好看的靴子。」

「謝謝你。他們告訴我很耐穿，鴕鳥做的皮貨不錯。說不定我們是該殺牠們來當皮料，不然到處都是鴕鳥，牠們會比老鼠更糟。老天，牠們大太多了。」

「可能也跑得更快。」

「牠們會摧毀瓊斯海灘，」他說，「再沒有地方可以放你的毛巾。每隔幾步路就有隻鴕鳥一頭鑽在沙裡。」

說不定他在公視上看過瓊斯海灘。我敢打賭他從來沒去過。丹尼男孩，個子矮小，穿著優雅，父母雖是黑人，但他皮膚有病，白得像褪了色，而且他跟那吸血鬼卓久勒伯爵一樣，絕不在大太陽底下現身。晚上你可以在普根或鵝媽媽之家找到他，一邊喝酒，一邊交換消息。但到了白天，你哪兒也找不到他。

我問他有沒有聽過與格藍·郝士蒙有關的閒話。沒有，他說。他知道的都是從報紙上得來的。無辜的被害者，攜帶槍械的神經病，罪案累累的街道。我透露實情可能不是這樣子，死者雖然是拿薪水過日子，但經手的可是鉅款。

「哦，」丹尼男孩說，「靠不在帳面上的錢過日子，對不對？我從來沒聽說過。」

「說不定你可以到處問問。」

「說不定我可以試試。你好不好，馬修？美麗的伊蓮怎麼樣？你們什麼時候要結婚？」

「老天，我正想問你，丹尼男孩，」我說，「你是擁有所有答案的人。」

8

我叫了計程車到幾個地方去轉轉，找了好些個像丹尼一樣老是豎起耳朵來的人。他們不像丹尼穿得那樣優雅，或那樣擅長閒聊，但有時候他們會聽到有用的話，所以還是值得一去。

結束時已經過了午夜，我人在蒂芬妮的角落，我指的不是第五大道上那家珠寶店，而是雪瑞丹廣場上一家通宵營業的咖啡屋。離休士頓街上一個午夜的聚會不遠，而那個地方在格林威治村一家最惡名昭彰的午夜俱樂部附近。我正想要不要參加，但我已經錯過了一半。半夜兩點還有一個戒酒聚會，不過我不想留到那麼晚。

現在打電話給伊蓮也太晚了。

打電話給湯姆．沙塔基更嫌晚，雖然是到了我找他談談的時候了。我的工作像風車上的帆布篷開始轉動了起來，逐漸有點搞頭。我想得愈多，我愈覺得喬治．沙塔基無辜。

只要我有點運氣，應該有辦法證明。若我仔細查過郝士蒙的生涯，我應該可以找到有殺他動機的人，這通常表示我已經贏了一半。你一旦知道是誰幹的，你只需要去證明，而且在法庭上我並不需要提出證明是誰殺的。我只需要說服有關人士不再起訴喬治。那樣喬治可以回到他原來的生活，重新回復成一個對他自己危險、但只是惹人不順眼的人。

我叫了另一杯咖啡。一男一女從前面的雅座站起來去付帳。那個男人對我點點頭，我揮揮手。我認出他以前參加過不遠處的派瑞街聚會。我剛好在這附近時，有時我也會去參加。說不定我們應該搬到這裡來。我在第六分局工作時，自然花了不少時間在格林威治村。那也是多年以前我跟伊蓮首次見面的地方。

從那時候起，這個地方經過很多變化，但大致說來並沒有比紐約市其他區域的變化來得大。這裡大部分地方成為特定的歷史保存區，建築物成為被保護的地標。此處高樓大廈比較少，彎彎曲曲街上的三層政府房子，也比伊蓮或我住的地方有人性。有很多的戒酒聚會我可以參加，伊蓮可以走路去紐約大學或紐約學院上課，蘇活區的畫廊不過是十分鐘的距離。

這是不是我真想要做的事？

我知道我想要做什麼。

8

「是馬修，」我對著她的答錄機說，「現在很晚了，但，呃，如果你沒睡的話，我想要跟你談談。明早我給你打電話。」

她接起來，「哈囉。」她說。

「很晚了。」

「不算太晚。」

「希望沒有吵醒你。」

「沒有，就算吵醒我也沒關係。我希望你打來。」

「哦？」

「是的。」

「我在想，」我說。

「嗯？」

「我在想你需不需要有人陪。但我猜實在太晚了。」

「不，」她說，「不算晚。」

8

我的計程車順第八大道向北走，在五十七街左轉，經過我的旅館門口，在第九大道遇上了紅燈。在我的心裡，我聽見我對司機說，沒關係，我就在這裡下車。但這些話並沒有說出口，然後紅燈轉綠，我們繼續西行。他做了一個不合法、但並非不常見的一百八十度迴轉，把我在我的目的地放了下來。

走廊的門房昨天還是一肚子疑心，今天卻一臉熟識的微笑。他還是先跟樓上通了話，然後再微笑示意我去搭電梯。二十八樓，我一敲門，她的門就開了。她在我身後關好門，搭上門閂，轉身向我，用她那雙深深的藍眼睛直直盯著我。

她穿了一件睡袍，深綠色鑲著黃邊。裡面是某種睡衣，淡粉紅色薄薄的，一雙光裸的腳。我可以聞到她香水的味道，或是我以為我聞到了香水的味道，很難說，在計程車裡也有一股這樣的香味。

她說了些話，我也說了些話，但我記不得說了些什麼。然後我說這是一個很不平靜的晚上，然後她說可能因為今晚滿月，她一邊走到窗前去尋月。

我跟著她去，就站她的身後。我沒注意月亮，我找的不是月亮，或說不是真的在找。

我雙手放她肩膀上。她喟歎出聲向我靠過來。透過睡袍我可以感到她身體的暖意。她在我懷抱裡轉回身望著我，她的嘴鬆開，她的眼睛顯得更大。我向裡面望進去，害怕我會在裡面找到什麼。

我吻她，害怕我可能錯失了什麼。

∞

之後我躺那裡，感覺流出來的汗水逐漸在我的皮膚上冷卻，靜靜聽著自己心跳的聲音。我覺得煥發著激昂歡娛的生命力，但同時又被悲傷及後悔所掩蓋。

我說：「我最好回去。」

「為什麼？」

「太晚了。」

「你打來的時候這樣說，」她說，「你剛到的時候也這樣說。」

「現在真的是愈來愈晚了，而且明天我有很多事要做。」

「你可以留在這裡。」

「算了。」

「為什麼不？我會讓你安睡。」

「是嗎？」

「讓你多少睡一下。」她平躺在床，雙手擱平坦的小腹上，眼睛往上直視著天花板。她的上唇有淡淡一層汗水的痕跡。我們之間的靜默持續下去，她終於開口，「我很喜歡伊蓮。」

「哦？」

「是真的。」

我撐起一隻手肘俯看她。「我也是。」我說。

「我知道，而且——」

「我愛伊蓮，」我說，「伊蓮與我屬於彼此。我和你之間與我和伊蓮間沒有一點關係，對我們沒有影響。」

「那你在這裡做什麼呢，馬修？」

「我不知道。」

「你打電話給我，對不對？是你打的電話不是？」

「是的。」

「所以說這是怎麼一回事呢？這是你提供服務的一部分？『很抱歉，甜心，我不想吃完就走，但我得去幹我的客戶。』」

「別說了。」

「『她是一個寡婦，寡婦不難想像吧，那個可憐的東西大概飢渴得不得了。』」

「我怎麼會這麼想。」

她看著我。

「今天下午你不希望我離開，」我說，「你希望有人陪你看日落。」

「我很寂寞。」

「只是如此？」

「不，不是，我被你吸引，而且我知道你也被我吸引，至少我很確定你是如此，我希望我們之間會有進一步的關係。」

「是發生了。」

「沒錯，是發生了。但是現在你希望我變成一個南瓜，一片披薩，或乾脆一縷煙。因為你愛伊蓮。」

我說不出話來。

「相信我，」她說，「我不想讓你的生活更複雜，我不想戴你的結婚戒指，或生你的孩子，我甚至不想要鮮花。我要你繼續做我的偵探，而且我要你做我的朋友。」

「這很簡單。」

「是嗎？」

「嗯。不過這兩個角色之間可能有衝突。」

「什麼意思？」

「當你說謊的時候，做偵探的一定會注意到，但朋友卻可以睜隻眼閉隻眼。」

「什麼時候我說謊了？」

「嗯，那是一個很容易看穿的謊言。當我打來時，你說你還醒著，事實上你已經睡了。」

「你為什麼會這麼說？」

「你不能騙過大偵探，」我說，「我到的時候，你穿著睡衣睡袍。」

「所以你打來時，我一定在睡覺。」

「不錯。」

「我穿著睡衣，當我起來時我披上了睡袍。」

「應該是。」

「當你打來時，」她說，「我坐在客廳看HBO的《一曲相思情未了》，穿著今天下午你看到我時的衣服。」

「淺棕色長褲及綠色的高領上衣。」

「不錯。等我跟你講完話，我關上電視脫光衣服。我擦了點香水，重新化過妝，然後穿上睡衣及睡袍。」

「噢。」

「我這樣做可能讓我像個蕩婦，但管他的，我可不在乎。」她兩隻手抓住我的手。「回到床上來，大偵探。我們一起來尋找線索。」

∞

我離開時已經遠遠超過四點了。酒店都已關門，關了門也好。

我經過五十七街走回家，我的心裡同時充滿了太多的東西，根本無法做任何解析。我也不想要解析，我只想把我的感覺關閉起來。

我直接回我房間，壓根沒在櫃檯那裡停下來。我脫了衣服去洗澡，有時候這麼晚不再有熱水，但這次還有很多，而我一定幾乎把熱水全用光了。

我擦乾後立刻上床。我有一長串的事情要想，但我累到不能思考。我閉起眼一頭栽在枕頭上就此睡去。

睡前我還是勉力撥了鬧鐘。九點半鬧鐘鈴聲把我從夢中驚醒，等我把鬧鐘按掉後，我的夢已經完全飛逝。我所能記得的是在一間房裡有好多人跟我在一起，而我一絲不掛，身上沒有半縷衣服。

我又沖了個澡，刮鬍穿衣。出門之前我到櫃檯拿我先前沒去拿的留言，但一個也沒有，我覺得不可思議。在我一腳出了門後，我才想到離開伊蓮那裡，我並沒有關掉轉接。我直接去了喬爾西，一直到天亮前才回旅館。

我上樓去做我非得去做的事。我想到打電話給伊蓮查查有沒有留言，但如果真有要緊的事，她一定早就直接打到旅館。過去我如此迷糊的時候，她就是這樣做。

而且她可能正在健身房練肌肉，就算她沒有，呃，我還沒有跟她說話的心理準備。

我有很多事要做。我在街角處隨便買了點早餐，坐了地鐵到中城的錢伯斯街，然後到各個州立及市政府辦公處查資料。現在我對格藍·郝士蒙多了幾分了解，而最引起我興趣的是那座我感覺上才在裡面犯了通姦罪的公寓所有權。最早的房主是一個叫多線圈的製造公司，這個公司在三年前從建商那裡買下這棟公寓。顯然的，多線圈公司失去了所有權，因為格藍·郝士蒙在一年半前從一家叫美國減價資產公司那裡買了下來。他們在四月十三日給了他地契，這事發生在他和麗莎結婚前一個月。

這事甚至該追溯至他向她求婚之前，在他還沒有遇上那個女孩之前，他一定已經開始磋商買房子的交易，所以才可能在那個時候交屋。這一切極詭異。或許他墜入情網是因為他覺得他已經有了房子可住。或者他覺得這項交易好到不能錯過，但到底是怎麼樣的交易？我找不到他付了多少錢的資料，應該有記錄才對，但我就是找不到。

四點左右我打電話找到了喬．德肯。我說：「你知道，該死的，我就在警察廣場的角落，但我找不到一個可以幫忙的熟人。」

「所以你就打來找我。」

「正是，一個小問題，只花一分鐘。」

「一分我寶貴的時間。」

「一分你寶貴的時間。格藍．郝士蒙在警方有過記錄嗎？」

「耶穌基督，見你大頭鬼，你現在在搞什麼？」

「有沒有？」

「當然沒有。」

「你確定？還是你自己憑空猜想的？」

「少來了，馬修。難道你以為沒人會去查？從林白綁架案後沒有一個案子比這個更轟動了。你知道我們有多少人在查？」

「每個人都假設別人理所當然已經做了。」

「得了吧。」

「儘管嘲笑我好了，」我說，「去查查有什麼害處？」

「又有什麼好處？特別是到了目前的階段。我發誓我不明白你為什麼還在管這檔子狗屁。你到底在想什麼？」

「你只需要花兩秒鐘。你只需要在你的電腦上按幾個鍵。它立刻會告訴你有沒有，我們兩個人不就都知道了。」

「它只會告訴我要求無效，要不然就是未經授權不得取用。你的運氣好，在這些渾帳還沒進來之前，你已經滾蛋了。最令人不可忍受的是，那些剛從警察學校畢業的小子一兩分鐘之內就摸明白了。讓我覺得我好像是操他媽的恐龍……幹……好吧，我找到了。他沒記錄。大驚奇。」

「你確定？」

「當然，我確定，至少他既沒有犯過重罪，也沒有因為輕罪而被關起來。說不定他闖過紅燈，說不定他藐視法律，有一大堆沒付的停車罰單。我操他媽的不會知道，而且你別想要我的電腦跟管罰單的電腦說話，因為我不想幹。」

「他沒有車。」

「他可以租一部。你租車也可以拿罰單。」

「事實上，」我說，「我對罰單不感興趣。」

「我對這些都不感興趣。說真的，你怎麼搞的？為什麼你還在查這個案子？」

「喬，我才辦了不到一個禮拜。」

「所以呢？好吧，我得走了。等你不再跟自己開玩笑的時候給我打個電話，你可以請我出去吃漢堡。」

我給自己買了一杯咖啡，一面奇怪為什麼他的情緒這麼暴躁。我不過依照傳統辦案的步驟先從被害人著手，難道我不應該確定被害人從來沒被逮捕過？最有可能是已經有人查過了，但為什麼我不能再查一次？而且他幹嘛對我還在辦這個案子感到驚愕，甚於輕蔑？

我坐湯姆·沙塔基的對面，收他一千塊的時候才是上星期六下午。今天不過是星期四。我只辦了四天。我不明白這怎麼回事。

但這提醒了我，我一直在計畫打電話給我的客戶。我查了我的記事簿，打電話到他店裡。一個女人接的，沒問我姓名就叫他。

我說：「湯姆，我是馬修·史卡德。我想我該告訴你偵查進行的情況。」

「什麼意思？」

「原來我很不願意辦這個案子，但現在看起來你哥哥真有可能是無辜的。我沒有什麼東西可以給檢察官看，但比起上禮拜六我要有信心多了。」

「你有信心。」

「絕對有，」我說，「而且我想你也會想知道。」

經過一長段靜寂他說：「我第一個想到的是，你一定是在開玩笑，但你怎麼可能開這種玩笑？我想到的是——真有趣，一個人的腦子到底是怎麼轉的。再其次我想到的是，老天，這狗娘養的一定喝醉了，他一直偷偷喝酒，不然他怎麼會這樣神經。剛才我的心裡正掠過這個想法，就是這樣的突然。」

「我不明白你在說什麼，湯姆。」

「你不明白，」他說，「你真不明白，昨晚的夜間新聞，今早所有的早報都有了，但我猜你既不看電視，也不看報。」

我覺得全身不對勁。「告訴我，怎麼回事？」我問。

「喬治，」他說，「我的老哥喬治，他們把他轉走，從貝勒浮再回到瑞克。昨晚有人在他身上捅了一刀，那個可憐的混蛋。他死了。我哥哥喬治死了。」

18

「湯姆，」我說，「我很遺憾，非常抱歉。」

「嗯，我知道你很遺憾。我姐姐昨晚打電話給我，我才知道的。她在第四台上看到。半個小時之後才有人正式通知我們。你想居然會有這種事？」

「怎麼回事？」

「噢，老天。另一個傢伙，那裡另一個犯人。也在貝勒浮，他和喬治爭執起來。然後那個人回到瑞克的精神病房，一兩天之後喬治也去了，那個傢伙就找上喬治刺死他。」

「實在太不幸了。」

「你聽清楚了，那個傢伙是坐輪椅的。」

「那個——」

「不錯，那個殺他的人。從腰以下半身不遂，甚至不能搖他媽的腳趾，但他能殺喬治。而且還不是第一次。他進那裡是因為他殺他媽。差別是她活下來了。」

「他哪來的刀子？」

「是把手術用的小刀。他在貝勒浮偷的。」

「他在貝勒浮偷的，然後藏起來帶回瑞克？」

「不錯，黏在輪椅下面。而且他還在刀鋒底部纏了膠布，那樣比較好握。我的意思是，有人跟屎屋裡的老鼠一樣瘋狂，但這不代表他們很笨。」

「沒錯。」

「我姐姐說些再奇怪不過的話，『現在我不再需要擔心他了。』他會不會有足夠的東西吃，他有沒有麻煩，他需要有地方睡覺。他被關起來的時候，她說她反而放心了，現在他死了，豈不更可以放心。問題是，我了解她的意思。他現在安全了，沒有人可以傷害他，而且他也不可能傷害他自己。除此之外，你想知道嗎？」

「什麼，湯姆？」

「他只走了一天，但我記得的他已經不同了。我的外祖母有老人癡呆症。她死的時候，已到了可憐又可怖的地步。你知道他們的狀況吧？」

「是的。」

「我們家人常說，最殘酷的事情是，她的病改變了我們對她的看法。這是一個堅強的女人，從歐洲移民到這裡，養了五個孩子，能說四種語言，料理家務的能力簡直可以拿黑帶了，但最後你看到的女人，嘴流口水，尿了一床，發出來的聲音簡直不像人可以發出來的。

「但她一死，好像變魔術一樣，馬修，一夜之間我記起她以前的樣子，而且這是我唯一記得的。當我現在回憶我的外祖母，她永遠穿著圍裙在廚房裡攪拌。我得費力去想，才記起她在養老院睡床上的樣子。

「現在我也這樣子想喬治。那些湧上來的回憶，那些我多少年都沒能去想的事。在他從軍以前，在他開始喪失心智以前。回到我們都是男孩的時候。」

過了一會兒他加了一句，「還是很悲哀就是了。」

「是的。」

「你原來說什麼，說他可能是無辜的。很諷刺，是不是？」

「看起來很有可能。」

「我的第一個反應是不要憤怒。如果他們沒有把他關起來，就不會發生這樣的事。但這狗屁，對不對？我的意思是，你看他怎麼死的，被一個坐輪椅的傢伙刺死。如果這種事會發生，你只能說逃都逃不掉。命運，因果報應，上帝的旨意，不論你怎麼說，它就是你手上的牌。」

「我明白你意思。」

「你想要聽一些讓你作嘔的話嗎？有兩個不同的律師打電話給我，要我一定得去告紐約市政府。我有充分理由告他們過失殺人，因為我老哥在他們的管轄之內，他雖然沒有犯錯卻被殺死了。你想我會為這個去告紐約市政府嗎？我要做什麼，要求賠償嗎？他們要怎麼計算他生命的價值，是不是把他在剩餘的生命裡可能回收瓶瓶罐罐的錢加起來是嗎？」

「現在每個人都在打官司。」

「我難道不曉得。去年我有個客戶——哼，祝他入地獄。這樣說好了，一個普通的美國人不幸遭了雷劈，謝天謝地居然活了回來，他奔去找他的律師要告上帝。我不想要像這樣過日子。」

「我不奇怪你這樣想。」

「無論如何，」他說，「我要謝謝你願意試這個案子。除了我給你的錢之外，我還欠你錢的話，告訴我一聲，我會寄張支票給你。」

「錢不是問題。如果我有進一步的發現——」

「是嗎？我哥哥已經死了。案子結束了，是不是？」

「我相信這是官方的看法。」

「也是我的看法，馬修。到底還有什麼理由要去澄清他的罪名？不論他現在在哪裡，對他都不會有什麼差別了。他已經得到平安了，願上帝祝福他。」

8

我立刻打電話給喬。他還來不及開口我就說：「別說了，我才發現沙塔基昨晚被殺了。」

「你一定是整座城裡最後知道這條新聞的人。」

「我睡晚了又沒買報紙。我在車上看到頭條新聞，但這條並沒有在頭版出現。所有的報紙都在報導那個參議員和他的爛貨。之前我還奇怪你幹嘛這樣火大。」

「我是奇怪你幹嘛要去打死馬，或想給牠來個口對口人工呼吸。」

「好一副迷人的景象。」

「嗯，我是一個迷人的傢伙。」

「我所知道的都是從我的客戶那裡得來的。聽說是另一個犯人幹的。」

「另一個神經病，因企圖殺他老母被關了起來。只能坐輪椅上——我希望你聽過這個。」

「有聽說。」

「這是最不可思議的部分，」他說，「如果是我在編《郵報》，老天見諒，我會把那個參議員和他的金屋美人從頭版擠走，我會全版刊登那把輪椅。而且還是一個瘦巴巴的男孩，看起來像個銀行出納員，不過我猜那狗娘養的一定很有點本事。輪椅，操，他就是全身包紮起來也會是一大威脅。」

「確定是他幹的？」

「絕對沒問題。天曉得，他在警衛前面幹的。讓他們看起來蠢透了，居然有這種事就在他們的鼻子下發生，但你有什麼辦法？那個幹你娘的快得像眼鏡蛇。」

「他幹嘛要這樣做，有人知道嗎？」

「所有人做事都有理由嗎？他和喬治顯然在貝勒浮有點小衝突。說不定喬治說了幾句跟岡德他媽有關的話，說得很難聽，像是他媽根本不值得一殺。」

「那是他的名字，岡德？」

「岡德·鮑爾，從瑞奇伍德一個很好的德國家庭出身的。這裡有兩個傢伙，一個殺死了另一個，而兩個人都是歐洲血統。這種事多久才發生一次？就像拳擊賽有兩個白種小孩對打一樣。」

「是有。」

「啊，在有線電視，而且發生在北達科塔州畢斯馬克的退伍軍人會館。我說夠了沒？馬修？因為我有點事在忙。」

「我還有一個問題，」我說，「但我怕你一聽就生氣。」

「我很可能會，但你何不試試看。」

「有沒有任何可能有人藉他把喬治殺了？」

「比方說是中央情報局？他們從他蛀牙填料裡控制他？接下來我猜他們要去殺岡德。你最近是不是奧利佛．史東的電影看多了？」

「依你所說的，岡德．鮑爾不像是傑克．羅比（譯註：Jack Ruby。甘乃迪總統槍擊事件的嫌犯奧斯華落網後，羅比在押送途中當眾槍殺了奧斯華。）。」

「我會這樣說，沒錯。」

「但傑克．羅比也會這樣說。我只是試著去除這種可能性。」

「你想幹什麼，再從他的兄弟那裡擠點錢出來嗎？要他在停車計時表裡再多丟點銅板？」

「我還有另一個客戶。」

「不開玩笑。你不會想告訴我是誰吧？」

「我不能。」

「有意思，」他說，「我還是覺得實情不如你想像的複雜，但我會打電話問問，沒什麼大不了的。」

∞

我走了很久，至少走了一個小時以上，我沒有注意到時間。事實上從開始搜索文件，我就把時間放在腦後。不論有沒有成果，都讓我感到愉快。

但我說不出來我到底掌握了什麼。在我的筆記簿裡我新寫了一頁又一頁，有些是資料，有些是我想記下的想法和猜測，但它們能指出明路嗎？

而且不論它們是否有用，現在還重要嗎？喬治．沙塔基已經死了，他的老弟是對的，沒有什麼可以做的了。要恢復這個可憐混蛋的名譽，就跟那些費了一輩子的時間要恢復理查三世（譯註：英格蘭國王，為鞏固地位，不惜殺掉自己的兄弟及愛德華五世。後人翻案認為理查三世為人殘忍，但並不像都鐸派史學家所形容是個暴君）名譽的神經病一樣無稽。

當然我還有另一個客戶。在我衣櫃的第一個抽屜裡藏了她的五千塊錢——假設這真是她的錢，而且錢還在我放的地方。我現在可沒有心情把所有事視為理所當然。

我又走了幾條街，想要在我的心裡確定是杜．卡普倫要她雇我的，不是我操縱情況造成的，不是我想要這筆錢而藉機會誘她上床。

現在我又多了一件心事，我怎麼會上了她的床，他的床，他們的床。而有幾個鐘頭時間，我們的床。

老天，我還沒打電話給她。很顯然的，我無需送她花，但我應該打電話給她，我應該嗎？如果我沒跟她上床，我可能早就打電話給她了，但我們昨夜共度春宵是否改變了整個情形？可能，昨夜很可能改變了所有的事。

我也還沒有打電話給伊蓮。你早上打來，她說。但我還沒有。我覺得，昨晚雖然過得很不痛快，但並不嚴重，而且我們分手的時候並沒有不愉快，沒有什麼需要特別解決的事。

但現在有了。

我決定一有合適的空檔，我會盡快打電話給她們兩人，但不是在街上，不是在有吵鬧的車聲及音樂聲為襯底的街上。反正現在我不想跟任何人說話。我只想一直走下去。走路是最好的運動。最近所有的權威人士都如是說。只要你走出來，忘記你的憂慮，一直走下去。

對。

∞

我走進第二大道與東十街交口的一家義大利式咖啡館時，已經六點左右了。那地方叫「文藝咖啡」，除了一般有的淺色木椅，大理石桌面的桌子，以及藝術仿製品之外，他們還有幾個落地書架，裡面放著真的書。一個招牌寫著這是為了顧客的閱覽樂趣而設，但你也可以按市價買下。

店裡有另外一個顧客，年紀不過三十來歲，但臉上已經一副飽經滄桑的賭馬客神色。他的桌前有一份折起的報紙，他正拿著一個小計算機算計著。

室內充滿了香菸及新磨咖啡的味道，一道淡淡的、但不會有錯的那種德納布里雪茄的味道盪在靜止的空氣裡。

他們放著古典音樂，聽起來很熟悉但我猜不出是什麼。我問為我帶來雙份義式濃縮咖啡的女侍。她一身黑，一條金色髮辮，一副實用的眼鏡，看起來像個會知道答案的人。

「我想是巴哈。」她說。

「真的嗎？」

「我想是的。」

我一邊啜著咖啡，一邊想我到底在搞什麼鬼。我掏出筆記本，一頁頁翻過，試著從裡面找頭緒。

美國減價資產公司是什麼？最有可能是處理宣告破產後的資產。按照現在的經濟環境，最近這樣的資產一定很多。但格藍．郝士蒙，一個舒舒服服住在約克郡一房公寓的單身漢，為什麼會和這樣的公司私下交易？很可能他撿了一個便宜貨，但他怎麼會進入這樣的市場？而且他從哪裡弄來的錢去買這房子？為什麼會找不到任何記錄？

假設他有現鈔。而美國減價資產公司暗地裡做洗錢的生意。你付他們一箱子的鈔票，然後你賣了公寓，或用最高價把公寓抵押出去，你就可以換來能夠合法報稅的錢。或者是你先抵押，然後他們取消你的抵押，這樣來來去去可以做很多遍。

這樣行不行得通？

就算行得通，為什麼沒有留下官方記錄？如果有人想把髒錢合法化，難道是他們不想留下記錄？

當然他們會給他各種文件，在文件上他要說什麼都可以，國稅局來查的話，絕對看不出任何破綻。但他們怎麼做的，居然能在紐約市不留下任何紀錄？最後，他到底從哪裡拿到的錢？這個狗娘養的？我仍舊一點概念也沒有。

「鮑凱利尼。」

我困惑的抬起頭。

「不是巴哈。」她說，「鮑凱利尼。我像是第一次真的好好聽這音樂，我是說，這聽起來不像是巴哈。所以我去查了，是鮑凱利尼。」

「很美。」我說。

「我想是吧。」

我試著再想格藍·郝士蒙，但我已經失去頭緒。沒用了。我啜著咖啡，一邊聽鮑凱利尼。洗手間對面的牆上有一座公共電話，我的眼睛忍不住停留其上。我終究起身去打電話時，鮑凱利尼的音樂仍在迴盪。

8

「謝天謝地，」伊蓮說，「我一直在擔心你，你沒事吧？」

「當然沒事，你擔心什麼？」

「因為昨晚一切都不對勁。因為我以為你今早會打來。因為喬治．沙塔基昨晚被殺了。」

我對她解釋幾個小時前我才知道此事。「偵探，」我說，「永遠是最後知道的人。」

「我擔心你對這件事的反應。」

「擔心我會因此去喝酒？」

「最主要是怕你心情不好。」

「我覺得好蠢。」我承認，我告訴了她我跟喬．德肯及湯姆．沙塔基的對話。她也同意這整件事滿糗的。

「但你想想看，」她說，「由這件事顯示出你有多麼賣力。如果你只是穿著內衣瞪著電視，或你花點時間好好吃頓早飯看個報紙……」

「我可能跟所有其他人一樣早就知道了。好說，好說。不過我想往後這可不好拿來招攬新客戶。」

「是不能。」

「無論如何，我心裡並沒有充滿罪惡感。喬治的死與我沒有關係，我只是隔了好久才發現罷了。」

「很悲哀，是不是？」

「很悲哀，但不是悲劇，除非你說他的一生都是悲劇。我替湯姆難過，但他會恢復過來。這樣一來，他的生活反而簡單了，而他是一個很實際的人，一定會理解到這一點。他愛他哥哥，但喬治一定是一個很不容易被愛的人。去愛對他的回憶要簡單多了。」

我告訴她湯姆對我說的話，他說喬治一死，他對他的記憶馬上改變了，早年比較愉快的回憶取代了後來的辛酸。我們談了好一會兒。

她說，「你知道，你打來時我正打算出門。在市政廳有一個演講。事實上我們可以在那裡碰面，我相信他們一定還有票，只是你可能會無聊死了。或你想之後跟我見面？但不要在那家『奇怪的狗』。」

「你會從市政廳來，而我想去一個聚會。巴黎綠餐廳怎麼樣？十點一刻如何？」

「好極了。」

∞

「今天好忙，」我告訴麗莎，「喬治・沙塔基被另一個犯人刺死了，我猜你已經知道。」

「今早CNN上有。」

當然。我告訴她一些我在各種政府文件裡找到或找不到的資料。她說杜．卡普倫有打電話來，據我聽起來，他打電話的主要目的是與客戶聯絡，讓客戶高興。

你也可以說我在做同樣的事。

「今天晚上我會很忙，」我說，「明天我再跟你聯絡。」

∞

我打電話時，一本文庫吸住了我的眼睛。那是一本二十世紀英美詩選，我之所以認出來是因為珍．肯恩也有一本。我以為說不定我可以找到羅賓遜．傑佛思有關〈傷鷹〉的詩，但它並沒有收錄。我讀了一首叫〈發光的、該死的共和國〉，作者顯然對人類，特別是美國人評價很低。我又讀了〈荒原〉前面對冷酷的四月做了著名觀察的部分。十月，我想，可以是同樣的殘忍。我讀了其他幾首，然後我讀了一首愛倫．席格寫一次大戰的詩〈我與死亡有約〉。我以前也讀過，但沒有理由不再讀一遍。

這讓我想起在德魏柯林頓公園雕像下刻的詩。我不記得作者的名字，但我從詩名索引裡找了出來。作者是約翰．麥克雷，在紀念碑上的詩引自第三及最後一節。整首詩是這樣子的：

法蘭德斯的田野，吹，

吹過罌粟花穿越十字架，一排，一排，又一排
劃下了我們的地方，天上
那雲雀，仍舊勇敢的吟唱，飛旋
幾乎沒有聽到下面的陣陣槍聲

我們是死去的人。不久之前，我們還活著，跌落，看夕陽的光輝，
我們有愛，我們被愛；
而現在我們在法蘭德斯的田野死去。

繼續我們與敵人的爭鬥
給你，從頹敗的手，我們丟下
火炬。由你高高舉起
如果你有負我們這些死去的人
我們將不能安眠，
縱然罌粟花仍舊開在
法蘭德斯的田野。

我正打算抄下來，忽然想到查一查封面內頁。只要五塊錢我就可以擁有它。我付了書錢咖啡錢就此回家。

我到巴黎綠時已經快十點半了，伊蓮坐在酒吧間喝礦泉水。我說很抱歉遲到了，她說她沒白費時間，正好利用機會與蓋瑞調情。蓋瑞是巴黎綠的酒保，他在夏初宣布他不再躲避世界，同時他以行動表現，一舉刮掉了他那一大蓬從我認得他起就有的大鬍子。

但現在他又重新再留。「是躲避的時候了，」他解釋。「談到躲避有太多的話可說。」

我們到我們的桌前坐下點菜，一大盤沙拉是給她的，我要的則是魚。她保證如果我去聽演講的話，我會憎恨在那裡的每一分鐘。「煩死我了，」她說，「我本來是對這個題目很感興趣的。」

我隨身帶著那本書，我們回到她的住處後，我找出那首詩唸給她聽。

「這是我遲到的原因。」我說。

「你忙著抓住火炬？」

「我沒有直接來，我多走了幾條街，」我說，「我去了德魏柯林頓公園，在一個戰爭紀念碑的底座上刻了這首詩的最後幾行。不過他們弄錯了。」

「什麼意思？」

「他們引用錯了。」我拿出我的筆記本，「這是刻在紀念碑上的：『如果你有負那些逝去的人／我們將不能安眠／縱然罌粟花仍舊開於／法蘭德斯的田野。』」

「難道這不是你剛才唸給我聽的？」

「不完全是。有人把『我們這些』改成『那些』，『死去』改成『逝去』，『開在』改成『開於』。他們用了這首詩的三十四個字，但有三個地方錯了。而且他們也沒有註明作者的名字。」

「說不定是他堅持這樣做的，像一肚子不滿意的劇作家堅持用他劇本拍的電影不能掛他的名字。」

「我不覺得他可能做這樣的堅持。我想他的戰爭在罌粟花下結束了。」

「但他的文字留了下來。這正是我一直忘了問你的事。幾天之前你說了幾句跟麗莎・郝士蒙有關的話。」

「是什麼？」

「說什麼一個比較潔淨，比較綠的少女，但這樣的詞不可能是對的。」

「『我有一個比較端雅甜蜜的少女，在一個比較明淨青綠的地方。』」

「對對對，我想來想去差點沒瘋了。我知道這個句子，但我從哪裡知道的？」

「是吉卜林的句子，」我說，「〈去曼德勒的路上〉。」

「噢，不錯。我知道我從哪裡聽來的了。你洗澡的時候唱過。」

「這事別跟其他人提如何？」

「我不知道是誰寫的。我以為是鮑伯・霍伯與平・克勞斯貝的電影主題曲。是不是有部電影叫這個名字，或是我秀逗了？」

「或是第三個選擇——兩者皆對。」

「說得好。吉卜林啊？你在想什麼，你有沒有心情試一下，吉卜林？」

「當然，」我說，「我們上床小試一下。」

∞

之後，她說：「哇，我得說我們沒有失去一點勁道。你知道嗎，你這隻老熊，我愛你。」

「我愛你。」

「你跟阿傑談過嗎？我希望茱利亞沒有教他如何穿衣。」

「他不會有問題的。」

「你怎麼知道刻的字不對？」

「跟我記得的不一樣。」

「你的記憶力這麼好。」

「這不算，幾天前我才讀過。如果我的記憶力真的好，我應該當時就發現錯了。畢竟我高中的時候讀過。」

19

第二天是星期五，我趕在週末政府機關休假之前，花了一天工夫繼續鑽研各種文件資料，但並沒有增加多少心得。

我在尖峰時間前休工坐地鐵往北去上城。我收到一個留言要我打電話找愛麗諾・楊特。那時將近五點半了，但我還是在她的辦公室找到了她。

她很愉快的告訴我郝士蒙並沒有竊占公司的錢。「當我提到這種可能性時，我的會計師非常驚恐，」她說，「一旦發現並沒發生，他才喘過一口氣來，我不願意想格藍可能是賊，知道他沒有偷我的錢，確實讓我比較安心一點。」

我並沒有考慮他有可能偷公司的錢。我也並沒有想像一個憤怒的愛麗諾・楊特會在地獄廚房與他有死亡之約，一口氣發了四顆子彈射進她雇的律師身上。

她問我有沒有新消息。

不太多，我說。我知道幾件以前我不知道的事，但並不因此增加了我對這整件事的了解。

「我不知道這是打什麼時候開始的？」她說。

我問她什麼意思。

「我老在想，」她說，「難道你不會？有人生來就是罪犯，或是某種可怕的童年經驗啦、後來某種決定性的事件造成的。格藍看起來是這麼樣一個極度正常的年輕人。但他似乎說了很多謊，而且他實際過的生活跟表面如此天壤地別。我忍不住假想他不是被他父親毒打，就是被他的叔伯父性侵。然後有一天他就像卡通人物一樣，頭上冒出一顆電燈泡，說，『啊哈，我要去偷錢！』或是販賣毒品，或是勒索他人。如果我們能知道他到底幹了些什麼事，那就太棒了。」

阿傑也在找我。我呼叫他，他打過來，但我們談的事不宜在開放的電話線上討論，所以我們沒有多談。我聽出來他還沒搞到槍，但他正進行中。

他沒有主動提茱利亞的事，我也沒問。

那晚在聖保羅教堂的演講者是從布朗克斯來的。從事營造業，最主要的是替人裝窗子，他說了一個很好、很簡單的喝酒故事。我的注意力時有渙散，但又被他喚了回來。他非常嚴肅的說：「每一個晚上，我把自己鎖在房間裡，一直喝到人事不省，醉到玻利維亞。」

吉姆．法柏也在那裡，休息時間他說：「你聽到他說的那一句嗎？我以為你得吃了迷幻藥才能讓你神遊四方，但這個傢伙只要喝了克蘭麥桂格就飛到拉巴斯（譯註：玻利維亞首都）了，酒商可以用這句話來做廣告。」

「我猜他覺得這是一種形容，醉到玻利維亞，我的意思是，他並不是一時說溜了嘴。」

「不，他確實想這樣說。呃，以前我常常想醉到玻利維亞，但十之八九只能到克利夫蘭。」

聚會結束後我們說好星期天晚上一塊吃晚飯。我問他想不想來杯咖啡，但他得回家。我想打電話給麗莎，或逕自去找她。但結果我跟聚會的一夥人去了火焰餐廳。從火焰出來時，我仍想找麗莎，但我沒有這樣做，我回家打給伊蓮，確定我們星期六晚上的約會。

之後我看了一會兒CNN，然後關了電視看我新買的詩集，我翻來翻去終於找到一首詩可以讓我沉浸其中。過了午夜我才關燈上床。

這很像試著不喝酒，試著一次做到一天不喝一次。如果我可以試著像這樣不喝波本酒，我應該可以有辦法拒絕麗莎．郝士蒙的誘惑。

∞

星期六下午阿傑打來。他說：「你知道巴士站裡賣貝果的麵包店？」

「熟得像我後腦勺。」

「如果你問我，我說他們的甜甜圈要更來得好。你可以跟我在那裡見面嗎？」

「什麼時候？」

「你說呢？我不要五分鐘就可到。」

我說我需要比較長的時間。差不多半個小時之後，我才跟他一起坐在港務局巴士站一樓的「貝果小吃店」。他一個甜甜圈一杯可樂，我則是一杯咖啡。

「他們的甜甜圈不賴，」他說，「你真的不想來一個？」

「現在不想。」

「他們的貝果太軟了。你吃貝果的時候，你希望嚼起來有勁。如果是甜甜圈，軟一點就沒關係。很怪，是不是？」

「世界是一個神祕的地方。」

「你說得對。昨晚差一點要打電話給你，但實在太晚了。有個哥兒有烏茲要脫手。」

「那不是我想要的。」

「呀，我知道。不過那把槍滿棒的。多一個槍夾，還有一個攜帶的盒子，放槍正好，又便宜，因為他只想賣了槍去嗑藥。」

我試著想像珍拿一把全自動武器對著自己自殺。「我覺得不合適。」我說。

「噢，他現在非賣不可，不然他會拿著它去搶劫。無論如何，我有你想要的東西。」

「在哪裡？」

他拍拍他圍在腰上的藍色帆布腰包。「就在裡面。」他輕聲的說，「點三八左輪，三顆子彈。可以打五發，但他只有三顆。說不定他用了去打人。三顆夠不夠？」

我點點頭。一顆就夠了。

「你知道靠右邊的男洗手間？一兩分鐘後我跟你在那裡見。」

他滑下椅子，離開了貝果店。我喝完咖啡，替我們兩人付了帳。我在男洗手間找到他，他正靠在洗手槽邊，對著鏡子檢查他的頭髮。我走到他旁邊洗手，此時有個傢伙正解手完畢離開。等他一出門，阿傑解下圍在腰上的包包交給我，「你瞧瞧。」他說。

我走進一間廁所。那把槍是迪安斯坦克五發左輪，槍把帶花紋，槍管有兩吋。聞起來好像從上次用過後就沒清理。前面被銼掉了，彈匣是空的。但包包裡有三顆子彈，每一個都單獨用衛生紙包起來。我打開一個，確定子彈可以裝進彈匣，然後退下子彈重新包好。我把子彈裝我的口袋，槍插在背後底端的腰帶下面。只要它沒滑下來，我的夾克一定可以遮得住。

我走出廁所把藍色腰包還給阿傑。他問出了什麼問題，但馬上發現重量不一樣，包包已經空了。他說，「大哥，難道你不想要那個腰包？可以用來擺槍。」

「我以為那是你的。」

「這跟那貨一塊來的。在這兒。」

我回到廁所，把槍及子彈一起放進腰包，調整帶子的長度，以便能夠掛我的腰圍上。現在這把槍比插在我的腰帶上時安穩多了。門外，阿傑對我解釋這樣的腰包逐漸變成警匪兩道偏好的武器包。

「我相信是警察先開始的，」他說，「你知道他們下班之後還是得帶槍？只是他們不想讓槍的重量把口袋墜沉，或壓壞了西裝的剪裁。那時候很多人都用手提包，但那很像是女用皮包，而且你帶那種手提包，你就有可能放下來忘了背回去。像這種腰包，到處都有賣，你帶在身上一點感覺也沒有。打開拉鏈，隨時可以開槍。而且又便宜，不過十塊十二塊錢。當然你可以買皮的，那就比較貴一點。我看過一個賣毒品的，帶一個鰻魚皮的，那是魚還是蛇？」

「魚。」

「不知道還可以拿魚皮當皮件，而且不少錢呢。我猜如果你夠蠢，你也可以拿鱷魚皮來做。」

「大概吧。」

我問起茱利亞。「她好奇怪，」他說，「你想她有幾歲了？」

「有幾歲？」

「你猜猜看，你想多大？」

「我不知道，十九或二十。」

「二十二。」

我聳聳肩。「嗯，我猜得差不多。」

「她看起來好年輕，」他說，「但有時候她又顯得老。前一分鐘她是這麼樣的一個小女孩，你想要保護她讓她安全。下一分鐘她是你的老師，要罰你留校。她知道好多事，你知道？」

「我敢打賭她一定是。」

「但不是你想像的。她知道各種的事。她身上的睡衣就是她自己做的，你敢相信嗎？也是她自己設計的。她有很多方法都可以賺錢。她並不需要在十一大道上跟人在車上搞。當然她現在急需要錢。」

「你怎麼樣？」

他的眼睛警覺起來。「我怎麼樣？」

「我只是想知道在錢這方面如何。你買槍沒虧錢吧？」

「呀，沒問題，買得便宜。我唯一花的錢是花在我非得買的毒品上。」

「什麼毒品？」

「嗯，你想在公園裡混，你想要問一堆問題，別人得確定你很上道，最好的辦法是買毒品。他們在你身上賺到錢，他們就有理由喜歡你。」

「你花了不少錢嗎？因為我應該還你錢。」

「不需要，我沒虧錢。」

「你是什麼意思？」

「我的意思是我買了又賣了出去。有盈有虧。全部加起來，我還賺了一小筆。」

「你賣毒品。」

「嗯，狗屎，你要我怎麼辦，我又不用。但我也不會把它丟掉，那跟丟麵包一樣。我不是買賣毒品的，就跟我不是買賣槍枝一樣。我唯一想做的是偵探，但如果我非得要買這種狗屁，我不如把我花的錢搞回來。我有什麼地方錯了嗎？」

「我猜沒有，」我說，「你這樣解釋，就什麼錯都沒了。」

8

在旅館房間，我拆開槍擦乾淨。我沒有合適的工具，棉花棒及三合一油倒也聊勝於無。我處理好之後，把槍跟那五千塊錢一起放同一個抽屜。我一直想把錢放到我的保險箱，但我錯過了時機，現在只有等星期一了。

我打開電視機又把它關上，然後拿起電話打給珍。「我想我會拿到我們討論過的物件，」我告訴她。「但在我拿到之前，我想要確定你是不是還要它。」她向我保證她沒有改變。「下個禮拜結束前，我應該就會拿到。」我說。

我掛了電話檢查抽屜，好像當我打電話時，那把槍會神奇的消失。沒有這麼好運氣。

∞

那天晚上我把我跟阿傑大部分的對話跟伊蓮重新說了一遍，當然跟槍有關的我略過不提。我告訴她阿傑如何代表我買賣毒品，以及他好像跟一個將要做手術的雙性人發生了某種關係。

「他是被她弄得神魂顛倒，」她說，「還是被驚嚇住了。你知道他到底有多入迷？如果有一天他也搞個胸部出現，我們該怎麼辦？」

「你說得太誇張了，他只是在實驗。」

「他們發展曼哈頓原子彈計畫時也是做實驗，你看看廣島變成什麼樣子。到底怎麼回事？他們已經算一對了嗎？」

「我猜她可能帶他上床，讓他嘗嘗歡娛的滋味。我猜這個新經驗使他感受極深，頗受震動。但這不表示他會一路跑到最近的診所去做電子拔毛，或是接受荷爾蒙注射。或是他們倆將要住在一起一塊去挑選窗簾。」

「我想是吧。你曾經試過嗎？」

「挑選窗簾？」

「我不是說這個。你試過嗎？」

「據我所知沒有。」

「據你所知沒有？難道你可以做這種事，而你本人不知道？」

「嗯，當你喝酒喝到了玻利維亞，各種奇怪的事都可能發生。我做了很多事我都不記得了，所以我怎麼敢確定我跟誰做過？如果那個女孩已經做過手術，而且那個外科醫生動了很好的手術，你怎麼可能分辨？」

「但據你所知你從沒做過。你會做嗎？」

「我已經有個女朋友了。」

「嗯，這只是個假設。我不是代表茱利亞向你示意。你對她的感覺怎麼樣？你想要跟她做嗎？」

「我從來沒想過。」

「因為你有一個比較明淨，比較青綠的少女在比較端雅比較甜蜜的地方，我又把它說反了，是不是？一個比較端雅甜蜜的少女。我會有機會見到茱利亞女士嗎？或是我得到十一大道上去走走？」

「沒這個必要，」我說，「我確定他們會邀請我們參加他們的婚禮。」

8

我在伊蓮那裡過了星期六晚上。星期天早上吃完早飯我就回我的旅館，關掉了轉接。我查過抽屜，確定錢跟槍都還在那裡，然後我就打電話給珍。

我說：「一個小時之內你會在家嗎？我想來一下。」

「我會在。」她說。

半個小時後我站在利本斯納德街的人行道上，等著她把鑰匙丟下來。我戴的那個藍色腰包拉鏈是拉上的，我並不準備跟人拔槍相向。

我一下電梯她就注意到那個包包。「很時髦嘛，」她說，「而且很實際。我從來不覺得你會用那種腰包，但這很方便，是不是？」

「這樣我的手就不會被占住了。」

「而且藍色是你的顏色。」

「也有鰻魚皮做的。」

「我不覺得那種對你合適。進來吧。來杯咖啡？我剛剛才煮了一壺。」

她看來並沒有改變。我不知道我期望看到什麼樣的改變，我們只不過一個禮拜沒見。我第一眼看她，她的頭髮似乎更灰了，但這是因為在我的記憶裡她的髮色比較深的緣故。她端出咖啡，我們坐那裡試著找話說。我記起星期五的演講人，告訴她他如何把自己醉到玻利維亞，我們就此說起這些年來在戒酒聚會聽到的各種不倫不類的比喻，以及出人意表的形容，終於我們熬過了一杯咖啡。

靜下來的片刻我說：「我替你帶來了。」

「你帶來了？」

我拍拍腰包。

「老天，」她說，「我沒想到要猜你那個袋子裡放了什麼。照你昨天說的，我以為你還需要大半個禮拜時間才能拿到。」

「我打電話來時已經拿到了。」

「哦？」

「我希望你告訴我你不想要了。」

「啊。」

「所以我在拖延。至少我想我在拖延。我也不是很確定自己在做什麼。」

「有誰不是這樣呢。」

「你對槍了解多少，珍？」

「你一扣扳機，子彈就射出來。我了解多少？我什麼都不知道。有很多事我需要知道嗎？」

我花了半個小時教她一些手槍的基本常識，教一個可能自殺的人如何安全使用槍械不能不說是滿荒誕的，但她似乎並不這麼想。「如果我要自殺，」她說，「我不想意外身亡。」我告訴她要怎樣使用彈匣，如何上膛退膛。我確定槍裡沒有子彈，然後教她如何確定槍裡沒有子彈，最後我告訴她當時候到了，她該如何擺槍。我所建議的是警察一向偏好的法子，屢試不爽，通稱吞槍。槍管含在嘴裡，頭往後，子彈經過上顎直穿入腦袋。

「這樣就搞定了。」我告訴她。「這些子彈是點三八口徑，中空端尖，當它們射中時會擴大。」我一定忍不住顫抖了一下，因為她問我怎麼回事。「我見過做這樣事的人，」我說，「會很不好看，破壞人的臉部。」

「癌症也會。」

「一個小一點的子彈不會造成這樣的傷害，但有可能會錯過一個重要的部分——」

「不，這個比較好，」她說，「我幹嘛在乎我看起來如何？」

「我在乎。」

「噢，寶貝，」她說，「我很抱歉。但槍的味道一定很可怕，是嗎？插在你的嘴裡。你曾經做過嗎？」

「很多年沒發生了。」

「以前你——」

「曾經考慮過？我不知道。我記得一天晚上，很晚了我還坐在西歐榭區的那棟房子裡，安妮塔已經睡了。顯然的，那時我還沒離婚，而且還是個警察。」
「而且還酗酒。」
「那是不消說了，是不是？安妮塔在睡覺，孩子們也在睡覺。我在前面的房間，把槍插在嘴裡看是什麼感覺。」
「那時你是不是很沮喪？」
「也不見得。我喝醉了，但我並不覺得特別頹喪。如果我在開車，說不定我會燒斷了電路，但見他的鬼，我一向是這樣開車的。」
「而且從來沒發生意外。」
「噢，有幾次，但都不嚴重，我也從來沒有因此招致麻煩。一個警察大概撞死了人才會被告酒醉駕駛。雖然我喝醉的次數不少，但我從來沒有被抓過。現在想想看，我得說離開警務搬到城市來可能救了我的命，因為我不再帶槍，我也不再開車，而不論是帶槍或開車都遲早會置我於死地。」
「告訴我你把槍放在嘴裡的那個晚上。」
「我不知道還有什麼好說的。我記得那種味道，金屬和槍油的味道。我在想，這就是你會有的感覺。然後我在想，如果我要做，我現在就可以動手，但我不想做。」
「你就把槍從嘴裡拿出來。」

「我就把槍從嘴裡拿出來，而且再也沒有這麼做過。我曾經想過，你知道一個人單獨住在紐約，喝醉又醉到谷底。但我不再有槍。不過住在城裡，有很多其他的機會自殺。最簡單的是不做別的，就這樣一直長醉不醒。」

她拿起槍，在手上翻過來。「好重，」她說，「我沒想到會這麼重。」

「人們老是為此感到驚奇。」

「我不知道為什麼我沒想到，這是金屬，當然應該相當沉重。」她把槍放桌上。「這個禮拜我過得很好。」她說，「相信我，我並沒有急著要用它。」

「我很高興聽你這樣說。」

「但有它在這裡我就安心了。我知道當我需要它的時候，它在這裡，我覺得這讓我很放心，你能了解嗎？」

「我想是吧。」

「你知道，」她說，「當別人發現你得了癌症，你再也躲避不了。我並沒有到處告訴別人，但我去聚會的時候，不免談到發生在我生活裡的事。所以有很多人都曉得了。而且當他們一旦曉得你的醫生放棄了你，你已經無藥可醫，他們就對你提出各式各樣的建議。」

「什麼樣的建議？」

「從全自然飲食到麥草汁，從藉祈禱之力到用水晶治療。建議你去墨西哥的異人診所，建議你去瑞士來個全身大換血。」

「噢，耶穌基督。」

「我忘了基督了，但他的名字也常常被提起。每個人都有熟人只有十五天好活，但現在他們在那裡砍木頭，跑馬拉松，都是因為試了什麼仙丹，而且居然有效。我不是說這些都是狗屁，我相信有時候有些東西是有效，我知道有時候奇蹟也會發生。」

「在戒酒聚會裡你常可以聽到這一句——」

「『不要在奇蹟發生前的五分鐘殺死你自己』，我知道，我並不打算這樣做。我相信奇蹟，但自我戒酒後，我相信在我身上可以發生的奇蹟已經發生過了。我不期望還會再發生。」

「你永遠不會知道。」

「有時候你知道。但這是我想要說的。有很多人想要幫助我，他們每個人給我一些東西，但都沒有用處。而你給我的這一樣我將會用到它。」她再拿起槍。「很可笑，是不是？難道你不覺得很可笑？」

∞

一早太陽滿地，但當我離開珍的統樓時，天上已經烏雲密布，一個禮拜前我在大雨之中奔回家，現在至少還沒有開始下雨。

回到旅館後，離我去跟吉姆吃晚飯還有整整五個鐘頭。我想到一個消磨這段時間的辦法，我抬頭看著電話。

像是試著不喝酒，我想。你試著一小段、一小段時間克服，一次克服一天，一次克服一小時，一次克服一分鐘。你不拿起電話來，你不打電話給她，你不到她那裡去。

沒有什麼困難的。

大約兩點的時候我伸手拿起電話。我不需要查號碼。當她丈夫錄下來的聲音流出來時，我想到另一段從墳墓裡傳來的文字，是約翰．麥克雷的。如果你有負我們這些死去的人……

我說：「我是馬修，麗莎。你在嗎？」她在，「我想過來幾分鐘，」我說，「有幾件事想對你說。」

「噢，好的。」她說。

∞

我從她的公寓直接去餐館。我先淋過浴，所以身上應該不會留下她的味道。在我的衣服上說不定會有，或是在我的心上。

絕對在我的心上，而且好幾次我幾乎要告訴吉姆。我可以告訴他的。輔導員所扮演的角色之一是不做價值判斷，是平心接受懺悔。「我今早勒死了我的祖母。」你可能這樣說。「她大概早就預知你會這樣做了。」他會如此回答，「最重要的是你不要酗酒。」

∞

我也沒有告訴米基。如果我們好好的談一個晚上，我很可能會告訴他。在聖克萊爾的「大書聚會」完畢後，我走路陪吉姆回家，然後我就去了葛洛根。我們一見面米基就說我們沒辦法一起看太陽升起。

「除非你想跟我一塊開車去農莊，」他說，「幾個小時之內我要上路。我必須趕去看歐馬拉。」

「有什麼事嗎？」

「沒什麼，」他說，「只不過羅森斯坦覺得歐馬拉可能快死了。」

羅森斯坦是米基的律師，歐馬拉和他太太是米基在歐斯特郡田產的共同管理人。我問歐馬拉是不是病了。

「他沒病，」米基說，「他也不該病，你看他過的生活，每天在室外呼吸新鮮空氣，喝我的牛產的奶，吃我的雞生的蛋。他已經活了六十年，再活六十年也該不成問題。我對羅森斯坦這樣說，但他說，如果他死了你會在哪裡？」

「你可以雇別的人，」我說，「噢，等一下。記錄上誰是地主？」

他的微笑裡沒有一點喜氣。「就是歐馬拉，」他說，「你知道我什麼都沒有。」

「有你身上的衣服。」

「有我身上的衣服，」他同意，「但再沒別的了。葛洛根的租約上是別人的名字，另一個人擁有這棟建築。從法律上來說，就連車子也不是我的，至於那個農莊屬於歐馬拉跟他太太。一個人不能擁有任何東西，不然那些雜種就會從他的手裡奪去。」

「你一直這樣子行事，」我說，「至少從我認識你起，你從來沒有任何資產。」

「而且我做得很妥當。去年他們辦那個案子的時候，他們伸出手來，就想奪走任何他們可以找到的資產，感謝上帝及羅森斯坦，他們的案子沒辦成功，但他們在辦的時候，很有機會搶了我的資產賣掉，那是說如果我很不幸名下有任何資產的話。」

「所以歐馬拉那部分有什麼麻煩嗎？」

「噢，」他說，「如果歐馬拉死了，而且他太太也死了，不過女人好像長生不死——」

這可不見得，我心裡想。

「——那麼我的農莊怎麼辦？歐馬拉夫婦沒有小孩。他有一個侄兒和侄女在加州，而她有一個兄弟，是一個在羅德島的教士。誰可以繼承農莊必須看他們夫婦哪個後死，但遲早我的農莊會留給那個侄兒侄女，或是那個教士。而羅森斯坦想要知道，我要怎麼告訴歐馬拉的繼承人農莊是我的，很歡迎他們來餵豬收雞蛋，但我想用的時候我就要用它？」

羅森斯坦建議好些方法來保住他的農莊，從製造一份不註日期、未經註冊的財產轉移書，到在歐馬拉的遺囑上附加一筆。但如果聯邦調查局的人對此仔細研究的話，他們很可能看穿，將它視為一團法律煙霧。

「所以我要去跟歐馬拉談談，」他說，「雖然我不知道要跟他說什麼。『請你好好照顧自己，老兄，不要吹了涼風。』其實我知道答案是什麼。你必須一無所有了此一生。」

「你已經這樣做了。」

「我沒有，」他說，「就像羅森斯坦說的，只是一團法律煙霧。不論你有什麼，有文件證明的或祕密保留的，別人都可以從你的手上拿走。」他看著他握的杯子，喝下威士忌。「但如果你操他媽的不在乎，」他說，「我想你就不會有問題。天曉得，如果歐馬拉他媽的侄兒弄到了我的農莊，我會從他那裡買回來。或是另外買一個，或是索性不要了。失去的東西倒也罷了，如果你戀戀不捨那就麻煩大了。像我現在開個半夜車趕去，就是怕歐馬拉可能會死，其實他一輩子都沒生過病。」

「印第安人說人類並不擁有土地，土地屬於偉大的精靈。人類不過是借用罷了。」

「我們怎麼說啤酒的？你不能擁有它，你不過是去租的。」

「你也可以這樣說咖啡。」我站起身來。

「或是所有的資產，」他說，「所有的事。」

20

星期一整天都在下雨。我前一天晚上回家時雨暫時停了，但我一覺醒來，大雨傾盆而下沒完沒了。

我一直沒有離開旅館。我剛搬進來時，走廊邊有一個咖啡店，但幾年前就已休業，之後換過好幾個房客，現在這個賣女裝。

我打電話給晨星，叫了一客很大的早餐，送外賣的小孩看起來像是隻淹死的老鼠。我吃過早飯開始打電話，一打就是一整天。我打了一通又一通，當我沒跟人說話，沒等人接電話，或沒敲我的手指等人打回來時，我就瞪著窗外想下一個該找誰。

我花了不少時間追查郝士蒙公寓的前任屋主——多線圈製造公司。經過多方挖掘，我發現這個公司的執照是在開曼群島發的，換句話說，我根本不可能穿透重重帳幕一探究竟。

公寓經理對多線圈也所知無幾。她從來沒有遇見任何跟這個公司有關的人，或任何在郝士蒙搬進去之前住的房客。她的印象中，郝士蒙是第一個真的住進去的人，但她對此並不確定。她也不經手這一間，或任何一間公寓的買賣。他們曾有一個房地產掮客，把一間沒賣出的公寓當辦公室，但所有的公寓早就賣光了，那個房地產掮客也早就離去。她說不定可以找到那個掮客的名字，以及那個不知道還有沒有在使用的電話號碼。我想要她這樣做嗎？

結果那個號碼早已無效了，但要找到正確的號碼也不難，只要打給查號台就行了。困難的是要從那個房地產仲介公司找到任何知道那座大樓的人。所有經手過那座大樓的人一個一個都已經離開了。

「我們應該有人可以幫助你，」一個聲調愉悅的年輕人告訴我。「請等一下。」我等他，而他給了我一個名字及號碼。我打電話去找凱瑞．伏加，花了幾分鐘等待，又換來一個新的電話號碼。後來我終於找到她，凱瑞．伏加跟那個引我去找她的年輕人一樣有種極其愉悅的聲調。我感覺這一定是他們職業要求的一部分。她對那座大樓記得清清楚楚，她也該如此，因為她在那裡住了一年半。

「我們像吉普賽人，」她說，「從事我們這行的都是。這樣的生活好混亂，不是每個人都能做得久。你做一棟大樓，你就選一間公寓住。這是給你的好處，你不用交房租，但你得一直在那裡，任何人感興趣時，你都可以安排時間帶他們去看。你可以選一間最好的公寓精心布置，因為這樣能產生很好的心理效應，便於有意購買的客戶想像他們住在那裡的情景。你租很好的家具，牆上掛了不錯的藝術品，雇了清潔公司每週清理一次。不知道有多少次你帶著他們看遍整座大樓，然後他們說，我想要你的那一間。最後你交易成功，賣完公寓，打道離開。」

她在郝士蒙那棟大樓曾經住過五間不同的公寓，有三間跟郝士蒙的在同一邊，每一間都從她的手中賣出。她記不清楚多線圈公司這名字，但她記得那間公寓。我不知道那間公寓有什麼可被記得的，因為她既沒有住過那裡，那間跟在它之上之下的任何一間又都大同小異，但我不是幹這行的，我怎麼會曉得？

她現在記起來了。一個男人單獨一人來看公寓。他看起來像外國人，但她說不出他是歐洲人或南美人。他長得高瘦暗膚，總共沒說幾句話。她匆匆忙忙做完促銷介紹，沒帶他去看所有的設備，因為他讓她覺得好緊張。

而且你必須相信你的直覺，這個工作有它危險的一面。至少對一個女人來說。因為總有男人想跟你調情，這倒也罷了，雖然很惹人討厭，但你過一陣子就習慣了，但有時候不是簡單的調情，不是說說罷了，而是轉為行動，有時候甚至是強姦。

因為對他們來說很容易。你只有單獨一人，你在你自己的公寓，公寓裡甚至有張床，挺容易刺激他們產生這樣的想法。同時大樓最多不過住個半滿，所以沒有人在那裡聽見你尖叫。更別提他們根本聽不到你，因為在比較好的大廈，促銷的賣點之一就是安靜。那些公寓完全隔音，對一個有意的強姦犯這豈非再好不過的機會？

到目前為止她的運氣不錯，但她認得有不幸遭遇的女人。這個傢伙讓她抽口冷氣，如此的安靜警覺，但什麼事也沒發生，他沒有對她表示任何興趣。他離開之後，她以為她再也不會見到他。

她是再也沒有見到他。從那時起她唯一遇見的是他的西裔律師。律師沒有任何口音但他的姓是西班牙文，不，她不記得他的姓。是葛西亞？還是羅德里奎茲？她只記得是一個很普通的西班牙姓。她也不記得買主的姓，她覺得她從來沒有聽到過，不然她可能會猜出他是南美人或是歐洲人，是不是？從姓就看得出來？

她很確定的是，從沒有人告訴她那家名叫多線圈的製造公司，且別管這個公司是什麼。你看，任何人都可以買一棟公寓，這不像那種由每家住戶合作經營的大廈，你必須接受住戶委員會約談，讓他們確定你是一個本本分分的人，不會搞狂歡派對，擾亂安寧，也不會在大樓裡成為不受歡迎的對象。住戶委員會可以用任何理由，甚至沒有理由就拒絕你。他們可以用對一般地主或私人賣家不合法的標準歧視你。像是東城就有一家連尼克森都沒被接受，真是天曉得。

但這種公寓又不同了。只要你有口氣，只要你的支票能兌現，你就能買一棟，其他住戶不能把你踢走。而且你一旦買下，你可以再租出去，但許多由住戶經營的大廈就不允許這種情形發生。所以這類的豪華公寓，特別受到想要在美國做安全投資的外國人歡迎。反過來說，他們也很受賣家的歡迎，因為他們並不期望賣家幫忙安排貸款購買，在他們的買賣契約裡通常也不包括要先申請到分期付款的但書。通常他們開張支票，或一舉用現鈔全部付清。

這正是那個買主做的事。她記得交接的那一天，因為那天一個人也沒有來，甚至於多線圈的律師也沒來。他叫一個信差把支票送過來。

現在想想看，她到底有沒有遇見過那個律師？他們在電話上談過幾次話，她心裡有一幅他的影像，就像電視影集《邁阿密風雲》裡的那個警官，但她真的看過他嗎？

她不記得房價是多少，但她可以估算一下。同一級的公寓價格並不一樣，樓層愈高愈貴——在那層樓上的那級公寓大概是要三十三萬吧？嗯，加減個一萬，一萬五，但無論如何很接近了。

可能三分之一是買那個景觀，好壯觀不是？你不在乎坐在那裡等顧客上門，因為望出去太好看了。她喜歡住那裡，雖然剛開始時她對那附近並沒多大好感，但等熟悉後就好多了。

「過街有個地方，」她說，「棒極了。吉米・阿姆斯壯？從外面看起來沒什麼，其實很不錯，菜又好，他們燒的墨西哥辣豆不是蓋的。桶裝啤酒更好，你應該去試試。」

我跟她保證我會去。

∞

我打電話給伊蓮。「我知道你會在家。」我說。

「不過我出去過了。我去了健身房，那裡叫不到一部計程車，我有個塑膠防雨鞋套，又有一把傘，但我來去仍然完全淋濕了。我猜你在家對嗎？」

「而且我也不打算出去。」

「好，因為這場雨一時不像會停。如果我住在較低層，我就要開始造方舟。」

我告訴她我所知道有關多線圈的事。「外國錢，」我說，「很難說到底從哪裡來的。也不知道究竟是有一個主要投資人，或是有一群。買公寓是很好的投資，既可以用來對付通貨膨脹，也可以轉一些資金出來，防止在他們國內的政經風暴。」

「不論他們的國家在哪裡。」

「不過這大概不是他們考慮的重點，因為他們的公司是在開曼群島註冊的，在此地又有美金戶頭。但你可以把公寓出租，還是很好的投資。不像是旅館，通常限定最少要租幾天，有些在休假區的公寓降到最少租三天，但在紐約，一般要租一個月，或更長的時間。」

「郝士蒙的大樓呢？」

「一個月，但這跟多線圈無關，因為他們從沒有出租過。格藍和他太太——」看我如何避免提到她的名字——「是第一對搬進去住的人。」

「當時他們只結婚了一個禮拜？我打賭他們一定給這個公寓一個大大的洗禮。」

「多線圈付的是現鈔，」我說，「他們送來支票一次付清。」

「所以呢？」

「所以他們怎麼失去這棟公寓的？我原來以為是付不出分期付款，但這與他們的情況完全不符。有時候公司會用它的資產來償付債主，但這是開曼的外圍組織，他們會有什麼樣的債主？」

「他們的律師可能會告訴你。」

「他們能但他們不會這樣做。何況我不知道律師是誰。她不記得他的名字。文件上應該會有，我會試著去找，但就算我居然找到他，他也不會告訴我有用的消息。多線圈，你知道我覺得聽起來像什麼？」

「像繞著圈子打轉。」

「像一輪裡面還有一輪。」我說。

「他們是誰重要嗎？或他們怎樣失掉公寓重要嗎？我的意思是，如果你調查我，你會想知道在我之前誰住這裡嗎？」

「這不一樣，」我說，「多線圈製造公司說不出來的不對勁，美國減價資產公司也是一樣，而且天曉得，就別提郝士蒙了。每一件事都這樣奇怪，你必須假設其間一定有關聯。」

「我猜你是對的。」

「我有種感覺線索就在我面前，」我說，「只是我還看不出來。」

∞

我打電話給喬・德肯。「一小時前我也在找你，」他說，「我打給你兩三次。你的電話老是在占線。」

「一整個早上我都在用電話。」

「嗯，希望你現在可以安心了，岡德・鮑爾並不是國際陰謀組織派出來的間諜。我的運氣好，跟我說話的傢伙說有多客氣就有多客氣。我知道他想當面恥笑我，但他控制住自己。據他說，岡德與喬治結的梁子有夠深。他並非受制於人的導引飛彈，除非是上帝要他幹的，不能說沒有這種可能，但他只聽上帝的，可不接受任何中間人的命令。」

「反正我也不太相信他是受命殺喬治。」

「不，但你還是覺得值得查一查，你是個頑固透頂的狗娘養的，但你並不笨。」
「謝了。」
「你以為是有人藉他之名去滅喬治之口，對不對？」
「嗯，喬治從來不多話。有人想這麼做讓這個案子了結。」
「這個案子已經了結了，確定已經關門大吉了。但如果你還以為有人在瑞克裡頭暗中出手——」
「這不是沒有發生過。」
「噢，當然，但這不是普通人可以辦到的。你不能去選堂課，『如何在監獄內安排暗殺』。這門課很可能大受歡迎，只是還沒人開過。」
「的確沒有。」
「所以你猜想這檔子事牽涉到某些有辦法的人。你一定發現郝士蒙有問題。」
「沒錯。」
「他做了什麼？」
「從外國人那裡買了一棟從沒人去住的公寓。」
「哼，老天，聽起來真詭異不是？」
「為什麼一個外國人會買一棟公寓，既不去住也不出租？你想為什麼？」
「我不知道，馬修，誰知道一個外國人在想什麼？為什麼一個外國人會想幹警察？」
「哦？」

「你沒在報上看到？有人建議不需要是公民也可以做紐約市警察。」

「真的嗎？為什麼會有這樣的建議？」

「讓警察局更能代表市民群眾。別誤會，我覺得這是很值得進行的目標，但用這種辦法未免太過分了。你應該去聽聽警察工會代表的說法。」

「我可以想像。」

「『索性做絕了，』他說：『何必還需要綠卡？為什麼不乾脆所有的非法移民都行？那些游過來的墨西哥人？索性在格蘭河張貼一張布告——你也可以當警察。』」他簡直火力全開。

「嗯，這個主意的確很不尋常。」

「這個想法很糟，」他說，「而且不會達到他們的目的。你記得他們取消過對身高的要求吧？原來的想法是藉此吸收較多的西裔警察。」

「有沒有成功呢？」

「沒有，」他說，「當然沒有。結果吸收來了一大堆義大利矮子。」

∞

我打電話給郝士蒙以前的房東，是郝士蒙認識麗莎時住約克郡的屋主。我在城裡一本老市區姓名地址簿裡找到郝士蒙的地址，然後從房地產記錄裡找到房東的姓名和地址。不見得總是這樣容易，很多地主藏在大公司後面，就像多線圈一樣難以穿透，但這個傢伙並不是。他擁有那棟樓房，跟他太太住在樓房的十六間公寓之一，而且自己親自管理那些公寓。

他記得郝士蒙，看起來自從郝士蒙從懷特平原搬回紐約市之後就一直住在那裡。房東朵索瑞茲先生對郝士蒙只有好話，他準時付房租，從不做不合理的要求，也從未跟其他房客有爭執。他很不願意失掉像他這樣的好房客，但他並不奇怪。那間位在四樓的公寓一人住都嫌小，更別提兩個人。但實在太驚人了，在郝士蒙先生身上竟然發生這種事，實在是一大悲劇。

8

午後我打電話給樓下的熟食店要他們送咖啡及一些三明治上來。十五分鐘後我完全沉入思考，以至送三明治的敲門聲讓我結結實實嚇了一跳。我食不知味吃了該吃的午餐，接著又回去打電話。

我打電話給紐約法學院，找了好些人談過後才確定郝士蒙在那裡上課的時間。沒有人記得他，他在那裡的記錄顯示他是一個表現平常的學生。他們有郝士蒙畢業後去懷特平原工作的那家公司名字，也有他的地址，哈區森大道偉視公寓。但他們有的資料到此為止，他懶得通知他們最新的訊息。

威徹斯特的查號台並沒有列出那家法律事務所：肯恩／貝斯羅／傑斯派森／瑞德的名字，但在律師這一欄下，她找到了一個麥克·傑斯派森。我打到他的辦公室，但他出外吃中飯了。我暗想，這種天氣還出去用餐？難道他不能叫熟食店外送點什麼吃的嗎？

我可以打電話去偉視公寓，但我想不出來有什麼好問的。雖然如此，要阻擋我這麼做還真不容易。紐約警察局有一句常用的話，至少以前很常用。他們在警官學校如此教新生，而且你還常常可以在警探偵緝隊上聽到。一言以蔽之，GOYAKOD，就是「抬起屁股敲門去」（Get Off Your Ass and Knock On Doors）。

你聽人說大部分的案子因此而結案，其實這並不正確。大部分的案子是自己了結的。太太打電話來通報她剛剛一槍殺了她丈夫，強盜跑出了便利商店一頭撞上才下班的巡警，或分手的男友藏了一把刀在床墊下，刀上沾著那女孩子的血都還沒乾。在需要偵查的案子裡，大部分經由收到與案情有關的消息而結案。如果說一個工人跟他的工具一樣好，你可以說一個警察不會比他的線民來得更好。

但有時候一個案子並不自己解決，而且也沒有人願意出來指認惡人，或證明好人的清白，此外，告密的人像其他人一樣也會說謊話。這時候就需要警察真正出力調查才能破案，這就是要「抬起屁股敲門去」的時候。

這正是我現在做的事。我正從事一項在天氣惡劣時幹的抬屁股敲門去的活動。我坐在我的屁股上一通一通打電話，在打一場解決格藍·郝士蒙死亡之謎的消耗戰。問題是有時會變成不知所終的機械化行為。你其實已到盡頭了，但你往往不想面對現實，還不斷試著找出自己錯在哪裡，你只是不斷的敲門問話，暗中感謝有數不盡的門可敲，感謝你可以不斷的保持忙碌，告訴自己你在做有用的事。

所以我沒有打電話給偉視公寓。但我也沒有把號碼丟掉。我留手邊，萬一我沒有門可敲的時候再打。

當我找到麥克・傑斯派森的時候，他極其驚訝格藍・郝士蒙已經死了。他知道這件謀殺案，但並沒有多留意。這件謀殺案畢竟發生在離他很遠的街上。而且郝士蒙在他過去的事務所上班也是好幾年前的事了。不論如何，被害人的姓名並沒有挑起他的回憶。

「當然我記得他，」他說，「我們是一個小事務所。只有幾個律師及兩三個法務祕書。郝士蒙人不錯。他比一般的法學院畢業生要大幾歲，但只大幾歲而已。我對他的第一印象是他是一個自發自動非常積極的人，但結果他比我想的要缺乏野心。他做他份內的事，但他並不打算征服世界。」

他說的話就跟愛麗諾・楊特說的一樣。開始時她看他是繼承人的可能人選，之後發現他缺乏上進的動機。但畢竟他把他自己衝上了二十八樓。現鈔加上公寓，他留下的遺產遠遠超過五十萬。想想看如果他有點野心的話，不知道他會有怎樣的成就。

「說不定他剛好在不該在的地方，」傑斯派森說，「他離開時我並不驚奇。我從來不覺得他會留下。他那時單身，又不在這個區域長大，所以他留在懷特平原做什麼？倒不是說他生來就是個紐約客。他是從中西部來的，是不是？」

「賓州。」

「嗯，那不在中西部。但他也不是從費城來的。如果我記得不錯，他是從小地方來的。」

「我想是愛爾圖納。」

「愛爾圖納。紐約充滿了從愛爾圖納來的人。但懷特平原可不。所以我對他的離去並不驚奇，而且就算他沒走，幾個月之後他還是得離開。」

「為什麼？」

「事務所關門了。很抱歉，我以為你已經知道了，其實你沒理由知道。不過跟郝士蒙沒關係，而且我不相信他看到這樣的預兆，我不相信有這樣的預感，我自己當然也看不到。」

我問他有沒有其他的人我該去談談。

「我想我對他的了解跟其他人差不多，」他說，「但你為什麼要調查？我以為你們已經抓到人了。」

「只是例行公事。」我說。

「但你們已經找到人了不是？如果我沒記錯，是一個無家可歸的神經病。」他哼了一聲。「我原來想說他該留在懷特平原的，不過我們的街上也不安全。很不幸的，我太太和我現在住在一個有警衛看守的社區。如果你想來看我們，我要先把你的名字留給警衛。你可以想像嗎？一個圍起來的社區。像是一個監獄，一個中世紀用牆圍起來的城。」

「我知道這樣的社區現在到處都是。」

「有圍牆的社區？噢，不錯，現在它們正熱門。不過我想不會在愛爾圖納。」他又哼了一聲。

「說不定他該留在愛爾圖納。」

∞

為什麼他不？

為什麼他會來紐約？他去離家不遠的地方上大學，畢業後就回家，很可能就在他叔父伯父的公司裡做一個推銷保險的工作。然後他有了一些錢，搬到紐約進了法學院。

為什麼？賓州州立大學不是也有一個法學院嗎？上那裡會比搬到紐約便宜，而且按理說之後就可以在賓州考律師執照，然後在家附近執業。他甚至可以在有空的時候賣保險，他不會是第一個用這種辦法念完法學院的人。

但他走得乾乾淨淨。就我所知，再也沒有回頭。沒有帶他的新娘回家，沒有把她介紹給他的家人。

他留下了什麼？他走的時候帶走了什麼？他的父母留了多少給他？

或他們是否真的留了東西給他？

∞

我從他的伯父開始。我打電話給愛麗諾．楊特，查出版社是否有列出他的名字。她要她的助手找出格藍的履歷表，據她說格藍並沒有詳細列出他念法學院之前的職業經驗。比如說他課餘或暑期的工作他推銷保險那部分，也只有摘要而已。「推銷及行政工作／伯父保險公司／愛爾圖納／賓州」他連同日期一併寫上。

我打電話到愛爾圖納的查號台，請她在電話簿查一個叫郝士蒙的保險經紀人。她告訴我，此地有好多的郝士蒙，只是大部分的「蒙」是不同的寫法，但似乎沒有人從事保險業。

當然也可能不是伯父，而是舅舅等，這樣就會是不同的姓。而且很可能他已經死了，或退休搬到佛羅里達州，或是不做保險生意，改賣漢堡王。

但是愛爾圖納有多大？可以有多少保險經紀人，難道他們不會彼此認識？

我請查號台的接線生告訴我在電話簿登最大廣告的兩家保險公司的電話號碼。她似乎覺得我的要求很好笑，但她還是給了我需要的資料。我打了去，設法在那兩家尋找已經工作多年的人。我向他們解釋我想找到一個在愛爾圖納從事保險業的人，他的姓可能是郝士蒙，但最重要的是他曾經雇用他的侄子，而他的侄子的姓是郝士蒙，格藍．郝士蒙。

沒有這種運氣。

我再打電話給查號台，要了半打的郝士蒙電話號碼。前兩個沒人接電話，第三個接電話的是一個女的，她跟我保證她認得城裡所有的郝士蒙，她說他們全都是親戚，但整個家族裡沒有一個人叫格藍。不是這個名字不對勁，但沒有一個郝士蒙有過這樣的名字，如果有，她一定知道。

我說我想他是從轟泉來的。

她說那就完全不同了。她沒有真的說出來，但她給我的印象是在轟泉的郝士蒙好像有問題。她知道在那裡有一家郝士蒙，但很多年了她沒有他們的消息，她也不知道他們是否仍在那裡。但有一件事她很確定，在轟泉的郝士蒙與在愛爾圖納的郝士蒙沒有任何親戚關係。

「除非你一直追溯到萊茵河流域。」她說。

我就打電話去問轟泉的郝士蒙，一邊奇怪為什麼我沒有早點想到。不過沒有什麼差別，那裡沒有任何的郝士蒙。

∞

我打電話給麗莎。我說格藍曾在愛爾圖納替他伯父的保險公司做事，她是否湊巧知道那個伯父的姓名？

她說：「被你問倒了。他曾經提起任何一個親戚的姓名嗎？如果他提過，我也不記得了。問題是，我們兩個人都很少談論我們的家庭。」

「他母親娘家的姓是什麼？他曾經提過嗎？」

「我確定他沒提過，」她說，「但等一下，我剛從他的人壽保險上看到她名字。你等一等。」我等她，她回來說叫班寧葛。「父親的名字是約翰．郝士蒙，母親的名字是海爾達．班寧葛。」她唸給我聽。「有幫助嗎？」

「我不知道。」我說。

我又打電話去愛爾圖納查號台，找一個叫班寧葛的保險經紀人。他們沒有這個人。我就不再繼續尋找。這個做保險的叔伯輩人，也可能是舅舅或姨丈，是姻親，格藍父母姐妹的丈夫。他也可能是遠親，像他父親的表兄弟。他有太多的可能既不叫郝士蒙，也不叫班寧葛。

我掛了電話，坐在那裡考慮下一步。看起來雖然我敲了很多的門，但一扇接一扇門朝我的臉上摔過來。

我要不要去愛爾圖納一趟？天曉得我真不想去。為了追尋可能不會有多少價值的消息走這趟，這段路似乎有些太長了。但我不知道我是否可以從遠處得到我想要的資料。如果我人到的話，我可以從老的市鎮記錄裡找到他父母的名字，找出他所有的親戚，找到那個做保險的人。

這是假設提供資料的人願意和我合作。我知道如何使紐約市管記錄的人員合作，你賄賂他們。但在愛爾圖納很可能行不通。

我是否非得找出答案不可？

我瞪著電話，算我活該走運，說巧不巧此時電話鈴響了。是麗莎。她說：「我掛了電話之後開始回想。為什麼會是保險業？他從來沒有告訴我他做過保險生意。」

「他是這樣告訴愛麗諾．楊特的。」

「他告訴我他賣車，」她說，「他賣凱迪拉克及雪佛蘭，還有別的，奧斯摩比？」

「他什麼時候賣過車？」

「大學畢業之後，」她說，「在他搬到紐約之前，在他進法學院之前。」

8

「列在汽車代理商下，」我說，「你有沒有看到郝士蒙？像郝士蒙汽車行、郝士蒙凱迪拉克？」

愛爾圖納的查號台實在有耐心。她查的時候，我在心中想像格藍．郝士蒙躺著的人行道，那個地方正好在本田代理商前面，對面修理汽車消音器，而紐約市最大的凱迪拉克代理商不過在一條街之外。

愛爾圖納的電話簿上並沒有郝士曼。我請她再查班寧葛。她說，這個名字她聽過，但她說不出個所以然，也找不到班寧葛汽車行。我說那就在代理商下找賣雪佛蘭凱迪拉克或奧斯摩比的。經過短暫的尋找，她說當地只有一家是代理凱迪拉克的，他們還賣其他我提到的車，另外還有通用的卡車、豐田的汽車等。「時代不同了，」她指的是代賣豐田車。「名字是寧坦尼汽車行，」她說，「位在五哩路上。」

我拿了號碼打過去。接電話的女人不記得有員工叫郝士蒙，除非是那個修理部門新來的人，她還不知道他的名字呢。他是不是我要找的人？

「那麼我想老闆不會就姓郝士蒙吧。」我說。

她似乎覺得我說的很好笑。「嗯，我想不是，」她說。「自從寧坦尼汽車行開店後，約瑟夫・雷馬克先生就一直是老闆。」

「店開多久了？」

「好幾年了。」

「在這之前呢？是不是曾經有過班寧葛汽車行？」

「啊，不錯，」她說，「不過那是在我來之前的事。請問你為什麼要問這些問題？」

我告訴她我從紐約打來，我在偵查一件謀殺案。死者似乎曾是班寧葛汽車行的雇員，而且可能是班寧葛先生的親戚。

「我想你應該跟雷馬克先生談，」她說，然後告訴我他在另一條線上，我可不可以等一下？我說當然。

我正陷入沉思中，一個低沉的男聲說：「我是雷馬克，抱歉我不知道你的尊姓大名。」

我告訴了他。

「有人被殺了？以前在這裡工作，是艾爾・班寧葛的親戚？那麼我想應該是格藍・郝士蒙了。」

「你認得他？」

「噢，當然。但不熟，我有好多年沒想到他了，不過他是一個頂不錯的年輕人。如果我沒弄錯，他是艾爾姐姐的孩子。她一個人一手養大格藍，但就在格藍去上賓州州立大學的時候死了。我相信那些年來艾爾多少幫了點忙，當格藍畢業後，他就雇用了他。」

「格藍的表現怎樣？」

「噢，還可以啦。我不覺得他懂得賣車這一行的門路，但有時這需要時間磨練。不過他離開了。我不知道他是對愛爾圖納或是對這門生意厭倦。也可能是因為艾爾的緣故，他是個好人，但在他手下做事很不容易，我自己也一樣走路了。」

「你以前也替班寧葛做事？」

「噢，當然，但我辭職了，啊，大概在格藍來了後幾個月。跟他沒關係就是了。艾爾找碴找過了頭，我就轉到街上另一家飛瑞斯福特上班。後來艾爾有了麻煩，我回頭買下了這個地方，但那是另一回事了。」

「這是什麼時候的事？」

「老天，都十五年了，」他說，「陳年舊事了。」

「發生在格藍離開之後。」

「你猜得對。他離開幾個月後艾爾出了問題，又過了一段時間我才接手。」

「什麼樣的問題？」

他停了一會兒。「嗯，我不想說，」他說，「無論如何都是舊事了。現在這裡沒有人跟這件事有牽連了。艾爾跟瑪瑞一旦可以離開就立刻走人，而我想不出他們現在人在哪裡。那是說如果他還活著的話，我猜他已經過世了。當他離開愛爾圖納時，他是一個破碎的人。」

「到底是什麼緣故？」

「都怪該死的聯邦政府，」他語氣裡帶著真情，「我不打算說的，但我不會傷害任何人，而且你很容易就會發現真相。艾爾有兩套帳簿，他這樣做有很多年了。他太太是管帳的，我猜他們兩個一起做的帳。當然他另外有一個會計師，是派瑞斯，那段時間他也被一起扯入這個麻煩，但最後證明他是清白的，艾爾跟他太太一直瞞著他，不過還是對他以後的生意有影響。」

「班寧葛結果怎麼樣？」

「他們認了罪，沒選擇，對嗎？國稅局手裡有證據，而且這個案子明顯的是逃稅。他們有一套假造的帳簿，還有祕密的銀行帳戶。你不能說你不小心犯了錯，你不知怎麼忘了沒報稅。如果國稅局想要的話，他們兩人都有可能進監獄。人是沒進監獄，但國稅局也沒多少慈悲心，這是我的想法。他們拿走了艾爾所有的資產，結果我買了這個地方，另一個人買了他們的房子，還有個人買了他們在湖邊避暑度假的房子。」

「這件事發生時，格藍已經走了。」

「噢，不錯。就算他聽到這個消息，他也沒回來支持他舅舅。那時他在哪裡，紐約？」

「紐約，」我說，「念法律，用他母親死去留下的錢付的學費。」

他要我再說一遍。等我說完後他說：「不，不可能的。格藍．郝士蒙在轟泉的拖車屋裡長大，而且那部拖車還不是他們自己的。他媽媽除了她兄弟給她的錢之外，我不相信她還有一毛錢。」

「說不定那是保險的錢。」

「如果是的話，那就太令人驚異了，但就算有也該早用完了。我不是說過，格藍的母親差不多在他去念大學的時候死的？」

「我想你提過。」

他說：「這有問題是不是？他從哪兒拿到的錢？」

「我不知道。國稅局怎麼會找到班寧葛的頭上？」

「我的天。」他說。

「誰曉得那第二套帳簿？」

「一小時前我會說誰也不知道，我確定派瑞斯不知道，我當然不知道。我會說只有艾爾及瑪瑞知道。」

「現在呢？」

「現在我必須猜測格藍是否知道，」他說，「老天，我的老天。」

21

「他是個告密者，」我告訴杜．卡普倫。「當線民是他的職業，他獨立作業。從他在愛爾圖納幫他舅舅賣汽車開始的。」

「愛爾圖納的舅舅。」

「他發現他的舅舅舅媽大舉逃稅。兩本帳簿，祕密的銀行帳戶。看起來替那個舅舅工作很不好過，所以格藍就決定自己開工。」

「他向國稅局告密？」

「你可以用那種方法賺錢，」我說，「我原來就知道，但我從沒想到這是如此受歡迎的小生意。國稅局還有免付費電話專線讓你告密。我昨天打去，一個女人告訴我他們如何行事。我問了很多問題，而我不覺得她以前沒聽人問過。她一定整天坐在那裡，跟那些貪婪及一肚子怨恨的人扯淡。」

「這種人很多。」

「我想也是。你的報酬是追還稅及罰金的一個百分比，這個百分比又因你提供材料的品質而有不同。如果你帶來一套帳簿，幫他們建立案子，這比你只是伸出根手指，要他們往那個方向去查要值錢多了。」

「這才公平。」

「你可以保持匿名，我相信格藍一定這麼做。他舅舅可能猜出來是誰出賣他的，也可能沒有。他必須出來認罪，才能避免鋃鐺入獄。他賣了所有的資產，夾著尾巴逃出了城。我不知道他最後付了多少錢，但格藍的表現足夠送他自己上完法學院。」

「這筆錢需要付稅嗎？」

「你知道，」我說，「我問了。她說他們最有可能先抽稅，就像先替你扣稅一樣。」

「他們會這樣啊。」他說。

我們在一家叫「訴訟案件記錄」的餐廳吃飯，那個地方在傑羅門街布魯克林區公所的轉角附近。那個地方不錯，高天花板，裝潢偏向於橡木、黃銅及紅色的真皮家具。就像它的名字，這個地方大部分的顧客是律師，但也有不少警察。午餐是他們最忙碌的時間。他們賣出一大堆塞得過滿的三明治，又倒出一杯杯的酒。

「天氣真好。」杜說。

「好極了，」我漫應，「上次我在這裡吃飯時也是如此。那是在春天，我和一個布魯克林刑事組的警探約翰・凱利吃午飯，我剛才進來時還看到他坐酒吧那裡。那天天氣是那樣的好，我從這裡走出去，一直走到灣脊。我想今天我不會這樣做了。你知道嗎？如果昨天也這麼溫暖，充滿陽光，我會仍舊在猜想格藍・郝士蒙的錢是從哪裡來的。」

「所以是昨天的天氣把你留在家裡了。」

「昨天我一天都在打電話，結果這正是我該做的事。一旦我發現他是怎樣開始的，要決定下一步該找誰，以及要找什麼樣的資料就不困難了。他通過律師資格檢定考之後就到懷特平原一家律師事務所上班。他離開後不久，那家事務所就關門大吉。裡頭的一個律師隨口說大概郝士蒙早已有預感即將關門大吉的消息。」

「我敢打賭是他搞鬼。」

「而且沒有簽名。我打電話回去給那個律師，他叫做傑斯派森，問他事務所到底出了什麼問題。我的問題一定太出他的意外，因為他根本沒有問我為什麼想知道。看起來其中有一名律師與幾個毒販有牽扯。」

「那個律師收了毒販的錢但沒去報告，所以他們就關了事務所。你不知道我有多恨像這樣的故事，馬修。」

「但這個故事不是這樣的。他們的事務所並沒有涉及犯罪，他們在其他方面代表這些客戶，而且客戶付他們的是支票，就算有現鈔經手也沒有人知道。但有一個律師對古柯鹼發生了興趣。」

「啊，別告訴我這個。」

「他藉買賣毒品來支付他的毒癮。結果他一個生意上的夥伴竟是毒品管理局的人，他們給他一個機會檢舉他的毒販客戶，但我猜他覺得住在監獄遠比埋身於無名塚要好一點。這件事鬧出來後，又發現他還盜用了其他客戶的錢。傑斯派森給我的印象是，結束他們的事務所是小事一樁，他們根本沒有剩下多少錢。」
「我會假設是郝士蒙去告發，因此毒品管理局的人才會去臥底。」
「我也這樣想，」我說，「我沒辦法去問他們，但我想這樣的假設錯不了。」
「我猜毒品管理局一定會付錢給通風報信的人。」
「我倒是打電話去問過這點了。他們不像國稅局那位女士那樣坦白，但不錯，如果幫他們捉住毒販的話，他們會付一筆獎金，也可以得到他們起出資產的一個百分比。我從一個我認得的傢伙那裡打聽出更多如何在市面上買賣消息的途徑和價錢。」我指的是丹尼男孩，我打到他家裡。昨晚的天氣也把他留在家裡了。「目前這種零容忍的政策不見得能打贏毒品對抗戰，」我說，「但可以逐漸賺回本錢。當你抓到毒犯後第一件做的事是把所有你查出來的東西充公。車子、船、毒品自不消說。如果你逮捕的人帶了錢去買毒品的話，就連這錢也抄。如果他們在房子裡聚會販毒，或是在裡面儲藏毒品，那麼房子也在充公之列。如此他們可以搞到好多的資產，忽然之間他們有了一大筆預算來支付密告的人。」
「那間公寓——」杜說。
「忽然之間明顯了是不是？有些歐洲或南美洲人以開曼公司的名義用現鈔買了下來。他們不一定是販賣毒品，但這個可能性極高。政府把他們的資產充了公，如此可以解釋為什麼多線圈雖然不會因付不出分期付款而倒債，卻失去了他們的公寓。然後有這麼家美國減價資產公司出頭。我找不到任何跟他們有關的記錄，想來他們可能只存在某個政府機關的檔案裡。一定有某種空頭公司存在，所以政府可以用來處理沒收的資產。」

「我以為他們會喜歡做得大眾矚目，讓納稅人看他們如何整這些毒犯。」

「不見得，」我說，「有時候他們希望沒聲沒息的，這樣就不會有人在國會注意到他們手上流過多少錢。」

「說不定有些錢就留在一些人的掌心裡。」

「不是不可能，是不是？」

「郝士蒙呢？他做了什麼事讓他拿到了公寓，倒楣的會是誰？」

「我不知道，」我說，「我第一個想到的是他幫忙抓到多線圈裡的人，但這樣做的話會使他暴露身分，如果任何被他告發的人認得他，而他住在他們的公寓裡——」

「除此之外他怎麼可能拿到它？這一定是他某次密告的報酬。」

「就說他告了某人的密，得了一筆六位數字的報酬。然後有人說：『嗯，你看，你需要一個不錯的地方住，這裡有一些充公的資產，你何不選一個，我們就把房契給你。』」

「好人有好報嘛。」

「一向如此。」

他終於引起侍者的注意，他指指我們喝光的咖啡杯，等咖啡倒滿後他說：「所以誰會是那個倒楣鬼？你有沒有什麼概念？」

「沒有。」

「看看他的履歷表。從他在愛爾圖納賣車到在懷特平原執業。接下來他去了哪裡？」

「在一家出版社的法務部門，被一個國外的多邊企業公司買下來後就關門了。」

「他怎麼成功的？」

「我不覺得他跟這個有任何關係。從此他去了魏戴爾暨楊特出版社，在他死前他還在那裡工作。對一個以告密為專長的人，在出版社的法務部門工作是一個很怪的職業選擇。」

「所以呢？」

「嗯，我有一個假想，」我承認。「它跟事實符合，也跟我對郝士蒙本人的感覺相配。」

「我老是忘了你認得他。」

「我不是真的認得他。我見過他幾次，如此而已。」

「來聽聽看你的想法。」

「我想他是逐漸陷入的，」我說，「我想他發現他舅舅逃稅的伎倆，他的情緒很複雜，夾雜著正義的憤怒及私人的怨恨。他告發了舅舅，幹了一票，自己就此脫離了愛爾圖納。但他並沒有拿了國稅局的錢去買賓士轎車。他慢慢的用，靠這筆錢上法學院。他說這是筆遺產，靠這筆錢讀完了法學學位。如果他真的視此為遺產，我一點也不會驚異。說不定他告訴自己這筆錢原來就該是他的，艾爾．班寧葛挖到了金礦，而格藍的母親卻只落得一根木柄。

「他到懷特平原工作。不是他的第一選擇，他會比較喜歡紐約的事務所，但他找不到更好的工作。他最初給別人留下很好的印象，但結果他的野心比別人期望的要小很多，在魏戴爾暨楊特那裡也發生同樣的情況。當愛麗諾・楊特剛雇用他的時候，她視他為可能的繼位人，但不久她就發現他並沒有這樣的野心。

「在懷特平原他發現有個律師沉浸在古柯鹼中，說不定他對他的工作，特別是他的前途有點失望。說不定是他的支出開始超過了他的收入。而這邊有這麼個炙手可熱的人物，拿他的鼻子當吸塵器，飯不好好吃出去買賣毒品。格藍記起艾爾舅舅，以及讓他罪有應得的那份滿足感，再說還可以因此賺錢。」

「所以他就丟了一毛錢打電話告發他。」

「我們現在還說一毛錢實在很好笑，打電話早就要兩毛五了。但這正是他做的事。再一次當狗屎打上了風扇時，他已經早拍拍屁股一走了之。他在一家出版社找到工作，在那裡做到不能再做的時候，他就轉到另一家出版社。他沒有多少野心，也沒有花費無度。他住在東八十街上一間很小的單人公寓裡。

「就在那段時間他看到另一個賺錢的機會。我原先想他遇見麗莎，決定他們需要一個住的地方時，就很快找到一個可以出賣的人。但算算時間不對。我想他原來只管自己的事，但機會來了，他就一把抓住。」

「『我看到我的機會，然後我一把抓住。』」看到我一臉木然，杜接著說：「喬治・華盛頓・普朗基特，他寫的政治回憶錄異常坦白誠實但又同時自圓其說。他是這樣說的，他看到他的機會，然後他一把抓住。我不知道我們的朋友看到什麼樣的機會。」

「我不知道，」我說，「如果要我來猜，我會說跟他的工作無關。倒是可能跟他在約克郡認識的人有關。」

「因為他搬家了。」

「這是他的習慣，對不對？坑了人後立刻一陣風走人。他告發了某人，有一大筆錢進來。『嗨，格藍，你想要這筆錢怎麼付法？』『說不定你們可以用房地產支付。最近你們手上有些什麼？』？讓我們看看，有一間很不錯的兩房公寓。樓層高，視野棒，看得到河，在一個地中海小島的紳士名下，他只有在星期天才用它。這兒有鑰匙，你何不自己去看看。」

「他們真的是這樣行事嗎？給你看他們手頭有什麼，然後讓你來挑？」

「我也不清楚。但我相信這差不多是他弄到那間公寓的來路。大概在那段時間他遇見麗莎。當他們變得很認真後，他要他們趕緊辦文件交屋，然後當他們從百慕達回來，那個地方已經準備就緒就等他們搬進來了。」

「盒子裡的那些錢呢？」

「我猜是另一樁事。也可能是同一件。我的猜想是，當他結婚時人已經改變了，也可能早就改變了。他開始不把密告當副業，而是正業，不是偶爾幹上一兩票。他開始尋找機會。」

「你怎麼知道的？」

「我看他的行程表。他上班的時候，他把所有事做完了才填滿八小時，但他告訴麗莎他忙到晚上及週末都得加班。我想他是在外四處留意。我想這是他對我感興趣的原因。」

「他覺得他可以抓到你逃稅啊？他們會拿什麼充公，你多的那雙鞋？」

「是我的職業讓他感到興趣，」我說，「他告訴我他想要出版我的回憶錄。嗯，這是一派胡言。他的出版社並不出版原著。他真想要知道的是一個偵探如何行事。他想要我教他偵探這一行的門路。他說不定想我們可能成為夥伴，挖出別人的醜事，一彈指金子馬上來。我從來沒有機會知道他到底想要什麼，因為我不喜歡他的為人，我不想讓他覺得我有興趣。」

「所以他就主動刺探。」

「顯然是。」

「那是誰殺他的？」

「我不知道。」

「一點概念也沒有？」

「一點也沒有，」我說，「我假設他在展開行動，在他不該在的地方引起別人的注意。有人一定發現了他的動機。」

「所以就宰了他。」

「如果你四處亂跑設計陷害毒犯，當然你得冒這個險。你去告發親戚逃稅，自然風險小得多了。但遲早你的親戚都告發完了，也不再有像懷特平原那種玩票的律師。如果你的對手很專業，你就有可能死於非命。」

「是這種職業專有的危險。」

「我也是這樣想。但從另一方面來看，他的死因也可能就如警方一開始就認定的。」

「喬治・沙塔基。」

「非常有可能是他做的，就算不是他，又有什麼差別？沒有人在意他的罪名會不會被洗清。我猜他是無辜的，但我沒有證據支持，更別提告訴你是誰殺的。格藍並沒有留下片紙隻字，沒有留下那種根據一般傳統封好的信封，當他死後可以拆開，揭發他的祕密。」

「有些人一點也不周到。你還要些咖啡嗎？」

我搖搖頭。「有些人可能殺人不償命，」我說，「但這種事屢見不鮮了。」

「而且偏偏發生在不能再好的人身上。」

「我不知道他到底有多壞。從一方面來說，他是一個鬼鬼祟祟告密拿錢的人，但你也可以說他是一個未被宣揚的雅痞英雄，打擊惡棍收了獎金並不為過。不論你怎麼看，我不認為他的幽靈在那裡嘶吼著要求報仇。」

「我們的共同客戶呢？如果她丈夫的凶手沒有受到懲罰，她可以睡得安穩嗎？」

「為什麼不？你是她的律師，什麼最符合她的利益？」

他想了一會兒。「那就算了。」他說。

「我也會這樣說。」

「再等幾天看有沒有其他隱藏的資產。不過我不覺得我們會找到別的。」

「不，我也不覺得。」

「從另一方面來說，我也不覺得國稅局會來找麻煩。我想她的手上有公寓的房契，又有一滿盒子的錢。這已經很不錯了。」

「是啊。」

「你希望一切圓滿，」他說，「希望知道是誰殺的，怎麼殺的，為什麼殺的。更好的是看到凶手被抓起來。但我必須告訴你，對我們的客戶來說，最好是到此完全結案。如果掀開出來，引起媒體的注意，就有那種管稅務的討厭鬼出來問東問西，誰想跟他們歪纏？」

「當然沒人。」

「無論如何你也沒辦法抓到人讓他認罪。不管是誰做的，現在他一定從這裡到聖路易一路找好了不在場證明。說不定他還可以提出證明當郝士蒙被殺時，他正和教宗及猶太教教士一起玩牌呢。」

「這種牌局一定很不得了。」

「嗯，你對教宗很了解的，」杜說，「牌是不會打，但他的興致可高了。」

22

幾天後，我穿上西裝打了領帶走到窗前忖度天氣是否會有改變。現在充滿陽光，感覺清冷，而我希望能一直保持如此。

沿著凡登大廈公園的板凳上有東西吸引住我的眼神，我看到一個熟悉的身影彎腰彎向一塊石頭。我走下樓，但沒有左轉去搭地鐵，我過街走向那個一頭白髮的清瘦黑人。他曲握著一份《紐約時報》，打開到棋局專欄的那頁，一邊用他自己的棋盤和棋子解答。

「你今天穿得真整齊，」他說，「我喜歡你的領帶。」

我謝過他。我說：「巴瑞，今天下午他們給喬治做告別式，我要去布魯克林走一趟。」

「是嗎？」

「他弟弟打電話告訴我的。只有家裡人，不過他說歡迎我去。」

「今天的天氣正適合去，」他說，「沒下雨。」

「也歡迎你去。」

「去參加喪禮？」

「我想說不定我們可以一起去。」

他看著我，打量好一陣子。「不，」他說，「我不想去。」

「如果你覺得你會格格不入，」我說：「嗯，天曉得，我跟你是一樣的。」

「你說對了，」他說，「我們兩人都是同樣膚色，穿著也一樣。」

「噢，別這樣說。」

「其實，」他說，「不論我是不是能跟他們合得來都無所謂。我不想去。你回來後告訴我就夠了，如何？」

我坐上D線地鐵。他們在諾斯川德大道上的殯儀館舉行告別式，去的人將近有五十人，比我原來想的要多。湯姆、他太太、他姐姐、他們的親戚、鄰居，還有戒酒無名會裡的朋友。大部分是白人，幾乎都打了領帶，但也有幾個黑色臉孔，有幾個沒穿西裝的。巴瑞來的話，並不會顯得多突出。

棺材已經闔攏了，儀式也很簡單。主持告別式的牧師並不認得喬治，他談到死亡是從身心束縛中得到解放。面紗掉了下來，他說，而盲人又重新看見。他的靈魂高高飛去。

湯姆接在他的後面簡短的說了幾句。從某一方面來說，他說，我們早已失去了喬治。「但我們還是一直愛著他，」他說，「我們愛他甜蜜的一面。而且我們總是心存一線希望，有一天陰雲散去，我們又重新得回他。現在他走了，我們從沒有得回他。但從另一方面來說，他是跟我們在一起了，而且他再也不會迷路。」他的聲音破裂沙啞，但他還是擠出最後幾個字。「我愛你，喬治。」他說。

唱了兩首詩歌，〈基督精兵前進〉及〈與我同住〉。一個長髮及腰的肥胖女子一人獨唱，她的聲音浸滿了整個房間。在聽第一首詩歌時，我想到喬治穿著他的軍用夾克，口袋裡裝滿了彈殼。這個老兵現在已消逝遠去。在聽第二首時，我記起一張塞隆尼斯．孟克的老唱片，同一首歌，另一種唱法，只有八個音符，但迴盪幽遠。珍．肯恩有那張唱片。我已經有多年沒再聽了。

告別式過後有車隊跟著靈柩直送到皇后區的墓地，不過我沒跟去，我搭上地鐵回到曼哈頓，發現巴瑞還在原來的地方。我坐在他的對面一五一十告訴他喬治的喪禮。他聽完之後建議我們下盤棋。

他輕而易舉就贏了我。當我按下我的老國王，他建議我們該喝一杯來悼念喬治。我給了他五塊錢，他拿了一夸脫的麥酒及一杯咖啡回來。他喝了好幾大口後蓋了瓶蓋說：「你看，我從來不去喪禮的。我不信這一套。有什麼理由要去？」

「這是說再見的一種方式。」

「我也不信。人來人去，世界就是這樣。」

「我猜是吧。」

「只是你已經習慣了。喬治來了，而我對他逐漸習慣，習慣他就在附近。現在走了，我也習慣了。如果你有點耐心，你對任何事都可以習慣。」

8

接下來的那個禮拜，終於領回了格藍・郝士蒙的遺體。我想如果他的遺孀去要求的話，他們大概就早點做了。我替麗莎打了幾個電話，安排人送他的遺體去火葬。並沒有舉行任何儀式。

「好像沒有真的結束似的，」伊蓮說，「難道不該有某種儀式？一定有人會去。」

「大概他辦公室的人會去，」我說，「但我不相信他有什麼朋友。對她來說，最好的是一個簡短的私人火葬，沒有任何儀式。」

「她一定得去嗎？你想你該跟她去嗎？」

「她似乎一切都控制好了，」我說，「而我最好開始不再插手。」

所以當麗莎去拿她丈夫的骨灰時，我並不在場。但一兩天後，當我晚上十點去過一個戒酒聚會後，我又感到坐立不安，我既不能藉走路疏散，也不能勸說我自己不要去做。我拿起電話。「我是馬修，」我說，「你需要人陪嗎？」

8

第二天早上我走到中城北區分局。喬・德肯不在，不過這次我不需要他的幫忙。我找了幾個警察，向他們解釋我代表郝士蒙的遺孀而來，他們歸還的郝士蒙私人物品並不完全。「她從來沒有拿回他的鑰匙，」我說，「他一定帶著他的鑰匙，而她從沒有拿到他的鑰匙。」

沒有人搞得清楚。「噢，該死，」一個警察說，「叫她換把鎖。」

我在曼哈頓刑事組及中央驗收處又碰到同樣的情形。我花了大半天的時間打攪那些有更重要事要做的人。但接近黃昏時我口袋裡裝著一把鑰匙走出了警察局。要證明它們是郝士蒙的鑰匙並不難——有一把開了他們公寓的門。要選出他保險箱的鑰匙也很容易，而且我銀行裡的一個工作人員有個圖表，幫助我們決定那個保險箱在哪個銀行的分行。

杜．卡普倫得到官方許可開那個保險箱，他和麗莎一塊去的，同時陪一旁的還有甩不掉的國稅局人員。我猜每個人都在期望看到現鈔及南非的大塊金幣，但裡面沒有任何東西足以讓人心跳加速。出生證明，結婚證書，不明人士的小照，格藍的學校照片。

「那個從國稅局來的討厭鬼無法忍受這種事，」杜告訴我，「如果沒什麼東西，他幹嘛要搞個保險箱？而且何不租個最小的？他說一定曾經有別的東西在裡面，顯然是以為我們先開了箱拿了現鈔，然後才通知政府的。我建議他去查銀行記錄，證實自從保險箱所有人死了之後，並沒有人碰過這個保險箱。其實他早就知道了，這個可惡的雜種，但他覺得不論如何政府一定被騙了。」

「政府被騙了是沒錯。」

「我也會這樣說，」他說，「如果要我猜，我會說她在櫃子裡發現的錢原來是放在保險箱裡的。根據記錄，在他死前一個禮拜他曾經去過那裡。我想他拿出了錢，放進鋁盒藏到衣櫃裡。但他為什麼要這樣做？」

「他可能立刻需要現鈔。」

「這是一個可能。也可能有現金交易，或他希望他有辦法帶著錢跑。我還想到一點是他說不定有預感。」

「我最喜歡你這樣的猜想，」我說，「他感覺到他可能有危險，而他想確定她能拿到錢。這可以解釋為什麼保險箱裡沒有任何會引人尷尬的東西。他早已想過國稅局的人會從他的寡婦肩膀後探頭探腦。」

「而且我們知道自從他密告了他的艾爾舅舅後，他對國稅局再熟悉不過。」

「我們又知道他很喜歡她，」我說，「因為他選了他們結婚紀念日做為號碼鎖的密碼。」

「我不知道這點。」

「五一一，」我說，「五月十一號。」

「滿有格的嘛。」他說，「你能找到鑰匙也不容易。」

「噢，它們遲早會出現的。」

「我可不敢打賭，」他說，「如果你想藏到一個永遠不會被人找到的地方，跑到警局的倉庫伸手伸腳睡在架子上，包準沒人找得到你。他們有荷蘭總督的木腿，你也可以拿特威德老大的皮包當枕頭。」

∞

應該到此就結束了。

我做了我被雇用該做的事。我沒有發現是誰扣的扳機，但這不是我份內的事。我被雇來保護麗莎．郝士蒙的財務利益，看起來我已經達成了這一點。我最後一件替她做的事是陪她再度前往杜的辦公室，在那裡我們拿了藏錢的盒子。我們坐計程車到曼哈頓，在第二大道的一家銀行，她仍有以她婚前姓名開的戶頭。她租了一個保險箱，把錢放了進去。如有必要，這些錢可以永遠留在那裡，或是等一天有人找到一個好辦法來洗錢。

我付出的時間得到優厚的報酬，但我曾做更少的事但賺更多錢，所以我從不覺得我收費過高。不論如何，有得有失。在我幫麗莎藏好她的錢後一個禮拜左右，我替一個在喬爾西貧民公寓的女人做了點事。一個在戒酒聚會認識的人介紹我去的。這個女人是一個姐妹的朋友，或是一個朋友的姐妹之類。她發現她的同居男友竟然猥褻她的九歲女兒，就把那個男友趕了出去。但他回來痛揍過她兩次。第二次發生後她報了警要求保護，但這只有在事發後才有用。他很快的又來了，而且還再度侵犯了她的女兒。她又報了警，警察也下了拘捕令抓他，但沒有人知道他住哪裡，而且警方對這種所謂家庭糾紛的案子，絕對不會運用大量人力來搜捕的。

我住進這個女子的公寓，住在裡面保護她。她的美是一種豐厚的、即將熟透的美。她每天都喝酒喝到神智渙散，菸一根接著一根抽，一玩牌就好幾個小時不停，在我住的那五天內從來沒關過電視。

我一整天坐在椅上看書，如果電視上剛好有我可以忍受的節目我就看。接近午夜的時候艾迪．瑞金會過來。他有時候也替徵信社做事，個子大，反應快，對暴力著迷。我想那個男朋友最有可能夜裡來，打起架來有艾迪不錯。他和我胡說八道個把鐘頭直說到我瞌睡不支，我就在沙發上打個盹。五點左右他把我叫醒，我給他一百塊錢打發他回家。

我不覺得我可以撐過一個禮拜以上，但在第五個晚上那個男朋友來了。那時候大概是兩點半。小女孩在她自己的房間睡覺。那個女人像每一個晚上一樣，在電視前面的椅子上睡倒。電視仍舊開著，艾迪在看，我在打瞌睡。我聽到有鑰匙開鎖，坐起來避到沙發的另一邊，此時門開了，那個男友眼神瘋狂，大吼大叫的闖了進來。

根本不需要我出手。他還來不及走兩步，艾迪已經打了過去。他掄起左拳猛擊他的肋骨下方，他一定打到了肝臟，因為那個可憐狗娘養的立時潰倒。他栽了下來好像被槍擊中一樣，就在他倒地的時候，他的臉陷在艾迪的膝蓋裡。

我們可以去叫警察。假如她夠清醒的話也可以去告他。但他會被保釋出來，像他這種人老是會被保出來，然後他可能會過來殺死她。如果我們不在的話，他可能這次就幹了。在他趴地上呻吟時，我過去搜他，搜走他一把七吋折疊刀。

我們要做的事是預防他再回來。「說不定他從屋頂掉了下來，」艾迪一邊說，一邊把那個小丑揪到窗前。「我看他就像那種人，常常走在屋頂上，總有一天掉下來。」

當然我們並沒有把他摔下屋頂，或丟出窗外。但我們把他狠狠痛揍了一頓。事實上都是艾迪幹的——踢他的私處，踢他的肋骨，猛K他的手。我一定要在氣得不得了的時候才做得出來，一旦情形穩定下來，我的情緒也平復下來。但艾迪就不同了，他永遠在憤怒邊緣，就算沒人惹他，他也可以說暴怒就暴怒。

如果要探究，我猜可能是他的童年造成的。

他打夠了之後，我們把那個男友拖起來丟出了門外。在樓梯間我抓起他的衣襟，告訴他我再也不想看到他。「如果你再來這裡的話，」我說，「我會打斷你的手腳，我會挖出你的眼珠，而且我會割下你的那話兒，要你自己吞了下去。」

我們出去坐了艾迪的車到一間他喜歡的餐館吃飯。「我原來打算打他個半死，」他說，「一直到你說要他吞他自己的那話兒我就算了。你可以告訴我為什麼那個狗娘養的會有鑰匙？」

「我猜她沒去換鎖。」

「天曉得。」

「嗯，換鎖要花錢，她又沒有多少財源，你看看她的地方就知道了。」

「嗯，她有錢雇我們，」他說，「你給我，讓我算算，每天一百塊，一共有五天，今晚又有特別加的。」——我額外給了他一筆戰鬥獎金——「總共有多少？六百塊？如果你不介意我問的話，你拿了多少？」

我承認我一毛錢也沒拿，在他追問下，我就承認了給他的錢是從我的皮包裡拿出來的。他問我她是不是我親戚。我說不是，然後他皺起眉問我有沒有跟她睡過覺。

我說：「見你的大頭鬼，艾迪。」

「嗯，狗屎，」他說，「我的意思是，你是什麼人，聖徒下凡？」

「律師叫這做慈善服務，」我說，「每隔一陣子，我也免費服務。她是一個朋友的朋友，雖然她沒有錢，但你不能讓那個屎袋這樣對待她。」

「他是一個屎袋沒錯。」

「所以要幫她忙其實很容易，」我說，「不過如此。我也不是常常幹。」

「我希望你沒有，」他說。過了一會兒當我們走出去後他說：「我再問一次，馬修，你真的沒有跟她睡過覺？」

「啊，當然，」我說，「這到底有什麼關係？」

「嗯，我在想試試我的運氣，」他說，「但我不想撈過界。」

「我的界在城的另一邊，」我說，「你是認真的嗎？」

「為什麼不？」

「呃……」

「你看，」他說，「我知道她是條母豬，但她的身材不錯，而且她有那麼一雙睡淫淫的眼睛。嗯，我不是說談戀愛。我只想睡她一回，如此而已。」

「請自便。」

「那雙眼跟那張嘴。她看起來像你要她怎麼幹她就怎麼幹，你知道我的意思？」

我沉默了一會兒。然後說：「但別去碰那小孩。」

「嗨，」他說，「我成什麼人了，禽獸？不，別回答算了。」

「我不會回答。」

「我說不定是野獸，」他說，「但我還是有限度的。」

∞

不久之後我慶祝我的週年紀念日。又是不再酗酒的一年，過一天算一天。戒酒無名會有個互相印證的說法，說我們在戒酒週年紀念日左右常常會感到異常的焦慮，我想一般說來是真的。但很難說我現在的感覺到底如何，因為除了我的週年紀念日外，我有太多值得焦慮的事。

我們慶祝了這個特別的日子。我有資格在第九大道的資深中心發言，伊蓮也去了，又聽我再度訴說我的故事。之後我們跟吉姆和貝芙麗夫婦一起去吃飯。

「你總有一天會等到，」吉姆說，「它會悄悄的來到。有一天你會醒過來發現你已經夠格說你長期不喝了。」

「到那時我也可能心如止水了。」我回答。

「這我就不知道了。但你說不定真累積夠多的時間，到時你就可以有『好幾個二十四小時』都沒醉過。」

「不太可能那樣說吧。」

過來人常常這樣子說話。我知道有些人從不過他們的週年紀念日，更別提去慶祝了。只是另一天而已，他們說，而他們可能是對的。

吃過晚飯後伊蓮和我回到她的地方。我們談了一會兒就上床做愛。我差不多要睡著了，正滑到床的邊緣，然後有什麼東西吵醒了我，我不知道是什麼。伊蓮睡在她的那一面，臉孔背著我，她的呼吸緩慢而均勻。我睡在那裡，怕一移動會吵醒了她。我希望我會慢慢睡著，但最後我只能放棄，起身走到另一個房間去。

我沒開燈坐在黑暗裡，希望能擺脫讓我不能睡著的那些胡思亂想。我沒辦法停止去想有一天我會重新開始酗酒。我感到這是完全無法逃避的。

說不定這是有些過來人不願意去想週年的緣故。說不定往長期看是很危險的，想得太多也是很危險的。

8

每隔三四天我跑一趟葛洛根，跟巴魯混一陣子。我通常到得很晚，都快打烊了，我們會找張桌子坐下來。他喝蘇格蘭威士忌，我喝咖啡、可樂或蘇打水。最好的時候是顧客全走光了，酒保堆起椅子掃好地也回家了。然後我們只點一盞燈，交換我們的故事，或分享沉靜的一刻。

他喜歡我在喬爾西免費服務的那個故事。

「你非得傷害他不可，」他說，「除非你想把他殺了——你並不想殺他是不是？」

「不。」

「不是殺了他們，就是把他們嚇個半死，對於有些人，把他們殺了反而簡單。你可以痛揍他一頓，把他嚇得一時不能動彈，然後他喝酒喝得爛醉，或用了什麼天殺的毒品，他就什麼都不怕了。你明白我意思？」

「他忘了。」

「正是，他忘了他怕你。他操他媽的腦子裡記不得了。所以你得打他打到他就是忘不了，讓他由此忘記自己的名字。」

這些話在靜寂的空氣裡迴響。在接下來的沉默中，我在想是不是殺人比較簡單，而且比較確定。特別是對不在乎殺人的人，對視殺人為自然的人。我看著我的朋友米基·巴魯，一個我異常喜歡的人，一邊想起另一個我很不喜歡的人。我們之間的沉默更深了，而我把我的想法留在心裡。

如果我晚上留了太久，通常他會邀我跟他一起去望彌撒。他喜歡去十四街上的聖本納德教堂參加八點鐘的彌撒，以此結束漫漫長夜。他父親以前每天都去，身上穿著他那件白色的屠夫圍裙，跪在側邊的小禮拜堂，在他到一個街頭外去揮刀宰割之前接受聖餐。

米基仍保有他父親的舊圍裙，而且每當他去望彌撒時，一定穿著它。他也仍然保有老人的屠刀，但他留在家裡。他的父親以屠夫彌撒做為一天的開始，而米基從跪禱站起來後才回家上床——城裡的幾個公寓之一，只是沒有一個地契或租約上是他的名字。或是到紐約州北部的農莊，或就睡在葛洛根辦公室的皮沙發上。但他不像他的父親，他通常並不領聖餐。有一次我們兩人都走到聖壇前領了聖體。稍早夜裡他曾帶著屠刀，而且用刀割下新鮮的肉。在我們站在那裡之前，我們的圍裙上都沾上了鮮血，你可以說這是瀆神，也可以說我們的信仰虔誠。

我的老友在圍裙上又染上了新的血嗎？

跟我一塊去望彌撒吧。他催我，深夜已經轉為黎明。今晚不行，我總是這樣說，下次吧，但不是今夜。

∞

伊蓮不再去上課了。

一晚我們一起吃晚飯，我忽然發現她原該在教室。我開始說話，但她阻止了我。「別擔心，」她說，「我不再修那門課了。」

「為什麼？」

「我並沒有正式退選，我只是不去了。如果你沒有修學分的話，實在沒理由要正式退選。那會像是寄了存證信函到第十三台，通知他們你即將要關了他們的節目《新星》不看。何必囉唆？你大可以拿起遙控器，跟全美國其他的人一樣看《我愛羅珊》。」

我問為什麼她不想再去。

「我不知道。」她說。

「噢。」

「因為這是狗屎，」她說，「因為我是如此的一個無聊人物，一個老女人有時間沒事幹。我像是田野裡的百合花，我不勞動，我不紡織，他媽的我有什麼用處？」

「我以為你喜歡上那些課。」

「它們不是我的生活。」

「不是。」

「它們不能是我的生活，我沒有任何生活，問題就在這裡。」

我不知道該說什麼，或該建議什麼。正當我在想要說什麼時，她的情緒改變了。好像她在個人遙控器上按了一個鈕，把她自己換到另一個頻道。

「夠了，」她說，「不再拉長臉，不在公共場合搜索你的靈魂。人人都喜歡看你微笑。至少這是他們在應召女郎學校裡教我們的一套。」

8

每隔幾天我會拿起電話打給麗莎。有時候我在下午打給她，有時候是在深夜。她幾乎永遠都在家。我會問她我可不可以過去。她每次都告訴我來吧。

過了一段時間她改變了她的留話錄音，洗掉了格藍留下的最後幾句話，換上她自己同樣無味的幾句話。一旦發現我並沒有撥錯號碼，我的第一個反應是一大解放，我不再需要聽那個從陰間傳來的聲音，在我跟他的太太說話之前，我不再需要聽到那個男人的聲音了。

但再下一次我聽到她的留話時，我可以聽到他的聲音，引述〈法蘭德斯田野〉的詩句。

如果你有負我們這些死去的人
我們將不能安眠

我從沒有在公寓之外見過她，從沒有打電話跟她聊天，從沒有帶她到樓下去喝杯咖啡或吃點東西。我會到她那裡，有時候早有時候晚。她穿什麼都有可能——牛仔褲跟運動衫，裙子跟毛衣，或是睡袍。我們會說話，她告訴我如何在白熊湖長大，告訴我當她只有九歲或十歲時，她父親開始到她的床上來。他什麼都做就只差沒有真的進去。那是錯的，他告訴她。

我告訴她過去的故事，描述一些這些年來我認得的人，一些我遇到過在法律兩邊非比尋常的人。如此我可以跟她說話，但不顯露我自己，這樣正合我的心意。

然後我們會上床。

一天下午，帕特西・克萊恩的唱片悄悄流盪著，她問我我覺得我們在做什麼。我們就是在一起，我說。

「不，」她說，「你了解我的意思。有什麼意義？你為什麼在這裡？」

「每個人都得去一個地方。」

「我是認真的。」

「我知道你是認真的。但我沒有任何答案。我在這裡，因為我想在這裡，但我不知道為什麼。」

帕特西在唱〈褪色的愛〉。

「我幾乎從不離開這間公寓，」麗莎說，「我坐在窗口眺望紐澤西州。我可以出外到處向那些藝術指導展示我的作品，或打電話給我認識的人，找些工作來做。明天吧，我告訴我自己。明天變成下個禮拜，下個月。或是來年再去吧。天曉得，人人都知道現在事情難找。市場好不景氣。大家都知道。」

「這是真的，是不是？」

「其實我不知道。我又沒有真的在找事，我怎麼知道找不到？但我有那麼一大堆錢坐在那裡，我怎麼可能提得起精神來掙扎？」

「如果你沒有任何壓力——」

「我可以做我想做的事，」她說，「但我還是沒做。我只是坐在那裡，我看電視，我看夕陽西沉。我等你打電話來。我希望你不會打來，但我等的就是這個，等你打電話來。」

我跟她一樣在等待，等待我自己的行動，是打呢還是不打？我今天不會打電話給她，我會這樣決定。有時候我會堅持下去，有時候我不會。

「你為什麼來？馬修？」

「我不知道。」

「我算什麼，你說說看？我像毒品？還是一瓶老酒？」

「說不定。」

「我父親喝酒的。我告訴過你了。」

「不錯。」

「那天你吻我的時候，我覺得缺少了什麼，然後我想到缺的是什麼。你的嘴裡缺了威士忌的味道。我們不需要任何心理學家來解釋，是不是？」

我沒說什麼。我記得我們褪色的愛，帕特西．克萊恩低唱著。

「所以我猜這是我之所以這樣的緣故罷，」她說，「我把爸爸弄上床跟我在一起，而且我不必擔心媽媽會聽到，因為她遠遠在城的另一面。而且他不會提。他覺得這是罪惡。」

「我也覺得這是罪惡。」

「真的嗎？」

我點點頭。「但我還是這樣做了。」我說。

8

那天稍晚的時候她談到她死去的丈夫。我們從來不談伊蓮，我絕口不提，但我不能告訴她我也不想聽她談郝士蒙。

「我不知道他會不會想到這點。」她說。

「這點？」

「我們。我想他想到過。」

「你為什麼會這樣說？」

「我不知道。他很欣賞你，這點我曉得。」

「他以為我可能會有用。」

「不只這樣。他要我記得去找你。我知道是你打電話給我的，但我原來也打算去找你。我記得他曾告訴我如果有人出了麻煩，你是諮詢的好對象。他說的時候又特別強調，好像他想確定我日後會記得。就好像他在告訴我如果他出了事，要我一定去找你。」

「你可能把他的意思給誇大了。」

「我不覺得，」她說，一面鑽進我的肘彎。「我相信這正是他的意思。事實上我很驚訝在裝錢的盒子裡沒有附著一張條子。『去找馬修．史卡德，他會告訴你該怎麼辦。』」她伸出手來抓住我。

「嗯？難道你不要告訴我該怎麼辦？」

那天當我走出她的公寓後，我走上十一大道他死去的那個街角。紅綠燈換了幾次，但我一直站在那裡，然後我走到德魏柯林頓公園去向指揮官致意。我默默唸著沒被刻對的那幾個字：

如果你有負那些逝去的人
我們將不能安眠

我是不是對郝士蒙，對喬治・沙塔基沒有遵守諾言？是不是還有我可以做的事？是不是我的無為讓他們不能安眠？

我還能做什麼？而且如果我害怕可能導致的結果，我可能逼迫自己採取行動嗎？

23

聖誕節兩週前，伊蓮跟我在東村的一家加勒比海餐廳與雷和碧提茜・蓋林戴斯夫婦吃晚飯。雷是一個警察畫家。他根據證人的描述，畫出身分未明的罪犯，做為逃犯海報或是紐約警察局的傳單。他的工作非比尋常，而雷在他這一行又是非比尋常的傑出。我在查案時曾用過他兩次，這兩次他都表現不凡，把我腦中的影像栩栩如生的在紙上重現。

吃過晚飯後我們走回伊蓮家，在那裡他替我畫的素描裝框掛在牆上。那幾幅畫的組成十分怪異。有兩幅畫的是謀殺案的凶手，第三幅是一個男孩，被其中一個凶手所殺。另外一個男人名叫李歐・摩利，他差一點就殺死了伊蓮。

碧提茜從沒去過伊蓮的公寓，也從沒看過這幾幅素描。她看了一會兒，毛骨悚然起來，說她不能了解伊蓮怎麼能忍受天天看到它們。伊蓮告訴她這是藝術品，已經超越了實物。雷有點不好意思的說它們是畫得不錯，畫得很像，他的確有一套，但要說這是藝術品就太過分了。

「你不知道你畫得有多好。」伊蓮反駁道，「我如果有個畫廊，我會展覽你的作品。」

「畫廊，」他說，「那一定像是警察局裡罪犯的畫像簿了。」

「我是說真的，雷。事實上我想請你替馬修畫一幅肖像。」

「他殺了誰？啊，我是開玩笑的。」
「你畫肖像的，是不是？」
「有人要我畫的話。」他伸出手，「我不是故意客氣，伊蓮，但在街上有成百的人拿著畫架畫紙，跟我畫得一樣好，說不定還更好。你讓我來畫像，結果不會有多特別的，相信我。」
「說不定，」她說，「但你的作品之所以特殊的原因是你在畫一個你沒法看見的人。我想要做的是你透過我來畫馬修，好像他是凶嫌，而我是目擊證人。」
「但我已經看過他了。」
「我知道。」
「所以那就會有妨礙。但我了解你的想法，真的。這個想法很有意思。」
「那我父親——」
「什麼意思？」
「你可以畫我父親，」她說，「他已經過世了，好多年前就過世了。當然我有一些他的照片。大門右邊鑲框的照片裡就有他，但別去看。」
「我不會。」
「我還是去把它拿下來，所以待會兒你走出去時不會碰巧看到他。我覺得好興奮，雷。你想你能做嗎？我們兩個人能坐下來，然後你替我父親畫一幅肖像？」
「我想可以吧！」他說，「我想不出來為何不能。」

她對我說：「這是我想要的聖誕節禮物，我希望你還沒去買，因為這是我真正想要的。」

「是你的了。」我說。

「我父親。」她說，「你知道，要從我的心裡去描述他很難。我不確定我是不是可以辦得到。」

「當你需要的時候，你的回憶就會浮現出來。」

她看著我。「已經開始了。」她說，她的眼睛裡充滿了淚水。「很抱歉。」她說，她起身離去。

∞

他們離開後她說：「不是我有毛病，你知道，他是有那種神來之筆。」

「我曉得。」

「能一起合作讓人好激動。你看我只是想想就哭成那樣。但這是我真想要做的事。如果我流了點淚水又怎麼樣？面紙很便宜不是嗎？」

「不錯。」

「如果我有能力的話，我會給他開畫展。」

「你為什麼不做呢？」她看著我。「你以前也說過，」我說，「不光是為了雷，說不定你是該去開一個畫廊。」

「好滑稽。」

「並不滑稽。」

「我是想過，」她承認，「但這會不會變成另一個無謂的嗜好？只是比去杭特選課更昂貴。」

「錢斯就抓住機會做成功了。」

錢斯是我們的一個朋友，他是一個收集非洲藝術品多年的黑人，現在在麥迪遜大道上經營藝廊，幹得有聲有色。

「錢斯跟我不同，」她說，「錢斯開張時，他比百分之九十以上做這一行的人都要熟悉行情。但活見鬼我知道個鬼？」

我指指窗邊一幅抽象畫。「你再告訴我一次你用多少錢買的，」我說，「現在又值多少錢了？」

「不過是走運罷了。」

「或是眼力好。」

她搖搖頭。「我對藝術知道的有限，我更不曉得要怎麼去經營買賣，我們最好看明白一點，除了賣肉我知道什麼？」

∞

說來可笑，氣氛說變就變。原來我們跟雷及碧提茜高高興興的，而且伊蓮對與雷合作畫她父親畫像的計畫極興奮，但現在一股鬱悶感像烏雲一樣掩蓋過來。我原來打算留下來，但午夜前我告訴她我得去參加聚會。「之後我就回旅館去了。」我說，她並沒有嘗試留我下來。

曼哈頓每天午夜經常有兩個聚會，一個在西五十六街，一個在休士頓街。我選了比較近的一間，在一張鬆動的椅子上坐下來，準備好喝一小時的爛咖啡。帶領聚會的那個傢伙七歲就開始吸黏飛機的強力膠，之後沒有任何一種毒品他沒試過。十五歲時他第一次被送去戒毒，十八歲在急診室被捕，還有兩次因為靜脈注射海洛因，得了心內膜炎，差點送命。他現年二十四，戒酒有兩年了，也熬過了一些永久性的心臟損傷，但就在最近診斷出他後天免疫不全症候群呈陽性反應。

「但至少我不再酗酒了。」他說。

中途我環視四周，發現除了角落有一個看來是全美國最老的白髮老者外，我是整間房裡最老的人，而且比其他的人都要老很多。進行討論時我好幾次都想舉手發言，但又止住了。聚會沒開完前我就想走，但我也沒有那樣做，仍舊盡責的待到結束。

之後我走到第十大道，走到葛洛根開放屋的大門。

8

米基說，「你記得我們第一次講話的時候嗎？我要你把襯衫脫下來。」

「你想確定我沒有綁了祕密錄音機。」

「沒錯，」他說，「老天，我希望今晚你絕對沒有帶。」

柏克已經走了。地板也已清掃乾淨，除了我們的之外，所有的椅子都已疊在桌上。只有一盞燈還開在那裡。米基剛告訴了我一個在法庭上說會讓他入獄的故事。雖然發生在很久以前，但他做的事到現在還是可以被起訴。

「我沒帶錄音機。」我說。我向下看我的玻璃杯。杯子裡只有蘇打水，但我看的那副樣子會使你以為這是更為強烈的飲料。我以前常常這樣瞪著杯子裡的威士忌，彷彿裡面藏著祕密的答案。但它們所能做的只是溶化了我的問題，但有時候那樣也足夠了。「沒有錄音機，也沒有監聽設備。」

「你還好罷？」

「沒什麼，」我說，「我替徵信社打了三天工，昨天幹完了。今天下午我在那兒安慰一個寡婦。」

「噢？」

「也可以說她在安慰我。現在看起來到處都有這種不溫不火不著痛癢的安慰。」

他等我繼續說下去。

「一個以前的客戶，」我終於接下去，「你記得那個在十一大道上被槍殺的傢伙？」

「我記得。我以為你早就辦完了。」

「我跟他太太好像還沒完。」

「噢。」

有人試著打門。大門是關著的，鐵門也拉了起來，但還有一盞燈亮著，加上我們坐在桌邊，這就足夠讓一些醉鬼心裡燃起一點希望之火。米基站起來，走到大門半途，出聲要他走開。他又試著再轉了一次門把，之後終於放棄希望離開了。

米基坐下來重新倒滿了酒。「他來過一兩次，」他說，「我告訴過你嗎？」

「郝士蒙？」

「就是他。上個夏天我們這裡來了好些個雜七雜八不屬於這裡的異類。一方面是因為這附近在改變，另一方面是那他媽的報紙報導。」

《新聞報》有篇葛洛根的專欄報導，對葛洛根聲名狼藉的常客做了一番感情充沛的描述，圍繞著米基的各種傳說更是受到特別的注意。我說：「那會吸引人，你還以為那會把他們給嚇跑？」

「沒錯，」他說，「但人類是很奇怪的。你剛提到的那個傢伙就在那時候來的，跟那些人一樣，東張西望好像他可能在牆角發現一具屍首。」

「他是一個專門告密的人。」

「哦？」

「他把他舅舅出賣給了國稅局，然後設計把一個販毒的律師給抓了起來。」

「天曉得。」他說。

「他幹得挺不錯，但也可能這是他被殺的原因。」

「難道不是那個小子幹的？那個穿件軍用夾克的傢伙？」

「嗯，說不定。但也不見得。」

「不見得，」他想了一想說，「如果不是那個癟三，那會是誰？」

「他當時想要設法坑害的人。」

「這麼說他會去勒索囉？」

「不，除非他想多加一門賺錢之道。」

他皺起眉，「那誰會知道去殺他？那個舅舅？還是律師？」

「不像是這樣子。」

「我想不該是一個正在進行的案子，不然你會看到聯邦調查局的探子像蒼蠅見了腐肉。你說是他要去密告的人，但這件事還沒落到毒品管理局或國稅局那裡。」

「不錯。」

「那麼那個人怎麼會知道去殺他？而且幹嘛要殺他？為什麼不給他個警告把他嚇跑？你想如果有人警告他的話，他會怎麼辦？」

「他會嚇得屁滾尿流。」

「我也會這樣說。你甚至不需要提起手來。如果是我，我絕不會對他大聲嚷嚷。我會壓低聲音，我會靜悄悄的對他說。」

「但帶了一根大棒子。」

「對付那小子你壓根不需要帶棒子。」

「說不定是跟他過去有關的人，」我說，「不是那個舅舅或是那個律師，而是被他搞過但我不知道的人，一個一心想要找他報仇的人。」

「然後在十一大道上找到他？你能常在那裡找到他嗎？那裡是你要找他的地方嗎？」

「有人可能跟著他到那裡。」

「然後當他要打電話時開槍打死他？」他拿起他的杯子，「噢，天曉得，我是哪根葱，還想教你怎麼辦案子？」

「總有人該試試。」我說。

我們談了些別的。在我們的故事之間滲透了長長的沉默。他喝的酒並不多，只是時不時斟一點保持酒杯常滿罷了。我記得很清楚這種喝法，以前我也常常這樣喝，直到這樣的喝法對我不再生效，因為在我還沒喝個舒服之前，我就已經醉倒了。

這是一年中白天很短的時候，但外面的天空終於轉亮。米基走到酒吧後面煮起一壺咖啡。他倒進兩只杯子，又在他的杯裡加了威士忌，我不想去猜我像他這樣混合有多少次了。那是完美的組合——咖啡因讓你的心思靈活，而酒精使你的靈魂麻木。

我們喝了咖啡。他看看錶，跟酒吧後的鐘對了一對。「該去望彌撒了，」他說。「你來嗎？」

∞

神父是愛爾蘭人，幾乎跟協助彌撒的男孩差不多年輕。參加的人不過一打左右，大部分是修女，而且除了米基之外，沒有人是一身屠夫的白圍裙。我想我們是唯一沒領聖體的人。

他把他銀色的凱迪拉克轎車停在教堂旁的殯儀館前。我們坐進去後，他把鑰匙插上但沒有立刻發動。他說：「你還好吧，兄弟？」

「我想是的。」

「你跟她之間怎麼樣？」

他在指伊蓮。「有點緊張。」我說。

「她知道另外那一個嗎？」

「不。」

「你愛她嗎？我的意思是指另一個。」

「她是一個好女人，」我說，「我希望她順利。」

他等著。

「不，」我說，「我不愛她。我見他媽的鬼不知道我在她的生命裡幹什麼。我也不知道她在我的生命裡幹什麼。」

「噢，老天，」他說，「你不喝酒。」

好像這可以解釋所有的事。

「所以呢？」

「因為男人非得做點什麼事，做點操他媽不該做的事。」他一轉鑰匙，發動車子，把油門踩到底。「這是男人的本性。」他說。

24

旅館櫃檯有一個留言。打給珍・肯恩。

「週年快樂，」她說，「我怎麼樣，晚了一個月？」

「還差一點才一個月。」

「沒差多少。你知道，我記得那一天，我準備好要打給你的，然後我完全忘光了。從我腦子裡的一個洞掉了下去。」

「有時是會發生的。」

「事實上現在愈來愈常發生。我怕這是癡呆症的早期症狀，不過你知道？我可不打算為這個擔心。」

我說：「你好嗎？珍？」

「噢，馬修，我還好。不是很好但也不壞。很抱歉我忘了你的週年紀念日。那天好嗎？」

「還不錯。」

「那就好，」她說，「我能請你幫個忙嗎？我保證不像上次那樣的大忙。你能不能過來看我？」

「當然，」我說，「什麼時候？」

「愈快愈好。」

我一晚沒睡但並不覺得累。「現在？」

「太好了。」

「現在是幾點？九點四十分？我大概十一點左右到。」

「我會在。」她說。

∞

我早了幾分鐘，淋過浴刮過鬍子換了一身乾淨衣服。我按過鈴後走過去等著接鑰匙。她向我直直丟下來，而我在褲子拉鏈前一把接住。她大聲鼓掌，當我走出電梯，她又拍了一陣手。

「走了運。」我說。

「那是最好不過了。好吧，你就直說。『你看起來糟透了，珍。』」

「你看起來並沒有那麼壞。」

「噢，少來了。我的眼睛還管用，鏡子也沒問題。不過我在考慮把我的鏡子遮起來，猶太人這樣做的，對不對？當有人死的時候。」

「他們一向這麼做。」

「嗯，我說他們的做法不錯但時機不對。應該在你將死之前遮住鏡子，不然等你死後有什麼差別？」

我不想要說什麼，但她是看起來不對。她的臉色很難看，慘淡蒼黃。臉上的皮膚好像吸進骨頭裡，她的耳鼻及眉毛彷彿擴大開來，眼睛卻陷進腦殼。她將死的事實以前也很明確，但現在無處可以逃避。它直直的瞪著你。

「等一等，」她說，「我才煮了咖啡。」當我們各自捧了一杯，她說：「先說最重要的事。我要再謝一次你的槍，它改變了所有的事。」

「哦？」

「一切都不同了。每天早上我醒來後我問我自己，老女人，你非得要用這玩意兒嗎？現在是時候了嗎？然後我對我自己說，不，還不到時候。然後我可以自自由由的享受那一天。」

「我想我了解。」

「所以我要再謝你一次。但這不是我把你找來的原因。我可以在電話裡謝你。馬修，我想把我的梅杜莎留給你。」

我看著她。

「你只能怪你自己，」她說，「我們認識的第一個晚上，你就對她讚不絕口。」

「你警告我不要看她的眼睛，你說她的視線會把我化為石像。」

「我可能在警告你小心我。不論如何，你沒有聽我的話。你是個頑固的混蛋，不是嗎？」

「人人都這樣告訴我。」

「說真的，」她說，「你一直被那件雕像吸引，所以你要不是真的喜歡她——」
「當然我是真的喜歡。」
「——就是栽進你自己的謊言裡，因為不論如何我想要把她給你。」
「那是一件很棒的作品，」我說，「我真的喜歡她，但我希望我得等很久才等得到。」
「哈！」她拍拍手，「這是今天一早你在這裡的原因。她要跟你一塊回家。不，別跟我爭論。我不想費神搞那無聊的遺囑附錄，然後每個人得等查驗無誤。我記得我祖母死的時候，家裡的人為了桌布餐具搞得天翻地覆，可笑極了。我自己的母親至死還相信，她的兄弟派特在那天早上把祖母較好的耳環偷偷摸進他口袋裡。其實全家沒有人有錢的，又不是在爭什麼巨鑽。不，我要把我一件件東西及早分完。這是你知道你跟死神有約的好處之一。你可以把東西都送走，而且確定它們去了你想要它們去的地方。」
「說不定你會活下去。」
她不可置信的看了我一眼，然後縱聲大笑。「嗯，說好了就算數，」她說，「你仍舊可以留著那個雕像如何？」
「這句話還像樣。」
她已經把那件雕像裝箱，那個木箱跟雕像的底座一起放在地上。她說那個底座也是我的，但下次我再來拿會比較方便些。裝了箱的銅像並不大但很重，底座很輕但很不好拿。我能夠一個人獨自搬運那個銅像嗎？我在木箱上找了一處抓好提上肩頭，是很重但還可以忍受。我一路搬出房放到電梯前面，停下來喘口氣。

「最好叫部計程車。」她建議。

「不是開玩笑的。」

「讓我好好看看你。你知道嗎？你看起來糟透了。」

「謝了。」

「我是說真的。我知道我看起來很糟，但我有正當的藉口。你還好嗎？」

「我一晚沒睡。」

「睡不著？」

「也沒試。我拿到你的留言時正打算要上床。」

「你該告訴我的，這件事可以等又不急。」

「我並不很想睡。累了，但沒有睡意。」

「我知道那種感覺，最近我醒的時候也常這樣。」她皺起眉，「不只如此，還有別的事讓你煩心。」

我歎了一口氣。

「嗯，我不是要——」

「不，」我說，「不，你是對的。還有咖啡嗎？」

我一定在那裡說了很久。當我想不出要說什麼時我們靜坐了一會兒。然後她收了我們的杯子到廚房又再裝滿回來。

她說：「你覺得到底是什麼？不純粹是性吧。」

「不是。」

「我也不覺得。那會是什麼呢？是男人總歸是男人的那句老話？」

「說不定。」

「說不定不是。」

「當我跟她在一起的時候，」我說，「其他所有的事都去了另一個世界，我不需要面對任何問題。我們之間的性沒有什麼特別。她很年輕長得美，剛開始時是很興奮，就像這事件的新鮮性一樣讓人興奮。但我跟伊蓮之間的性反而更好。跟另外那一個——」

「你可以說她的名字。」

「跟麗莎，我不是每次都有興致，而且有時候不過虛應一招。我在那裡，我們之間有這樣的關係，所以我們不如還是做了，不然她為何要存在我的生命裡會更無法解釋。」

「讓我們逃避所有的一切。」

「嗯。」

「你告訴了些什麼人？」

「一個人也沒有。」我說：「不，這不完全對。當然我告訴了你——」

「我是不算數的。」

「幾小時前我告訴了一個跟我喝了一晚的傢伙。嗯，是他在喝酒，我只喝蘇打水。」

「謝謝老天慈悲。」

「我想要跟吉姆談，但哽在喉裡說不出來。你看，他認得伊蓮。瞞著伊蓮已經夠糟了，但如果別人都知道了而她卻不曉得——」

「這不好。」

「是不好。而且當然，愈談愈像是真的，但我不想要它變成真的。如果它得要代表什麼，我想要它像是一個我在夢中去的地方。最近每次我離開她的公寓，我都對自己說，該結束了，我絕不會再去。但幾天後我又拿起了電話。」

「我猜你沒有在聚會的時候談起。」

「沒有。理由是一樣的。」

「你可以試試去一個沒人認得你的地方。像布朗克斯的偏遠地帶，過去三百年來他們都表親通婚。」

「而所有生下來的小孩都有畸形腳。」

「正是，你在那裡說什麼都可以。」

「不錯。」

「不錯，但你不會這樣做。最近你去聚會嗎？」

「當然。」

「和以前一樣多？」

「我可能少去了一點，我不知道。我，嗯，有點心不在焉，胡思亂想的，我不曉得見什麼鬼我在那裡。」

「聽起來不對，小子。」

「哦。」

「你知道，」她說，「我想你找對了人談這件事。面對死亡結果是非常具有教育價值的過程。你因此學到很多。唯一的問題是你沒有時間去運用你新學來的知識。但難道不是一向如此？當我十五歲時我對自己說，『噢，我現在明白了這麼多事，如果我能回到十二歲有多好。』當我十五歲時，我又真懂得什麼？」

「現在你悟到了些什麼？」

「我知道時間太寶貴了不容浪費。我知道只有真正重要的事才值得費心。我知道不要在乎那些小事。」她做了一個鬼臉，「所有這些睿智的觀察，聽起來好像是貼在車尾的標語。最糟的是，好像我十五歲時就已經明白。說不定我在十二歲時也已知道了。只是我現在的了解很不同。」

「我想我明白你的意思。」

「老天，我希望你真的了解，馬修。」她把手放在我的手臂上。「我關心你，你知道。真的，我不希望你搞砸了。」

過去的這幾天，報紙上登載了點什麼我會感興趣的事？

∞

我坐上計程車往上城行進時一邊默想著，那個裝在木箱裡的銅像就在我身邊。在我的旅館前我付了車錢，又把她扛上肩頭。在房間地上，我找了一處我不太可能會栽在上面的地方。我得拆箱，但這可以等一等。我得回去拿底座，但那也可以等一等。

我到圖書館去，不花多少時間就找到我想找的那個故事。三天前上報。我不確定我在哪裡看過，因為所有的地方報紙都有登載，但沒有一家有詳細的描述。

一晚稍早的時候，一個叫羅傑．派爾薩克的在南公園大道及東二十八街交口處被槍殺致死。根據警方記錄，現場證人說被害人在打電話時，有部車開了過來。一個槍手跳了出來向派爾薩克胸前開了幾槍，最後一槍射進他的後腦，然後跳回車裡迅速開走。根據《郵報》上說，輪胎還尖聲作響，被害人據說三十六歲，有很長的犯罪記錄，其中包括重傷害罪及持有贓貨。

∞

「他是一個拉皮條的，」丹尼男孩說，「我想他一定是保護少數種族法案的受益者。」

「什麼意思？」

「他是個白人。」

「他不是第一個拉皮條的白人。」

「不是，但在街上混的並不多，而道奇・派爾薩克完全是在街上混。」

「道奇？」

「他道上的名字。這幾乎是不可避免，羅傑道奇，他原來是從洛杉磯來的。」

「我原以為是布魯克林。」

「那是因為你有歷史感。派爾薩克在他選的這一行裡不算是個主要的角色，但他過活不成問題。」

「夠他頭戴紫帽，身穿一套花俏西裝？」

「這可不是他的風格。道奇把那套留給了老黑，他自己穿得很正點。」

「誰殺了他？」

「不知道，」丹尼男孩說，「我上次聽說他出城了。然後我在報上看到他被殺的新聞。誰殺了他？你問倒了我。你沒幹吧？」

「沒有。」

「嗯，我也沒有，」他說，「但還是有很多人沒有算進去。」

8

我到達西十八街四八八號的頂樓時是在午後，但就算是午夜看起來也會是同樣的景象。沒有日光通過那些窗戶。玻璃窗的下半部已被鏡子取代，而上半部像牆一樣漆成了檸檬黃。

「我們不能讓任何人看進來，」茱利亞說，「連太陽、上帝也不行。」

她給我一杯茶，讓我坐下，她自己則把腳墊在身下坐躺椅上。這次她沒有穿著回式睡衣。她一條合身的黑色長褲，一件深粉紅色的襯衫。襯衫是絲質的，頸子上的釦子沒有扣起來，從襯衫下的曲線看，不論是上帝或外科醫生都沒有虧待她。

我呼叫了阿傑幾次，我們來回打過好幾個電話。現在她女皇陛下親自接見了我。

「羅傑．派爾薩克。」我說。

「是不是有人叫亞瑟．派爾薩克？」她想道，「我好像記得，是個音樂家。」

「這個是羅傑。」

「可能是他親戚。」

「都有可能，」我說，「他們叫他羅傑道奇。」

「以前這樣叫他，他已經死了。」

「當他在打電話時，在街上被槍打死。三四發在胸前，最後補一槍以防萬一。那槍在腦後。是不是聽起來很熟悉？」

「是聽起來有點熟悉。你的茶怎麼樣？」

「茶很好。他個子很高，深色頭髮深色眼珠。長得不錯。穿著體面，雖然不像其他幹他這一行的專業人士那樣花俏。」

「專業。」她調皮的說。

「我記得，他死的那條街一向有娼妓往來。現在還有什麼我們認得的人是身材高膚色深，一副常春藤的穿著，然後就像他一樣的死法，而且死在類似的街上？」

「噢，親愛的，」她說，「你可以長話短說嗎？」

「誰殺死了他，茱利亞？」

「嗯，」她說，「聽起來凶手跟殺死我們的朋友格藍是同一個人，而且我之前就告訴過你我不知道是誰殺的。」

「『之前不知道。』」

「我有用錯時態嗎，馬修？」

我搖搖頭，「之前你不知道是誰殺的，」我說，「但我想你現在知道了。因為我相信格藍・郝士蒙是被錯殺的。殺死他的人其實在找羅傑・派爾薩克。說不定他只是聽說羅傑是怎麼個長相，也說不定他們兩個長得很像，所以在那樣的燈光下把他搞糊塗了。」

「我遠遠在對街另一頭，」她說，「我看他並不像羅傑道奇呀。」

「你已經知道他不是了。稍早的時候你在近距離看過他。」

「說的也是，」她說。她檢查她的一隻手指甲，然後瞪著指甲根的那圈皮。「我沒有把這兩樁凶殺案連接起來，」她說，「第一樁殺格藍，我有好幾個禮拜都沒去想了。我也沒有聽說什麼有關

第二樁的細節。我不曉得死者的腦後中了彈。」
「像某種親筆簽名一樣。」
「不錯。」她又繼續研究她的手指甲，同時在上面吹氣，好像指甲油還沒乾。「我甚至不知道他已經回來了。」
「派爾薩克。」
「嗯。我有幾個月沒見到他，我聽說他回洛杉磯去了。我想那是他來的地方。」
「我也這樣聽說。」
「我一聽到他回來的消息，」她說，「就是他死去的消息。」
「誰跟他有仇？」
她的眼睛迴避著我。「我沒有一個替我拉皮條的，」她說，「你也可以叫他們經理，現在好多人喜歡這種稱呼。而且我跟羅傑道奇既不熟，我也看不起他。他的衣服可以穿得很保守很像樣，但就算他穿了一套昂貴的西裝，他仍舊看起來像一個十塊錢買得到的賤娼套在一件新娘禮服裡。你相信我的話沒錯。」
「好。」
「任何我告訴你的話都是我從別人那裡聽來的。而且你不是在我這裡聽到的，因為我永遠不會重述這些話。你明白了嗎？」
「再明白不過。」

「我聽到的是，」她說，「我是在道奇消失很久之後才聽說的，他跑到加州去是為了健康緣故，換句話說，有人想要殺他。」

「誰？」

「我不知道那個人。我只知道他在街上混的名字，而且我從沒見過他，因為他跟我不在同一條街上行動。」

「他們怎麼叫他？」

「阻特。」

「阻特。」我說。

「因為他喜歡那種服飾，當然這跟那位死去的派爾薩克先生有很大的不同。」

「他穿阻特裝。」

「穿一套真正的阻特裝，」她說，「如果你曉得那像什麼。很多人以為阻特裝一定缺乏格調或花俏作怪，不是跟鬆垮的紫紅帽子，就是跟裝毛皮的粉紅凱迪拉克轎車相配，其實阻特裝是四〇年代一種特殊的風格。」

「一種垂落的造型及俐落的褶線。」

「親愛的，真想不到。我這樣說有點太那個，不過你看起來不像對流行很敏感。想不到你居然對男性服飾是如假包換的歷史學家。」

「不見得，」我說，「告訴我有關阻特的事。他是黑人嗎？」

「啊，你從來沒告訴我你是個靈媒。」

「膚色很深，」我說，「下巴尖長，側面比正面要引人注目。一個小鈕釦似的鼻子。」

「聽起來你好像認得他。」

「我也從來沒有跟他說過話，」我說，「但我看過他一次。他穿著一套粉藍色的阻特裝，一副裝了遮光鏡的太陽眼鏡。還有一頂帽子。」我閉起眼試著全神貫注的回想。「一頂草帽，像可可的棕色，帽緣非常窄。上面一條很醒目的帶子。」

「這是什麼時候的事？」

「一年以前，比較可能是在一年半以前。我記得他有一個名字，但不是叫阻特。」

「他做什麼？」

「跟我的一個朋友同坐在一桌。然後他走了，我就坐上他的椅子。」

「而且聽說了他的名字。」

「但不是他在街上混的名字。」

「現在問個值大錢的問題。他的帽帶是什麼顏色？」

我皺起眉全神去想，然後搖搖頭。「抱歉。」我說。

「相信我，我也很抱歉，」她說，「但你不是全盤失敗。像電視節目裡一樣，你仍舊可以留著微波爐及家庭娛樂系統。謝謝你參加我們的記憶力大賽節目。」

8

「尼可森．詹姆士，」我告訴喬．德肯。「他原來叫詹姆士．尼可森，但不知怎麼搞的他的名字在某種官方文件裡給弄反了。我猜是法官下的拘票，因為這可能是他最常見的官方文件。不論是什麼，他喜歡他的名字反過來。一旦他可以去辦，他就依法把名字改了過來，這可能是他最後做的一件合法的事。」

「那麼他最後一件違法的事是什麼？」

「很難說。他把一個叫羅傑．派爾薩克的傢伙在南公園大道上給做了，但那是好幾天前，所以從那時候起，他可能已經幹了半打的一級罪。另一方面來說，他也可能已經洗手做神父去了。你永遠不會知道。」

「我就從來不知道，」他同意，「只要你的朋友尼可森不在我的轄區出現，我也不能說我在乎就是了。他是不是這樣叫他自己的？尼可森？還是他喜歡叫詹姆士？」

「有些人叫他阻特。」

「好極了，」他說，「真有格調。當然如果他變成了神父，他們得叫他阻特神父。或是阻特修女也可能。現在你告訴我，有個把他自己名字顛倒的混蛋，在別人的轄區裡殺了另一個混蛋，這跟我什麼關係？」

「他殺死的人大概六呎一吋，深色頭髮深色眼珠，穿著整齊，案發時在打公用電話。阻特在他胸上打了幾槍，又在他腦後補了最後一彈。」

他一竄坐直了。「好了，」他說，「我開始注意聽著。」

「兩個月以前，或不管有多久，尼可森．詹姆士開始跟羅傑．派爾薩克結了梁子。我不知道他們為什麼結怨。可能是為了女人要不然就是為錢。一晚阻特開車經過十一大道。也許他是在找派爾薩克，也許他只是走了運，但他要的人就在他眼前，像派爾薩克一樣在打公共電話，又一副常春藤的服飾，跟派爾薩克同個樣。」

「只是他不是派爾薩克。」

「他是格藍．郝士蒙，」我說，「出來散步，很可能在進行他自己的陰謀詭計，只是還沒行動，我們也永遠不會知道了。阻特跳出車，打了他三槍。郝士蒙面朝地倒了下來，所以如果阻特還沒有發現他殺錯了人，他現在也不會注意到。無論如何那時候是晚上，光線很暗。」

「加上尼可森．詹姆士人又不靈光。」

「所以他再開一槍然後就回家了，」我繼續，「或上什麼地方慶祝去了。喬治．沙塔基這時從陰影裡閃了出來，以為他人還在越南，所以最好去撿他的彈殼。警方辦案卓越，把一口袋證據的他抓了起來，而喬治甚至無法發誓不是他幹的。」

「原來該死的被害人呢？」

「羅傑道奇？像是道奇球隊，他跑去了洛杉磯。事實上當阻特殺了郝士蒙時，他可能已經出城了。要不然他就是在不久之後走的。喬治先去了瑞克，再轉貝勒浮，又再轉回瑞克，在那裡被亂刀殺死。這個案子早已結束，現在更不會上法庭，攪起已經落定的塵埃。」

「道上的人怎麼說？怎麼沒有人知道郝士蒙挨了別人子彈？」

「他們怎麼會知道？很多人甚至不知道阻特跟派爾薩克有仇，知道的人也不可能太重視。龜公老是彼此結怨。而且街上的人不知道郝士蒙跟派爾薩克很像，也不知道喬治不是報上所說的凶手。天曉得，就連派爾薩克都沒想到真有這樣嚴重。他以為夠安全可以回來了。尼可森・詹姆士一聽他回來，就開車四處跑，直到他找到對的公共電話，找到對的打電話的人，然後他就幹了他曾經幹過的事。」

我們這樣來回說了幾次。他問我我希望他做些什麼。

「說不定你可以打電話給在辦派爾薩克案子的人，」我建議，「告訴他們說不定想查查尼可森・詹姆士。」

「也叫阻特。」他用手指敲著桌面，「我怎麼會知道這些的？」

「你的人給你通風報信。」

「我猜是小鳥告訴他的。」

「那個眾所周知的小鳥。」

「他們可能已經知道了。阻特很可能早在里諾大道上的酒吧裡自吹自擂，然後好幾個傢伙跌跌撞撞趕著去打電話傳播。」

「有這個可能。」

「但你不以為然。」

「如果話已經傳出來，」我說，「我有個朋友應該已經聽到了。但他還沒有。」

「我大概知道你在指誰。」

「你大概知道。」

「而他還沒聽到？那很有意思。不過你也可以自己打電話。只要不是在公園大道或十一大道，你到處都可以打電話。你來找我做什麼？」

「如果是你說的，他們會多加注意。」

「『當德肯說話，人人聽著。』記得那個廣告嗎？不知道這些人到哪裡去了？」

「我不知道。」

「說不定別人已停止不聽了。」他皺皺眉，「馬修，用什麼話來總結這個故事？這個故事要怎麼結束？」

「因為運氣跟警方的大力追查，」我說，「尼可森．詹姆士因謀殺羅傑．派爾薩克而被拘捕入獄。」

「那你已經安眠的狗呢？」

「你說什麼？」

「郝士蒙跟沙塔基。如果那罐蟲子被打開的話，一定又是一團糟。你知道阻特跟郝士蒙的槍殺有關。事實上如果把事件掀開來，就比較不容易把他跟派爾薩克牽連起來。辯護律師可以藉機利用。」

「而且這對警方也沒有好處。」

「我知道有幾個傢伙因為抓到沙塔基而得嘉獎。我所以叫他和郝士蒙是已經安眠的狗。說不定我們就不要再去攪醒他們了。我不覺得阻特會自己提起，他不至於這麼笨吧。」

「不會的。」

「你覺得怎麼樣，馬修？你能讓這個案子就這樣結束嗎？」

「這要看客戶決定，」我說，「讓我試試看能不能說服他。」

∞

我從我的旅館裡打電話到湯姆．沙塔基的店裡找到了他。我很快的把經過說了一遍給他聽，而他靜靜聽著一直沒有打斷我的話。等我全說清楚後我說：「你必須做個決定。就目前看來，凶手說不定會因謀殺羅傑．派爾薩克而被起訴，如果他被起訴的話，說不定他會被定罪。這都必須要看他們是否能提出一個強而有力的案子。我猜他不是認罪，就是出庭受審，因為這是一個新的案子，而且他們還有目擊證人。不過現在還在初步階段，所以很難說結果會是如何。

「如果我們試著把凶手跟郝士蒙連接起來，並且把我們所有的資料公開，那麼可能反而削弱了派爾薩克的案子。我們最多能做到的是洗清你兄弟的罪名。你會說那不重要，但如果你想要的話，你有權利改變你的想法。」

「天曉得，」他說，「我以為這件事已經結束了。」

「你不是唯一這樣想的人。」

「你覺得我應該怎麼做？」

「我不能回答你的問題，」我說，「如果你就此算了，對我比較容易，而且天知道對警方來說也要方便多了。但真正最重要的是你的想法，你和你家庭的想法。」

「喬治沒有殺人？你確定這點，對不對？」

「絕對確定。」

「好可笑，」他說，「剛開始對我來說重要的是相信他沒有殺人，但接著最重要的是讓這件事過去，你了解我的意思？現在看起來我一開始就是對的，我很高興知道這點，但這點已經不再那樣重要了。這整個案子像是與喬治沒有關係，也跟我們無關。」

「我想我了解你的意思。」

「如果要洗清他的聲名，所有的事又得重新來過一次。他不需要洗清他的聲名，讓整個世界忘了他。我們永遠記得他，而這就足夠了。」

「那就別翻案了吧。」我說。

我打電話給麗莎。我說哈囉，她也說哈囉，然後她等我邀請我自己去看她。但我要告訴她的是，她的丈夫因被誤認為一個龜公而被殺。「這個案子不會重審，」我說，「唯一想要重審的人會是喬治．沙塔基的兄弟，而他已經決定不要這樣做。天知道警方最好沒人再去碰，我們也是如此。」

「所以這個發現並沒有改變任何事情。」

「它解決了若干過去留下的疑點，」我說，「而且我們現在知道格藍並不是被他以前密告的人，或正要去密告的人所殺，這點也不無安慰。但說實在的，沒錯，這個發現並沒有改變任何事。」

「好奇怪，他居然會預感到有危險。」

「如果他確實有這種預感的話，說不定他正在做某種他覺得可能因此被殺的事，說不定那個龜公沒先殺了他，他還是會被殺的。」

我們又談了一會兒。她問我想不想過去。

「今晚不行，」我說，「我累極了。」

「去睡覺吧。」

「我要去，」我說，「會先打電話給你。」

我掛斷電話走到窗前，站在那裡注視了窗外一會兒。然後我拿起電話來。

「嗨，」我說，「我過來好嗎？」

「現在？」

「是不是時間不好？」

「我不知道。」她說。

我說：「我真的想見你。我累得不得了，從前天晚上起我就沒上床睡覺。」

「有什麼重要的事？」

「不，我只是忙。但我想，可以等到明天再說。」

「不，」她說，「沒關係。」

「你確定嗎？」

「沒關係的。」她說。

25

「他是意外被殺的，」我告訴伊蓮。「從一開始就看起來像是件意外。警方也是這樣想。一個高高住在二十八層樓上的人在不對的時間出現在不該出現的地方，一個穿西裝的人在街頭那不算平靜的路段散步。

「他們以為他撞上了喬治．沙塔基，而不論我多麼努力，也沒辦法排除這個可能性。但格藍．郝士蒙這個人說不出來的不對勁，我對他知道的愈多，愈覺得有人會比喬治有更好的理由殺他。而且凶殺的方法看起來像懷有目的。最後射進腦後的那一彈不像是搶錢搶過了火，或是要錢出了差錯而發生。那一彈像是在執行處決。只有在你一定得置人於死地時才會這樣做。」

「所以這就是事實真相。」

「這正是事實真相。尼可森．詹姆士一定有他非殺羅傑．派爾薩克不可的理由，當他殺格藍時，他以為他正在殺派爾薩克。然後當喬治出來替他頂罪的時候，他一定覺得得到上帝的特別眷顧。當然他從來沒有告訴任何人他殺錯了人。殺錯人可沒有什麼好在酒吧裡吹牛的。他殺了一個陌生人，然後另一個陌生人因此被抓了起來，這種情形下，天下最容易幹的事是假裝他沒幹。

「然後派爾薩克以為已經安全可以回家了，尼可森．詹姆士發現之後，他就舊戲重演了一遍。

一樣在公共電話旁，三槍在胸上，一槍保證致命，只是這次他殺對了人。」

「但沒有人發現這兩件案子的關聯。」

「他們沒有理由發現。」我說，「在這五個市區裡，從郝士蒙的謀殺到派爾薩克之間，有將近五百個凶殺案。絕大部分是槍殺，很多都發生在街上。這兩個案子的相似之處很驚人，但只有你把郝士蒙的案子放心頭時才會注意到，而辦過這個案子的警察都有其他要處理的事。而且，派爾薩克是在城的另一頭被殺的。辦那個案子的人沒有一個跟郝士蒙的案子有關。同時別忘了，郝士蒙的案子已經是歷史。案子不但結了，而且凶手不只被抓到，他還死了走了。如果你碰到一個案子是夫婦倆被斧頭砍死，你可能會想到古早以前麗絲．博頓的故事。但你並不會當她是凶手。」

「我明白你意思。」

「其實只有一個人是應該聯想到的，那就是我，因為我從來不認為是喬治殺的。而且不論這幾個月來有多少凶殺案，我的心上只有這一樁。所以如果有人會把郝士蒙及派爾薩克連起來，那就該是我。」

「而你想到了。」

「不，」我說，「問題是，起先我並沒有想到。四家地方報都有報導派爾薩克被殺的新聞，所以我至少看過一次。我一定看過了，因為幾天後我想了起來。這個故事甚至像打了鈴，但我就是沒有聽進去。」

「為什麼？」

「因為我理所當然的耳聾了。愛爾蘭式耳聾，我的舅媽佩姬以前常常這樣說。意思是當你不想聽到的時候，你就聽不到。」

「為什麼你不想聽到？」

「我會告訴你我怎麼克服我的愛爾蘭耳聾，你就會明白是什麼緣故造成的。昨晚我離開這裡後我先去艾樂儂屋的午夜聚會。之後我去看米基。」

我告訴她我在葛洛根消磨的時刻，又重述了跟格藍．郝士蒙有關的那部分談話。然後我告訴她我們兩人看著天空轉亮，之後去了聖本納德教堂參加了屠夫彌撒。

「但米基是唯一身繫白圍裙的人，」我說，「基本上只有我們及一群修女。」

「你原來以為他殺了郝士蒙。」她說。

「我怕是他殺的。當我追到愛爾圖納，找到人告訴我他從哪裡搞到錢去上法學院時，我最先想到的可能之一就是這個。一邊是郝士蒙，一個以告密維生的人；另一邊是我的朋友米基，他的車、他的房子都在別人的名下，所以政府沒辦法追查到。而且他老是掛在嘴上，說什麼如果他們能證明你有任何資產的話，他們就會來查收，說什麼如果他的房客死了的話，他的律師要他確定那個房子沒有遺留到別人的頭上。

「我在葛洛根碰到格藍一次。我在酒吧喝可樂，而他居然以為那是杯愛爾蘭啤酒，可見他在一個典型的地獄廚房的酒吧裡有多如魚得水了。但他知道是誰擁有這個地方，而且他對屠夫巴魯有一肚子的疑問，最後我只好告訴他在那裡問這些問題很不敬。但這不表示他不會去問別人，他說不定探聽到什麼，然後試著利用他探聽到的消息。

「現在看起來懷疑米基殺他一點道理也沒有。格藍在暗地裡行事，我們所知道被他害過的那兩個人完全蒙在鼓裡。他當然也不會在一個著名的殺手面前暴露自己。何況如果米基知道他的意圖，天底下最容易的事是一舉把他嚇跑。

「就在這裡我錯了，」我說，「我沒有好好去想個清楚就放棄。我堅持我的工作已經結束，因為我替我的兩個客戶都已盡了力。麗莎．郝士蒙保住了她的錢，而我不能替喬治．沙塔基再做什麼事。我又沒有追尋真正凶手的線索，所以我可以停止去找他。

「同時我的疑心病折磨著我。我不能不去葛洛根。每隔幾天我就去找米基，然後我會跟他長坐在那裡，但從不談起最放在我心上的事。或許你可以說這件事不是最重要，至少不是在意識的層面，因為我不容許自己去想它。

「然後尼可森．詹姆士殺了羅傑道奇。我看了那則新聞，但竟然沒有引起我的注意。」

「然後你去葛洛根找米基談話。」

「我去跟他談話，」我說，「不知怎麼提到了格藍．郝士蒙。」沒有理由說明我們怎麼會提起的。「他所說的話讓我清醒了，我的憂慮讓我不能想個清楚。然後像有奇蹟似的，我開始記起來我最近看過點東西好像有關係。我不知道到底是什麼，但我曉得是有這麼回事存在。」

「一個人心智的運轉好奇妙。」

「你說得對。」

「假設是他幹的。」她說。

「米基？」

她點點頭，「假設他承認是他幹的，或假設你手上有絕對明確的證據證明是他幹的。那又如何？」

「你的意思是我會怎麼做？」

「嗯。」

我不需多想。「我不會採取任何行動，」我說，「這個案子已經結束，我已經辦完了。」

「他殺了人不償命不會令你不安？」

「我不願意去想米基殺了多少人都沒償罪，」我說，「我曾經在場過一次，他又告訴過我很多別的。如果我可以接受其他的，為什麼多一件會讓我如鯁在喉？」

「就算這一件跟你有關？」

「怎麼能說跟我有關？因為我跟被害人有點認識？因為事發後我接了這個案子？他並沒有殺了跟我親近的人，或以特別殘酷的方式殺人。如果他確實殺了格藍，我相信他一定有他的理由。」

「所以你雖然懷疑他，但並不因此改變你對他的感覺。」

「是的，並沒有。」

「而且也沒有改變你們之間的關係。」

「為什麼會？」

「今早你跟他一起去做彌撒，」她說，「你好久都沒這樣做了。」

「你們猶太女孩，」我說，「從不放過任何細節。」

「哦？」

「我猜你是對的，」我說，「我猜如果我懷疑他的話，我不會允許自己跟他一起參與這個儀式。一旦我的疑心解除了，我就覺得有紀念這個場合的必要。」

「然後你記起來了那則新聞。」

「我記起來有那麼一條，而且是最近才出來的。我看遍了過期報紙，直到我找到我要的東西。然後我開始往下挖。茱利亞一提到一個叫阻特的龜公，我就想起來有個穿阻特裝的傢伙。那就是尼可森．詹姆士。當我在辦那個綁架的案子時，我看到他和丹尼男孩談話。基南．庫爾里的太太。你記得嗎？」

「當然。」

「後來我跟丹尼男孩提起，他甚至不知道他們之間有梁子，所以幸好茱利亞居然曉得。但處理這個案子的運氣一直不怎麼樣，我很高興也有走運的時候。」

「我不怪你，」她說，「老天，你看起來好累，我可以再給你加一些咖啡，但你大概不需要更多咖啡。」

「你可能是對的。」

「我也累了，」她說，「昨晚我也沒睡多久。最近我有很多心事。」

「我知道。」

「你打來時把我嚇到了。你說你一個晚上都沒睡，而且你需要跟我談一談。我怕你可能要說的話。」

「我只是想告訴你發生了什麼事。」

「我知道。」

「而且我不想一個人孤孤單單的上床。」

「嗯，你不需要。」她說。

∞

當我上床後我忽然覺得，不論我有多累，要睡著還真不容易。但接下去我一睜眼，陽光已經從臥室的窗口射進來，新鮮咖啡的香味充滿了公寓。

我喝第二杯時，電話鈴響了。伊蓮接了電話，我望過去注意到她的臉色變化。「等一下，」她說，「他在。」

她遮住話筒說：「找你的，珍．肯恩打來的。」

「噢？」

她傳給我電話後大步走開。如果不是我手上有那該死的電話，我會追過去拉住她。我說：「哈囉？」

「馬修，很抱歉，時間不對，是不是？」

「沒關係。」

「你想待會兒打給我嗎？」

「不，」我說，「沒關係的。」

「你確定嗎？」她說。「因為沒什麼緊急事，只是現在好像跟我有關的事都有點緊急。昨天你走了不久，我忽然像是想通了。我很想馬上打給你，但我想再多想一想，看我今天是不是還有同樣的想法。」

「是不是呢？」

「嗯。而且我想讓你知道，因為這跟你也不無關係。」

「哦？」

「我不打算自殺了，」她說，「我不會去用你給我的那把槍。」

「真的嗎？」

「真的。你想知道為什麼嗎？你走後我照照鏡子，我不敢相信自己看起來有多糟糕。然後我想，又如何，我可以接受這一點。突然我明白不論將會發生什麼事，我都可以接受，再久也不是問題。我可能無法改進，但我可以接受，我可以忍受。

「而這對我是天大的轉變，」她說，「有些事是我不能控制的，像癌症的痛苦及我外表的改變，還有這完全不可接受的事實，就是我不可能逃生了。那把槍給我某種控制力。如果我不能接受情形的發展，我永遠可以扣下扳機。但誰說我一定得控制所有的事？而且有誰在我們的生命裡真能控制什麼？噢，見鬼，我可以忍受一點痛苦。『沒有你忍不過的痛苦』，他們是不是這樣說的？」

「是有人這樣說。」

「你知道我突然明白什麼嗎？我不想要錯過任何事。保持清醒不再沉醉的整個目的就在這裡，你停止錯過你自己的生命。噢，我要在這裡面對一切。等待死亡是一種經驗，而且是我不想錯過的經驗。我以前總是說我希望死亡讓我驚奇。中風或是心臟病，最好是在我睡著的時候，所以我一點也不知道發生了什麼。噢，結果這並不是我想要的，我寧可有時間慢慢面對。如果我像一道光一樣的走了，我永遠不會有機會確定我的東西到了我想要送的人手裡。忽然想起來，別忘了回來拿那雕像的底座。」

「我知道。」

「所以我想要再謝你一次，謝謝你給了我那把槍，」她說，「因為有了它，我才會發現我不需要它。我不知道我這樣說有沒有道理——」

「沒問題。」

「是嗎？有時候我不知道我的頭腦是不是很清楚。你知道昨晚我上床前在想什麼？我發現我對面臨死亡最害怕的是我會搞砸了，怕我不知道該怎麼辦。然後我想，狗屎，想想看所有那些白癡低能一事無成的人，還不是都成功了。會有多困難？我的意思是，如果我的媽媽做得到，任何人都做得到。」

「你是個神經病，」我說，「但我想你已經知道了。」

∞

當我走進臥室時，伊蓮坐在椅子上看著梳妝檯鏡子裡的自己。她轉身過來面對我。

「是珍。」我說。

「我知道她是誰。」

「我不知道她為什麼會打電話到這裡來。我原來要問她的。她並沒有這裡的號碼。」

「你的轉接還開著。」

「不可能的。昨晚我並沒有打開。」

「你不需要開，」她說，「從前天晚上起你就一直開著。」

「噢，老天，」我說，「你開玩笑。」

「不。」

我回想了一下。「你說得對，」我說，「我一直沒關。」

「她昨天早上也打來過。」

「她打來這裡？在我旅館那裡有她的留話。」

「我知道，是我留的話。『打給珍．肯恩。』她沒有留下電話號碼，不過我想你大概知道。」

「啊，當然。」

「當然。」她說。她從小椅子上站起來走到窗前。往東看可以看到河，不過從客廳望去的景色比較好。

我說：「你記得珍。你在蘇活見過她。」

「噢，我當然記得。你過去的女朋友。」

「不錯。」她轉過來對著我，她的臉扭曲了起來。「操。」她說。

「怎麼回事？」

「我害怕我們昨天晚上會有這番談話，」她說，「我以為這是你要來這裡的緣故，所以我們得談，雖然我不想談，但我們非談不可，對不對？」

「你是什麼意思？」

「珍．肯恩，」她說，一個字一個字吐出來。「你在跟她約會，對不對？你跟她又好了起來，對不對？你仍舊愛她，對不對？」

「老天。」

「我原來不想提的，」她說，「我發誓我不想提的，但還是冒了出來。好吧，現在我們該怎麼辦？假裝我從來沒有說那些話？」

「珍快要死了。」我說。

她快要死了，我說。她有胰臟癌。她只有幾個月可活，他們給她一年，時間快要到了。

她在兩個月前打電話給我，我說。就在格藍．郝士蒙被殺的那段時間。她告訴我她快要死了，然後要我幫她一個忙。她想要一把槍。當她不能再忍受時，她想自殺。

她昨天打來，我繼續，是因為她想要給我一件她的作品。她開始把她的東西送出去，這樣她能確定它們去了她想要它們去的地方。昨天早上我去她那裡拿了一件她早期的銅像，她的氣色很差，所以我猜大概不會太久了。

她今天打來，我說，是告訴我她不打算把槍放進嘴裡，把她的腦漿射出來塗了一整牆。她決定讓死亡走完它自然的路途，而她想要告訴我她的決定，以及她為什麼改變了想法。

不錯，我說，我是有去看她，只是不是你想像的。不，我說，我並沒有又跟她好了起來。而且，不，我沒有跟她舊情復燃。我是愛她，關心她，她是一個極好的朋友，我說，但我們之間沒有愛情。

我愛的是你，我說，你是我唯一愛戀的人。你是我唯一真正愛過的人。我愛你。

∞

「我覺得自己好蠢。」她說。

「為什麼？」

「因為我對一個將死的女人這樣嫉妒。昨天一整天我都坐在那裡恨她。我好蠢，又苛刻又小心眼，無聊極了，十足是個神經病。絕對是個神經病。」

「你原來並不知道。」

「不，」她說，「還有一件事。你怎麼可以把這件事放在心上這麼久，卻不說一句話？這件事有兩個月了吧？為什麼你不告訴我？」

「我不知道。」

「你跟別的人談過嗎？」

「我跟吉姆說了一點，但我沒提她要我幫她弄把槍。我也跟米基談過。」

「我猜你跟他拿了一把槍。」

「他反對自殺。」

「但謀殺就沒問題？」

「有一天我會跟你解釋他怎樣劃分界限。我沒有跟他要槍，因為我不想讓他為難。」

「那麼你怎麼弄到槍？」

「阿傑在道上幫我買的。」

「我的老天，」她說，「你叫他給你買槍，賣毒品，跟雙性人混在一起。你對這男孩真起了不得了的正面影響。你告訴他你要的原因嗎？」

「他沒問。」

「我也沒問，」她說，「但你可以告訴我啊，你為什麼不說？」
我想了一想，「我猜我覺得害怕。」我說。
「怕我不會了解？」
「不是那樣的。你比我還要了解。說不定怕你不會贊成。」
「贊成你給她槍？我贊不贊成有什麼關係呢？不論如何，你都會去做你想要做的事，對不對？」
「說不定。」
「為了澄清起見，讓我告訴你，我贊同她不自殺的決定。但我也支持你給她槍讓她自己選擇的決定。但我不高興的是當你為此而痛苦時，我卻一直被瞞著。她過世時，你計畫要做什麼？不去喪禮嗎？或是告訴我你要去看拳擊賽？」
「我總會告訴你的。」
「你這樣說讓我舒服一點。」
「我猜我想要假裝沒事，」我說，「告訴了你就增加了它的真實性。」
「我能了解這一點。」
「我還害怕另一樁事。」
「是什麼？」
「是你也會死去。」我說。
「我又沒生病。」

「我知道。」

「所以——」

「我恨珍快要死了，」我說：「當她過世後，我將會相當失落，但失去親友這樣的事永遠會發生，人生教導你要學習接受。但如果你出了事，我不知道我該怎麼辦。這個想法一直在我心上。唯一讓我不想的緣故是我不准我自己去想。但有時候當我們在床上，我會摸著你的胸部，然後我發現我在想，不知裡面有沒有長什麼，或是我會在你的肚子上找到那個雜種砍殺你的傷痕，我會開始忖度他有沒有造成還沒被發現的傷害。從我發現我也不能免於一死已經有好幾年了，不是好玩的，但你也適應了。現在發生在珍身上的事讓我驚覺到有一天你也要走，這讓我非常難過。」

「老笨熊。我會永遠活著，你難道不知道嗎？」

「你從來沒有告訴我。」

「我沒有選擇，」她說，「只要在地球上有一個人需要我，我就不容許自己死去。噢，老天，抱著我，小甜心，我以為我要失去你了。」

「永遠不。」

「我想，嗯，她是一個很有意思的人，又有成就，是個藝術家，她一定比一個花了一輩子跟人上床的人要令人激賞。」

「這是你的想法啊？」

「嗯，我想她是那個更明淨，更清純的少女。」

「可見你有所不知，你才是那個更明淨，更清純的少女。」

「是嗎？」

「當然。」

「我啊？」

「你。」

「所以我錯了，」她說，「你可以糾正我沒問題。聽著，你想我們可以再回到床上去嗎？不做什麼。只是，你知道，緊緊的靠在一起。」

「這樣做好嗎？我們可能會失去控制。」

「說不定。」她回答。

∞

那天下午我站在客廳的窗前。她走過來站在我旁邊。「據說今晚會很冷，」她說，「可能還會下雪。」

「會是今年的第一場雪，是不是？」

「嗯。我們可以出去走在雪裡，或是留在家裡看。就看我們想不想親身體驗囉。」

「我在想我剛開始來你的公寓時，就在這些高樓建起來之前，那時的景色要好多了。」

「我知道。」

「我想現在是搬家的時候了。」

「噢？」

「凡登大廈有兩間公寓要賣，」我說，「而且我相信在西五十七街上一定還有其他的。我知道你一向喜歡隔壁街上那棟大廳裝飾風格強烈的大樓。」

「還有掛著作曲家巴爾托克曾住在此牌子的那一棟。」

「明天或是後天，」我說，「我想你應該開始幫我們兩個人找房子。你一旦找到你喜歡的，我想我們就去下訂。」

「難道你不想跟我一起去看？」

「我去只是礙手礙腳，」我說，「我知道你選的地方我一定會喜歡。天曉得我在一個衣櫥大小的旅館房間住了有多久？我喜歡至少有一個窗戶，那樣我可以坐在前面往外看，而且前面的景致要比通氣孔有趣一點。我想我們說不定要有兩間臥室。除此之外，我很容易滿足的。」

「你想找原來那附近嗎？」

「嗯，不是那裡就是蘇活區，假如你想走到畫廊的話。」

「哪個畫廊？」

「你的畫廊，」我說，「五十七街有很多畫廊的那一段離我的旅館走路不過五分鐘，而且我想有些大樓有空屋出租。」

「應該有。現在有好多畫廊紛紛結束營業。我什麼時候決定要開畫廊的？」

「你還沒決定，」我說，「但你遲早會決定。我說錯了嗎？」

她想了一想，「你可能是對的。」她說，「一想就好可怕。」

「還有一個最好由你去選房子的理由，」我說，「你是要去付錢的人，至少是付絕大部分。我想如果我會為這點而煩心就太愚蠢了。」

「你說對了。你會掛心上。」

「所以我會試著不這樣做。」

「我會找一個經紀人來處理這棟公寓，」她說，「我立刻就可以去辦。另外我去看看手邊有多少現鈔或其他資產，所以我們不需要坐著等賣公寓。我現在就去打電話，看我可不可以明後天約人去談。你知道嗎？忽然之間，我一刻都不能等待，我想立刻就搬。」

「太好了。」

「我們談啊談啊談了好久，然後我們停住了，現在——」

「現在我們準備好了，」我說。我吸了一口氣。「當你找好地方，我們在那裡定下來，而且你差不多安排妥當了，我想我們就去結婚吧。」

「就這樣了？」

我點點頭，「就這樣。」

26

當我終於有時間去利斯本納德街拿那個雕像底座時，已經是一月中旬了。聖誕節跟新年間的那個禮拜，我跟伊蓮及八到十個珍的朋友在她家慶祝節日。我們原來是想把底座帶回去，但回去時就忘了。

這次我特別走一趟。「你氣色很好，」她告訴我，「房子怎麼樣了？你們搬進去了嗎？」

「下個月初就要簽約。」

「太好了。不曉得我有沒有告訴你，我好喜歡你女朋友。我想知道聖誕節時你送了她什麼特別的禮物。」

「我請一個警察藝術家畫了一幅她父親的畫像。」

「為什麼？有人要找他嗎？」

「他過世很多年了。」

「你找人照著相片畫？」

「他按照記憶去畫，」我說，「她的記憶。」我對她解釋畫肖像的過程。她覺得那是很有意思但很奇怪的聖誕禮物。「這是她想要的，」我說，「對她來說，是情緒上極其強烈的想望，跟這樣的藝術家合作，而且成品又很棒。噢，我，我還給了她另一個禮物。」
「噢？」
「一只戒指。」
「不是開玩笑的。啊，她真的很棒，馬修。做得好。」
「我知道。」
「她也是。我替你們兩人高興。」
「謝謝你，」我說，「你的氣色也很好。」
「哈！是嗎？我比我希望的來得瘦，我敢發誓以前我絕沒有想到我會說這樣的話。但這是真的，是不是？我是看起來比以前要好。」
「絕對是。」
「嗯，我覺得好多了。我在試一些新的東西。」
「噢？」
「我改變了我的飲食習慣，」她說，「我現在在用生果汁療法，我還採用幾個古裡古怪的治療法，實在不好意思解釋給你聽。你看，我在心裡做了重大的決定，我想要活下去。」
「那真太好了。」
「噢，我不曉得是不是真的會有改善。很多人多年在喝紅蘿蔔汁或用什麼五花八門的藥，但我可沒看到有殯儀館因此關門。不過我覺得舒服多了。這點就很重要，你說呢？」

「我當然也這樣想。」

「而且誰知道？是有奇蹟發生。那些醫學專家只是叫它們的別名。他們說是病情自發的減輕。不然他們就說最早的診斷有待商榷。但見鬼的誰在乎他們怎麼叫？」她聳聳肩。「老實說，」她繼續，「我沒有抱多少希望。但你永遠也不會知道結果會怎樣。」

∞

「你永遠不會知道，」伊蓮說，「那些醫生又不是全知全能。」

「當然。」

「他們只知道用藥、手術或是放射線治療。其實除了傳統治療外，還有好多其他選擇，有時候比傳統治療有效多了。聽起來她現在這樣做對她大有好處。而且會有什麼害處？」

「我看不出來會有。」

「而且她人生態度的改變可能也有很大影響。我不是說這只有影響她的心理，很顯然的也影響了她的身體，其實人的心理狀況是有相當的決定性，你說呢？」

「當然。」

「而且就像她說的，奇蹟是會發生。天，就看看我們。我們是奇蹟，不是嗎？」

「我也會這樣說。」

「所以為什麼珍不會有奇蹟？我告訴你，我想她會活下去。」

「老天，那就太好了，」我說，「我希望你是對的。」

「我相信我是對的，」她說，「我有這種感覺。」

∞

她在四月死的。

最殘酷的月份，艾略特如是說。紫丁香花從死亡的大地裡綻放出來。回憶與慾望交纏。枯寂的根莖被春雨喚醒。

那首詩我最多只能領會到這個程度，但這已經夠了。

最殘酷的月份，我猜在最後的時刻對她的確很殘酷，但她熬了過來。雖然我們有幾個人都勸她，她從來沒有用任何止痛藥，她也沒有用槍殺死自己。她一直留著槍，所以她永遠可以有選擇，但她從沒有選擇去用它。

∞

尼可森．詹姆士如期以謀殺羅傑．派爾薩克的罪名被起訴。我沒有特別注意這個案子的發展，但看起來證據很充分。警方有目擊證人，又有物證，不論他是接受審訊或是認罪，他都會在監獄裡好好待一陣。同時在他律師不斷延遲的時候，他就被關在瑞克島上冷凍起來。

我現在在我的旅館房間。從我坐的地方，可以看到過街的凡登大廈，但看不到我們的公寓。我們住在大樓後面的十四樓，從南跟西邊望出去的景色很好。這間房間聲稱是我的辦公室，但我想不出來我為什麼想在這裡見客戶。我也不能說我用這個地方存檔案，我存的檔案放一個雪茄菸盒就綽綽有餘了。

但我仍舊喜歡有一個我專有的地方，而且伊蓮好像並不介意。

從我的窗戶，我可以看到在我們的大樓旁還有另一棟。我必須一直往右看過去，然後我可以勉強看到格藍·郝士蒙曾住過的那一間，現在他的寡婦也還住在那裡。不過我看不到她的窗戶。她的公寓在大樓西邊，望出去可以看到哈德遜河，看到河那一頭的紐澤西。

有時候我坐在那裡往外看，她的電話號碼會不由自主的跳進我的心裡。我猜是因為我什麼都記得。

我是馬修，我可能會問她，你需要有人陪嗎？